KB274942

치유의 밥상

치유의 밥상

치유의 밥상

평범한 한 끼가 선물한 살아갈 이유

염창환 · 송진선 지음

예담

"밥상 위에 놓이는 수저 소리보다

아름다운 것이 또 있겠는가"

_이기철, 「밥상」에서

차례

당신을 위해, 나를 위해

아름다운 마무리

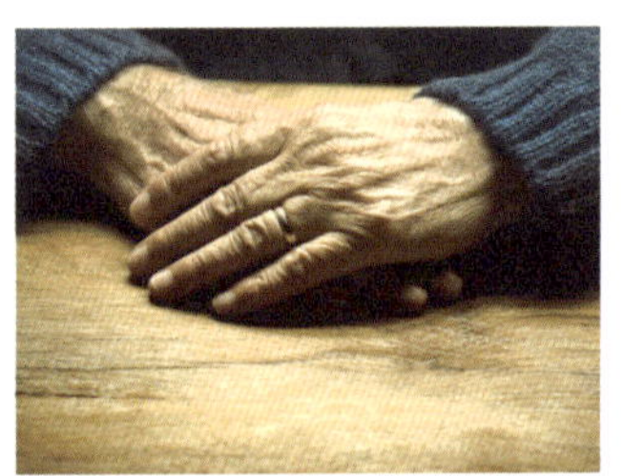

결국엔 행복을 찾는 이곳,
호스피스

"자, 함께 가실까요?"

부드러운 염 교수님의 말이 떨어지자마자 심호흡을 하고 침을 삼켰다.

"밝게 웃으면 되겠죠?"

툭 내뱉은 말에 염 교수님은 고개를 갸우뚱한 채 잠시 침묵했다.

"환자들에게 전달할 감정을 연습하고 왔다면 다 비우고 잠시 후에 갑시다."

등받이가 낮은 의자로 돌아가서 앉는 염 교수님의 모습에 당황스러웠다. '비운다'라는 공허한 말이 죽음을 대면하고 있는 호스피스 병동 사람들이 아닌, 취재하러 온 나에게 필요한 말일지는 몰랐기 때문이다.

내가 당황한 것을 눈치챘는지 염 교수님이 말을 이었다.

"송 피디님은 평소 웃는 얼굴인가요?"

"음, 보통은 생각에 빠진 표정이에요."

"삶을 돌아보고 정리하는 호스피스 사람들은 형식적인 태도를 금세 눈치챕니다. 잔뜩 겁먹고 걱정스러운 표정 그대로 보여줘도 상관없어요. 그럼 여기 분들에게 오히려 위로의 한마디를 듣겠죠. 그렇게 쫄지 말라고, 난 괜찮다고. 당신 생각보다 훨씬 더 가볍고 지루하게 잘 견디고 있다고 일장 연설을 들을지도 몰라요. 진실하게, 솔직하게, 있는 그대로 보여주겠다고 약속해주시겠어요?"

인터뷰를 준비하면서 진지한 위로의 말을 얼마나 생각하고 연습했던가. 염 교수님은 어젯밤 나의 모습을 꿰뚫고 있었던 것일까. 약속해달라는 말까지 듣고 나니 이곳 호스피스 병동을 찾아온 이유가 떠올랐다. 살아갈 날만 보며 치열하게 질주하는 현대인들에게 죽음이라는 화두를 던지고자 호스피스 병동 사람들을 주제로 드라마를 기획했다. 죽음이 단지 패배나 절망을 의미하지는 않는다는 메시지를 전하며 죽음을 앞둔 삶의 감동 스토리를 들려주자는 의도였다.

그러나 기획안을 본 많은 이들이 죽음 이야기를 즐겨 볼 시청자는 없을 거라고, 하루하루 살아가기도 어려운 요즘 어둡고 슬프게만 느껴지는 '죽음'은 피해야 할 소재라고 했다. 그것이 틀렸다는 것을 증명하고자 드라마 시놉시스를 완성하고, 완화의학 전문의 염창환 교수님의 도움을 받아 호기 있게 호스피스 병동을 취재하러 왔다. 하지만 병동 입구를 들어서자 죽음에 대한 본능적인 거부감 때문에 나도 모르게 굳어 있었다.

불현듯 휘갈기며 써 내려간 기획 의도는 단지 머리로만 짜낸 상품 기획일지도 모른다는 부끄러움이 밀려왔다. 자료들을 통해 배웠던 '죽음은 삶의 일부라는 말'을 확인하기 위해 찾아왔지만 죽음을 전제하고 있는 호스피스라는 공간의 무게감이 나를 짓누르고 있었던 것이다.

병실 문 너머로 감미로운 기타 선율이 흘러나왔다. 염 교수님과 병실로 들어서자 기타를 치던 남자는 재빠르게 일어나 자리를 내주며 벽 쪽으로 옮겨 섰다. 연주자는 머리가 희끗한 오십 대 남자였고 침대에 앉아 연주를 듣고 있는 환자는 울긋불긋 발진이 난 앙상한 남자였다. 낯선 이의 방문이 반가운 듯 낮게 손을 든 환자의 손바닥에서 붉은 반점을 확인하고 나자 에이즈 말기 암환자라고 미리 알려주던 염 교수님의 말이 떠올랐다.

손바닥의 붉은 반점은 카포지육종이라는, 에이즈 말기 암환자에게만 나타나는 병상이었다. 염 교수님은 흥얼거리며 환자의 붉은 손을 잡고 몸이 어떤지 묻고는 어제 텔레비전에서 보았던 영화 이야기로 대화를 시작했다. 대선 후보자 중 누가 사퇴를 했다는 등 환자가 관심을 보이는 기사를 몇 개 언급하고, 아침 출근길에 오랜만에 지하철을 탔는데 머리 벗어진 초등학교 동창을 만났다며 편안한 목소리로 대화를 이어갔다.

호스피스라는 선입견이 위압적으로 느껴지긴 했지만, 여느 병실과 다름없이 청결했다. 시선을 옮기자 링거 팩에 붙은 별 모양 스티커가 보였다.

"혹시나 몰라 붙여둔 겁니다."

나의 시선을 의식한 환자가 말했다.

"제 병은 사람들을 더 걱정하게 만들어서, 사람들이 나와 친해지고 나서 당황하지 않게 자진 격리를 시도해봤어요."

병에도 차별이 있는지 에이즈 환자는 찾아오는 사람이 거의 없어 외롭게 죽음을 맞이한다고 했다. 하지만 미소 지으며 자진 격리를 말하는 그에게서 병에 지친 외로움보다는 여유와 유머가 느껴졌다.

얇은 팔뚝에 꽂힌 주삿바늘들과 벽에 줄지어 붙은 즉석사진에서 이곳에 온 뒤 날로 쇠약해진 환자의 변화 과정을 알 수 있었다. 사진 가장자리 흰 여백에 "유정환, photo by 박경수"란 글자가 보였다. 병실 한쪽에서 기타를 만지고 있는 남자와의 관계를 미루어 짐작할 무렵이었다.

"저 사람이 아니에요."

"네?"

"제가 사랑한 사람은 연주하던 저 사람이 아니라구요."

"아, 네……."

. 얼굴이 화끈 달아올랐다. 제멋대로 그들의 관계를 상상하다 들킨 것이다.

"호스피스 병동의 기타 연주 자원봉사자 강민수 씨, 아니 이제 정식 가수죠?"

염 교수님이 소개한 남자는 벽에 기댄 채 방문자로 인해 끊겼던 연주를 이어가며 대답을 대신했다. 병실 안이 잠시 감미로운 기타 음률과 노래로 가득 찼다.

2인 병실 안 또 하나의 침상 위 벽에는 아직 떼지 못한 다른 환자의 사진도 한 장 보였다. "박경수, photo by 유정환." 어쩌면 세상과 단절된 채 특별한 사랑을 나누던 두 사람은 나란히 호스피스 병동에 입원했고, 병들어 죽어가는 서로를 안타까워하며 마지막까지 상대의 기억을 사진으로 남겨두고 싶었던 것일지 모른다.

정환 씨에게 에이즈가 발병하고 얼마 있지 않아 경수 씨도 폐암 말기 선고를 받았다. 함께 사는 공간을 제외하고 집 밖에서 한 번도 나란히 걸은 적 없던 두 사람이 당당히 손을 잡고 거리를 걷게 된 것은 죽음을 받아들이면서부터라고 했다.

그즈음 길거리 가수를 만났다. 그들의 사랑을 축복하기라도 하듯 거리의 노래 소리는 특별하게 느껴졌다. 기타 치며 노래하는 가수 앞에 펼쳐진 기타 케이스에는 동전만 몇 개 뒹굴고 있었고, 무심한 사람들의 발길에 채어 흩어진 동전을 줍기 위해 애쓰는 가수의 모습이 무척 안쓰러워 보였다.

그 남자가 지하 단칸방에서 치매 걸린 어머니를 모시고 하루살이 인생을 산다는 사실, 지독한 가난으로 꿈을 펼칠 기회는 얻지 못했지만 열정을 억누를 수 없어 거리에서 노래를 불러 먹고산다는 사실을 알게 된 경수 씨가 제안을 하나 했다고 한다. "세상의 순리와 달랐던 우리 사랑 때문에 상처 받은 사람들에게 사죄하는 마음으로 그에게 꿈꿀 기회를 주는 건 어때?"라는.

대기업 상무였던 정환 씨와 삼십 년 동안 공무원 생활을 했던 경수 씨는 퇴직금을 받아 투병하는 동안 쓸 돈을 제외하고 나머지 돈을 모두 싱어송라이터를 꿈꾸는 길거리 가수에게 투자했다. 무명 가수는 낯선 투자자의 등장에 놀랐지만 두 남자의 사랑 이야기를 듣고 영감을 얻었다. 매일 새롭게 만들어지는 음악을 들으며 힘든 투병 생활을 버티던 경수 씨는 몇 주 전 세상을 먼저 떠났다.

떠나기 전, 고통스러운 투병 생활이나 죽음보다 자신이 죽고 난 후

　　　　　　　　　　　　　　　　　　　　　치유의 밥상

홀로 남아 에이즈와 싸워야 하는 정환 씨를 걱정하며 미안해했다고 했다. 그 말을 전하는 정환 씨의 눈가가 촉촉이 젖어왔다. 죽는 순간까지 동행한 두 사람의 사랑을 틀에 맞지 않는 방식이라 치부할 수 있을까.

병실 안을 가득 채운 기타 연주가 끝나자 정환 씨와 염 교수님은 박수를 치며 행복해했다. 음반은 그날 아침 발매되었다고 했다. 죽기 전에 아낌없이 베푼 꿈의 선물은 영감 어린 음악으로 남아 다른 이들에게 찡한 감동을 전해줄 것이다.

"피디님, 제가 호스피스 사람들을 돌보며 느낀 게 있습니다."

병실 문을 나서며 따뜻한 목소리로 염 교수님이 말했다.

"어떤 인생을 사는가는 그 과정을 통과할 때는 전혀 알 수 없다는 겁니다. 죽음 앞에 설 때에만, 때론 죽은 뒤에야 인생의 진정한 가치와 그 가치를 만든 관계들을 확인할 수 있어요. 몇십 년을 숨죽이며 살아왔던 정환 씨와 경수 씨는 다른 사람들 눈에 괴상하게 보였겠지만 누군가의 꿈을 이뤄준, 죽기 직전 그들의 인생은 어느 인생보다 가치 있고 보람 있지 않았을까요? 정말 멋지지 않습니까?"

사실 호스피스 병동 첫 인터뷰 환자가 에이즈 말기 암환자라는 말에 엄청스레 부담을 느꼈다. 그러나 이것은 죽음의 공포나 죽는 순간의 회한보다는 삶의 따스함과 아쉬움, 숭고함을 알려주려는 염 교수님의 배려였다.

"제가 좀 짓궂었나요? 죽음은 물론이고, 에이즈에 대한 두터운 선
입견과 공포를 한 방에 날려주고 싶었습니다. 어땠어요, 오늘 첫 인터
뷰?"

'근사했어요, 감동이었어요……' 턱 끝까지 차오른 이 말을 쉽게 내
뱉을 수가 없었다. 멋지게 한 방 맞고 나가떨어진 나의 좁고도 단단
한 가치관들이 무척 유연하게 변할 것 같다는 기대감과 함께, 그날
들었던 환자의 사연은 내내 곱씹어봐야 할 숙제였다.

"호스피스 병동은 인간 본연의 모습이 낱낱이, 그것도 너무나 적나
라하게 드러나는 곳입니다. 그 모습이 때론 한없이 초라해 안타까운
눈물만 흐르기도 하고, 다시 볼 수 없다는 아쉬움과 절박함이 가슴
을 짓누르기도 합니다. 가족에게도 말할 수 없었던 마음속 말을 하
고, 차마 할 수 없었던 당부의 말도 하게 되죠.

화해할 수 없는 사람과 화해할 수 있고, 미워했던 사람을 사실은
사랑하고 있었음을 깨닫게 되는 곳이기도 합니다. 그래서 호스피스
병동은 결국엔 행복을 찾는 곳이기도 합니다. 가슴의 응어리를 풀고
웃을 수 있고, 무엇보다 사람이 이 세상에 혼자 왔다가 조용히 사라
지는 것이 아니라 인연을 맺은 이들이 늘 가까이 있다는 것을 알게
됩니다."

          치유의 밥상

병원 문을 나서며 크게 심호흡을 했다. 앞으로 몇 달간 화요일마다 인생의 달음질을 정리하려는 사람들을 만날 예정이었다. 낯선 방문자로서 그들과 함께 울고 웃을 수 있을지, 가슴으로 배워야 할 많은 이들의 삶의 무게가 얼마나 클지, 무엇보다 죽음이라는 암흑 같은 단어에서 감동의 빛을 찾아낼 수 있을지 알 수 없었다.

하지만 정환 씨와 나눈 이야기를 떠올리며 두려움 너머로 이제껏 깨닫지 못한 감동이 저 안에 있음을 믿기로 했다. 그 믿음은 나를 향한 정환 씨와 염 교수님의 환한 미소에서 비롯했다. 죽음을 앞두고도 미소를 잃지 않을 수 있는 이유가 무엇인지, 호스피스 병동에서 행복을 찾을 수 있다는 말의 의미가 무엇인지 알고 싶었다.

그 해답을 찾기 위한 숙제의 첫 장을 넘겨본다.

절망의

끝에서

우리는 먹는다는 것이 우리 삶에
얼마나 큰 기쁨과 즐거움을 주는지 자주 잊는다.
먹을 수 있다는 것. 그 자체만으로도
얼마나 행복하고 감사한 일인가.

아침 8시, 전화벨이 울렸다. 눈이 떠지기도 전에 머릿속에 어젯밤 나눈 엄마와의 대화가 재잘재잘 떠다녔다.

대단한 얘기도 아니었다. 윗집에 사는 집주인이 고시원을 한 채 더 지으려고 대출을 통 크게 받고도 이자 걱정 안 하고 돈 벌 생각만 하더라, 아랫집에 세 들어 사는 아가씨는 집 주변을 어슬렁거리던 길고양이에게 밥을 챙겨줬는데 일주일 전부터 집 문 앞에 밥 달라고 기다리는 고양이가 네 마리로 늘었더라, 앞집 고시생들이 이사 가면서 책을 잔뜩 버렸는데 새 책처럼 보여 몇 권 주워뒀다, 이런 얘기였다.

어젯밤에 건성건성 대답하고 전화를 끊었는데 이른 아침부터 울리는 전화벨, 직감은 제대로 맞았다. 밤새 자료를 정리하다가 회사에서 잠든 딸을 깨우는 엄마의 모닝콜이었다.

"어제 말했지? 아랫집 아가씨 집 앞에 모여드는 고양이가 네 마리로 늘었다고! 오늘 아침엔 새끼까지 데리고 왔더라. 것 때문에 주인집 아저씨 화났어, 동네 고양이 죄 모인다고. 참, 밥 먹을 때 고등어, 갈치 같은 거 먹으면 안 돼. 방사능 때문에, 응?"

"알았어, 알았다고."

서둘러 길어질 것 같은 엄마의 전화를 끊었다. 나와 전혀 상관없는, 주변에서 흔히 일어나는 사소한 일상 보고서 같은 이야기에는 사실 별 관심이 없었다.

약속된 화요일, 주된 업무를 미루고 호스피스 병동으로 바삐 향했다. 높고 낮은 신음이 여기저기서 들려오는 병실 복도에 들어서자 마음먹은 것과 달리 어깨가 움츠러들었다. 역시나 고통은 생각만으로도 거부감이 일어 밀쳐내려는 본능이 발동했다.

나도 모르게 찌푸려진 마음을 진정하고 있을 때 샛노란 포장의 비타민C 하나를 내미는 손, 휠체어를 타고 나를 마중 나온 강현숙 씨였다. 염 교수님으로부터 미리 연락을 받은 터였다. 예순일곱의 그녀는 짧게 자른 머리카락 끝에 컬이 남아 있었고 볼이 쏙 들어간 마른 얼굴에 보조개가 언뜻 보였다.

"전 이곳에서 비타민 주사로 버티고 있답니다."

"비타민 주사요?"

"위암이어서 죽만 먹느라 온몸에 기운이 다 빠졌는데, 비타민을 맞으면서 조금 편안해졌어요."

죽이나 미음으로 식사를 대신하는 위암 환자에게는 주 3회 비타민 주사로 기운을 내게 한다고 했다. 비타민 치료는 완치보다는 삶의 끈을 놓지 않게 하기 위한 치료다. 염 교수님은 대체의학 치료 중 비타민 치료가 가장 효과적이라고 믿었다.

휠체어 손잡이를 굳게 붙잡고 있는 사람은 머리가 희끗하고 깡마른, 현숙 씨의 남편이었다. 평생을 무뚝뚝하게 살아온 듯 꽉 다문 입매가 무거워 보였다. "고맙습니다!" 하고 인사하는 나를 지나쳐 따라오라는 듯 휠체어를 밀고 갔다.

그 뒷모습을 눈으로 좇으며 시선이 꽂혔던 것은 바짓단을 줄여 칠부바지로 만들어 입은 청바지였다. 통이 큰 것도 문제였지만 헤져 너덜너덜한 데다 바지 밑단에 실밥이 늘어져 있었다. 칠십 대 할아버지가 즐겨 입을 법하지 않은 고급 브랜드 청바지에 사연이 있으리라 짐작하고 뒤따라갔다.

현숙 씨 병실에는 다른 병실과 달리 옷가지들이 많이 걸려 있었다. 셔츠, 면바지 등으로 보아 남자 옷이었는데, 주변에 잘린 옷감과 색색의 실들이 보였고 침대 아래에는 간이 재봉틀이 있었다. 남편 옷이라고 하기엔 나이에 걸맞지 않게 컬러풀하고 사이즈도 커 보였다. 옷의 주인을 유추하고 있을 때였다.

"바지 허리통도 좀 줄이지 그랬어, 줄줄 내려간다고 했잖아."

"손아귀 힘도 없는데 어찌 바느질을 해요? 거참."

"그러게 왜 아파서 누워 있느냔 말이지."

"아픈 게 하루 이틀도 아니고, 일 년 내내 아파 누워 있다가 이제 죽네 마네 하는 사람보고 새삼 왜 아프냐고 물으면 어쩌란 말이요?"

"계절 바뀌는데 가을 옷이 없어. 아들놈 옷이나 줄여 입으려고 했더니 그것도 못하게 생겼네."

"그저 나 일 못 부려먹어 난리지. 허리 크면 세탁소 김씨한테 맡겨요. 이천 원이면 줄여줄 테니."

"돈을 왜 써, 공짜로 해주는 사람 있는데."

"이제 내가 못하니 하는 말이잖수, 참."

낯선 이의 방문은 아랑곳하지 않은 채 서로 제대로 쳐다보지도 않고 주거니 받거니 나누는 대화에 평생 투닥거리며 살아온 부부의 정이 묻어났다. 살아오면서 눈에 걸리고 입에 걸리는 모든 것들을 시시

　　　　　　　　　　　　　　　　　　　치유의 밥상

콜콜 시비 걸고 받아내고 그렇게 서로의 삶을 채워왔을 대화가 죽음의 사투가 벌어지는 병동 안에서도 이어지고 있었다.

남편분이 입고 있던 청바지의 정체를 알고 나자 현숙 씨 부부가 한층 친근하게 느껴졌다.

"바지는 아드님 바지 줄여 입으신 거예요?"

"어떻게 알았누?"

대화 상대를 찾았다는 듯 방긋 웃는 현숙 씨와 달리 낯선 이와의 대화가 부담스러운 듯 창가로 고개를 돌리는 남편이었다.

삼 년 전 부모 곁을 영원히 떠난 아들이 세상에 남기고 간 것은 옷가지였다. 현숙 씨가 남편의 새 옷을 장만하는 대신 선택한 아들 옷 리폼은 그녀가 호스피스 병동에 입원해서도 계속하던 일이었다. 한 번으로 끝나지 않고 계속 손이 갔다며 현숙 씨가 까다로운 남편을 고자질하듯 말했다. 입어보고 몸에 맞지 않는다고 투덜거려서 몇 번이나 고쳐줘야 했다고.

어머니가 손끝으로 정성스레 매만지며 바느질하고 아버지는 군소리 없이 그 옷을 입는다. 언제 사준 옷인지, 언제 입었던 옷인지 흘러간 일상의 기억을 정확히 끄집어낼 순 없지만, 그 옷을 입었을 때 아들의 뒷모습이 어땠는지, 살이 쪘던 시절에 즐겨 먹었던 음식이 뭐였는지 꿴 구슬을 줄줄 끄집어내듯 이야기가 이어졌다.

반복되는 옷 수선 중간중간 아들을 잃은 뒤 찾아온 깊은 침묵과 눈물의 시간들을 흘려보내고 있었던 것이다. 호랑이는 죽어 가죽을 남기고 사람은 죽어서 이름뿐 아니라 옷도 남기는 것일까.

현숙 씨가 죽고 나면 아들 옷들은 옷장 깊숙이 자리 잡고 빛을 보지 못할지도 모른다. 아들보다 더 오랜 시간 함께한 아내를 그리워하며 아내가 입었던 옷을 볼에 부비고 밤이면 품에 안고 잠들겠지. 함께 살아온 인생이란 그 사람이 남긴 작은 소품 하나, 옷 하나도 의미 있는 물건이 되는 것이다. 떠난 사람의 작은 흔적조차도 남은 사람에게는 절절한 그리움이 되는 것이다.

"이거 보세요, 피디님."

무엇일까 궁금해 현숙 씨에게 다가가는데 남편이 먼저 빼앗아 가까이 들여다보았다. 남편은 뭐가 있는지 확인하려고 꼭 묶인 비닐을 풀어 키친타올에 반쯤 싸인 짙은 갈색의 무언가를 꺼냈다.

"이거 육포 아냐?"

"경석이 죽고 옷을 정리하는데 그게 잠바 안에 들어 있더라구."

"이 육포 얼마 되지 않은 건데. 이게…… 주머니 안에 있었다구? 공부할 때 입 심심하면 씹어 먹으라고 만들어준 거지?"

"그래, 맞아. 밥 제때 안 먹고 다녀서 기력 떨어지지 말라고 당신이 만들어주자고 했잖아. 정육점 장씨한테 홍두깨살 주문해서 비싸게

　　　　　　　　　　　　　　　　　　　　　　　　　　　　치유의 밥상

주고 샀지."

"당신이 밤새 만들어서 하루 꼬박 말렸지, 아마?"

"아침부터 고기 주무르고, 양념 끓이고, 양념 잘 배고 편편해지게 방망이로 두드리고, 채반에 담아 마당 앞에 내놓고 파리 앉지 말라고 부채질해가며 종일 말렸지."

"하나도 안 먹고 그대로네?"

"아니야, 안에 보면 좀 먹었어. 입맛에 안 맞았던 모양이지. 거기 육포에 우리 아들 이 자국 두어 개 있어."

아들이 먹다 남긴 육포를 기어코 찾아 자세히 보던 남편은 덥석 한 입 베어 문다.

"맛있는데, 참 맛있는데⋯⋯. 다 먹고 가지, 우리가 만들어준 건데 다 먹고 가지⋯⋯."

눈시울이 붉어지는 남편을 보면서 현숙 씨도 눈물을 글썽였다. 아들에 대한 그리움에, 자기마저 죽고 나면 외로이 홀로 남겨질 남편에 대한 미안함이 더해진 그녀의 마음이 느껴졌다. 두 사람은 말없이 눈물을 훔치며 육포를 먹었다.

그러다 분위기를 바꾸고 싶었는지 현숙 씨가 이야기를 이어갔다.

"아들하고는 스무 살 넘어서는 얘기도 제대로 못했어. 그놈은 마을에서 알아주던 똑똑이여서 우리 기대도 기대지만 자기 자신에 대한 기대가 더 컸지. 그래서 항상 뭔가 이루기 바빴어. 공부한다고 십 년, 원치도 않는 회사에 들어가 바쁘게 칠 년, 회사 그만두고 장사한다고 몇 년……. 그렇게 앞만 보고 달려가는 아들놈 뒤통수만 보면서도 혹여 정신 흐트러질까 봐, 아들 시간 빼앗을까 봐 말도 제대로 못 붙이고 그저 말 걸어올 때까지 기다렸지. 간간이 필요한 옷이나 몇 벌 사줬는데 눈에 안 찼는지 입는 걸 보지도 못했네. 부모 자식 간에도 대화를 많이 해야 정이 드는데 나중엔 할 말이 없어지더라니까. 죽은 자식 옷 붙잡고 남편하고 한 얘기가 더 많아. 피디 선생은 부모님이랑 얘기 많이 해요?"

계속 이어질 것만 같던 대화가 질문이 되어 돌아오자 준비되지 않았던 난 잠시 망설였다.

"뭐 특별한 얘기는 안 하고 주로 듣는 편인데요. 오늘 아침엔 세 들어 사는 아랫집 아가씨가 길고양이에게 밥을 몇 번 줬더니 이제 문 앞에서 밥 달라고 기다리는 고양이가 네 마리, 아니 다섯 마리가 됐다고 들었어요."

"하하하, 그거 재밌다."

대화의 공백을 메우려고 무심코 내뱉은 말에 현숙 씨가 크게 웃음을 터뜨렸다.

"영감도 나 죽고 나면 현관 앞에 고양이 밥 놔둬봐요. 고양이들이

치유의 밥상

하나둘 늘어나서 정신없어지면 조금 덜 적적하지 않겠수?"

"뭔 고양이 밥을 챙겨주라고……."

"사람이고 동물이고, 자기 밥 주는 사람 외면하는 이 없지. 당신도 나랑 싸우다가도 밥때 되면 밥상머리에 앉았고, 죽은 경석이도 밥 먹을 때는 한두 마디 말도 하고 했잖우?"

고양이 밥 주는 문제로 옮겨간 대화는 결국 부부 이야기로, 아들 이야기로, 다시 언제 끝날지 모를 말다툼으로 이어졌다.

현숙 씨와 남편의 대화를 뒤로한 채 회사로 돌아와 세 시간쯤 지났을까, 현숙 씨가 하늘나라로 갔다고 염 교수님에게 연락이 왔다. 가슴 깊숙이 묵직한 통증이 느껴졌다.

몇 시간 만에 상태가 급변할 수 있는 호스피스 병동 환자들이라 일분일초가 소중하다는 말이 새삼 실감 났다. 현숙 씨가 이 세상에서 타인과 나눈 마지막 대화는 그리 중요하지도 않은, 시시껄렁한 이야기였다. 그 의미 없는 일상의 수다가 그녀가 타인과 나누어 가진 마지막 기억이 되었다는 사실에 전율이 느껴졌다.

"최선을 다하는 겁니다. 이 순간이 마지막이라고 생각하고, 저와 나눈 대화가 세상과 소통할 수 있는 마지막 한마디일 수 있기에 아낌

없이 대화하고 감정을 전하며 치료합니다. 어떤 말도 쓸모없거나 모자라지 않아요. 그 순간, 상대와 나눈 말은 모두 특별하기 때문이죠. 다시 올 수 없는 찰나의 시간이에요."

매 순간 모든 정성을 쏟아 허투루 쓰는 시간이 없도록 최선을 다한다는 건 정말 힘든 일이다. 몇 시간 방문객처럼 호스피스 병동에 머물다 온 건 아닌가 싶어 죄책감을 느끼며, 그곳에서 나눌 마음 하나, 생각 하나, 말 하나에 진심을 다하겠다고 새삼 다짐했다.

늦은 시간 귀가해 대문을 들어서다 낯선 발걸음을 피해 도망치는 고양이들을 보았다. 저 애들이구나, 동네 친구들을 끌고 와서 엄마와 아랫집 아가씨의 일상에 대화거리를 던져주었던 게. 내가 몇 번이나 들어야 했고, 현숙 씨를 웃게 만들고, 그녀의 남편이 지킬지 모르는 약속이 된 이야기의 시작. 아랫집 앞에 놓인 은색 밥그릇은 깨끗하게 씻겨 있었다.

나의 발소리를 듣고 나온 엄마는 반가워하며 아침의 수다를 이어갔다. 그날 밤, 오랜만에 엄마와 밥상을 마주하고 앉아 하루 동안 있었던 일을 들려주는 사사로운 이야기에 귀를 기울였다. 그 대화가 누군가와 나눌 수 있는 마지막 일상이 될 수도 있기에.

먹는 즐거움, 살아 있다는 증거

/ 며느리 열무국수 /

혜선 씨는 온몸에 힘이 다 빠져 누워 있었다. 반복되는 항암치료로 매우 야위었고, 몸과 마음이 다 지쳤는지 화장실 갈 때를 제외하곤 거의 매일 침대에 누운 채로 말도 없이 지냈다.

"입맛이 좀 살아났으면 좋겠어. 입이 깔깔하고 식욕이 없어서 너무 힘들어……."

떨리는 목소리로 힘없이 내뱉는 말에는 간절함을 넘어 두려움이 느껴졌다.

음식을 맛있게 먹지 못하는 스트레스도 크지만 못 먹는 데서 오는 두려움, 그러니까 먹지 못한다는 것이 죽음과 가까워지는 수순이라는 공포심이 그녀를 더욱 힘들게 했다. 혜선 씨는 입맛만 살아나면 뭐든 다 맛있게 먹을 수 있을 테고, 그렇게만 되면 병상에서도 가뿐히 일어날 수 있을 것 같다고 얘기하곤 했다.

염 교수님은 말을 이어갔다.

"많은 암환자들이 바라는 것 중 하나가 입맛이 살아나는 겁니다. '대체 뭘 먹어야 입맛이 살아날까?'라는 고민을 종일 하면서 하루하루 버티기도 해요. 평범한 사람들에겐 고민 축에도 못 끼는 일이겠지만 환자들에게는 하루를 버티기 위한 최대의 고민입니다. 물론 하루에도 수차례 극심한 통증과 사투를 벌여야 하는 환자들의 경우에는 이마저도 사치일 수 있겠지만요."

우리가 일상처럼 하는 말 중에 '먹는 즐거움'이라는 말이 있다. 우리에게 일어나는 행복한 일은 음식과 함께할 때 그 기쁨이 배가되고, 슬픈 일은 맛있는 음식으로 충격을 줄일 수 있다. 과학적으로도 맛있는 음식을 먹으면 스트레스가 줄어든다는 것이 입증되기도 했다.

몸의 병으로 음식 섭취 자체가 불가능해진 사람들에게는 '먹을 수 있다'라는 지극히 평범한 일이 마지막 희망이자 목표가 되기도 하고, 때론 무엇과도 바꿀 수 없는 삶의 이유가 된다.

　그런 혜선 씨의 입맛을 자극하기 위해 병간호를 하던 며느리가 생각해낸 것이 바로 '열무국수'였다. 시어머니가 평소 열무국수를 워낙 좋아했기 때문이다. 사실 혜선 씨도 진작부터 열무국수를 떠올리고 있었다. 투병 생활이 길어질수록, 항암제 부작용으로 속이 울렁거릴수록 열무국수 생각이 더욱 간절했다. 하지만 탈이 날 게 분명하니 생각지도 말라는 주변의 만류에 입 밖에 내는 것이 쉽지 않았다.

　그녀의 마음속 비밀 상자를 며느리가 조심스럽게 열자 혜선 씨 얼굴에 단번에 화색이 돌았다. 그러나 이내 근심스러운 표정으로 고개를 절레절레 저으며 중얼거렸다.

　"아니야, 그거 먹고 탈 나면 어째. 열무국수 생각이 간절하긴 한데, 딱 한 젓가락만 먹으면 소원이 없겠는데. 그래도 참아야지 뭐. 어휴……."

　애써 참자고 말하면서도 쉽사리 생각을 접을 수 없는지 연거푸 마른침을 삼키는 환자에게 며느리가 안쓰럽게 웃으며 말을 꺼냈다.

　"어머니, 파는 국수가 문제지, 집에서 만들어 바로 먹으면 괜찮을 거예요. 제가 교수님께 한번 여쭤볼게요."

　며느리는 한 줄기 희망이라도 잡고 싶어 하는 환자를 잘 달래고 그길로 병실을 나와 염 교수님을 찾아갔다.

　그녀는 집에서 만든 열무국수를 먹어도 되는지 물었고, 몇 날 며칠 아무것도 입에 대지 못하던 환자가 간절히 먹고 싶어 하는 유일한 음식이라는 말에 염 교수님은 기꺼이 허락했다.

"뭔가 드시고 싶어 하는 음식이 있다니 다행이네요. 이제라도 그거 드시고 입맛이 좀 살아나셨으면 좋겠어요. 단, 많이 드시게 해서는 안 됩니다. 국수는 소화가 잘 안 되는 음식이라 많이 드시면 안 되고, 꼭꼭 씹어 드셔야 해요. 아셨죠?"

"네, 교수님. 명심하겠습니다. 감사합니다!"

며느리는 여느 때와는 다르게 뒤도 돌아보지 않고 급히 진료실을 나섰다.

다음 날, 혜선 씨는 며느리가 해 온다는 열무국수를 기다리느라 밤새 잠을 설쳤다. 오전 회진 때도 전에 볼 수 없던 생기가 얼굴에 가득했다. 신기한 일이었다. 아무런 의욕도 없이 미동조차 않고 누워만 있던 환자가 스스로 몸을 일으켜 웃는 얼굴로 며느리가 돌아오기만을 이제나저제나 기다리는 모습은 낯설다기보다 한없이 반가웠다. 오직 먹을 수 있다는 희망과 열무국수에 대한 기대가 그녀를 마지막 삶의 문턱에서 한 계단 끌어올린 순간이었다.

오랜 기다림 끝에 혜선 씨가 그렇게 고대하던 며느리가 약속대로 두 손에 행복을 담은 짐 꾸러미를 들고 들어섰다. 병실엔 조촐한 주방이 차려졌다. 국수의 생명은 면발이 아니던가! 며느리의 기지로 물을 끓여 먹던 전기주전자를 이용해 병실 간이 주방에서 면을 삶았고, 육수는 너무 차지 않게 미리 준비해 왔다. 작은 유리그릇에 갓 삶은 쫄깃한 소면을 돌돌 말아 넣고 맵지 않게 물에 씻은 열무김치를 잘게 썰어 얹은 뒤 육수를 적당히 부었다.

그릇이 크지 않은 터라 삶은 계란 대신 메추리알 반쪽과 채 썬 오이 몇 가닥을 얹어, 먹는 즐거움에 보는 즐거움까지 더했다. 이 모습에 주변 환자들의 부러움 섞인 칭찬이 쏟아졌고, 한마디 한마디가 하나같이 맛깔난 반찬이 되어 기대감을 더했다.

모든 준비가 끝나고 드디어 식사 시간, 마침내 환자가 오랜만에 자발적으로, 그것도 너무나 즐겁게 젓가락으로 면을 돌돌 말아 입속에 넣었다. 그 순간 그녀는 어떤 광고 모델과도 비교할 수 없는 환희에 찬 표정으로 맛을 음미했다. 뭐라 형용할 수 없을 정도로 행복해 보였고, 기운이 없어 항상 느릿느릿 말을 이어가던 음성에도 전과 다르게 또렷한 힘이 실려 있었다. 목소리 톤 자체가 달라진 느낌이랄까. 면발을 씹으며 밝게 웃던 환자가 이윽고 기쁨 섞인 말을 터뜨렸다.

"아휴, 정말 맛있다. 어떡하니, 나 더 먹고 싶은데? 세상에, 살 것 같다, 살 것 같아."

"어머니, 조금 이따가 또 해드릴게요. 갑자기 너무 많이 드시면 위가 놀라니까 두어 시간 후에 해드릴게요. 쌀로 만든 면 구해서 한 거니까 걱정 안 하셔도 돼요. 이렇게 잘 드시니 정말 좋네요."

혜선 씨는 정말 맛있게 열무국수를 먹었다. 자신이 국수를 먹고 있다는 사실이 믿기지 않는지 눈을 동그랗게 뜬 채 씹고 또 씹었다. 많은 양을 먹을 수는 없었지만 그것만으로도 환자는 세상 모든 것을 얻은 듯한 희열을 느꼈다.

다 먹은 뒤 혜선 씨는 침상 식탁 위에 그릇을 올려놓고 기대와 희망에 찬 미소를 지으며 감사 기도를 드렸다. 며느리도 옆에서 두 손을 모았다. 두 사람의 모습은 실로 아름답고 경건하게 느껴졌다. 생과 사의 갈림길에서 느낀 소소한 행복이 혜선 씨를 한 뼘, 아니 적어도 하루만치 다시 삶의 길로 이끌었으리라!

그러나 잠시 충만한 즐거움을 누린 환자는 병세가 하루하루 깊어졌고, 어느덧 눈조차 뜨기 힘겨울 만큼 악화되어 이별을 고해야 할 시간이 다가오고 있었다. 날이 갈수록 잠만 자는 시간이 길어졌다. 흔들어 깨워도 눈을 잘 뜨지 못하는 시어머니를 보다 못한 며느리가 넌지시 한마디 던졌다.

"어머니, 눈 좀 떠보세요. 열무국수 또 만들어드릴까요?"

열무국수라는 말이 떨어지기 무섭게 환자는 눈을 떴고, 몸을 힘겹게 버둥거리며 "응, 나 먹을래. 만들어줘"라는 말을 연거푸 내뱉었다.

그러나 그녀는 이제 먹을 수가 없었다. 이미 온 장기가 망가져 며칠 전부터 음식 섭취가 중단된 터라 이젠 아무리 먹고 싶어도 더 이상 입으로는 음식을 공급할 수가 없었다. 혜선 씨는 계속 열무국수를 달라고 했지만 아무도 그녀의 말을 들어줄 수가 없었다.

어떻게든 눈을 뜨게 해서 어머니가 살아 있음을 느끼고 싶어 내뱉은 한마디가 지킬 수 없는 가슴 아픈 약속이 되어버리자 며느리와 식구들은 눈물을 떨구었다. 그렇게 며칠 지나지 않아 혜선 씨는 다시는 깨어날 수 없는 깊은 잠 속으로 빠져들었다.

소꿉장난하듯 차린 조촐한 열무국수 한 그릇이었지만 그녀에겐 그 무엇과도 바꿀 수 없는, 생의 마지막에 받은 마지막 선물이요, 그야말로 생명의 양식이었다.

우리는 먹는다는 것이 우리 삶에 얼마나 큰 기쁨과 즐거움을 주는지 자주 잊는다. 먹을 수 있다는 것, 그 자체만으로도 얼마나 행복하고 감사한 일인가. 늘 기억하려 한다. 먹기 싫다는 이유로 생각 없이 남기는 음식이 지금 몸이 아픈 누군가에게는 죽기 전 꼭 먹고 싶은 마지막 희망의 음식일 수도 있음을.

권재은 씨는 예뻤다. 병색을 지우면 영화배우 뺨치는 미모였다.

하얀 환자복에 연보라색 숄을 걸치고 항암치료로 빠진 머리 위에 눌러쓴 붉은 모자가 인상적이었다. 마흔아홉, 간암으로 투병한 지 이 년. 술과 담배가 금지되고 금단현상 때문인지, 항암치료의 고통 때문인지 자살을 시도한 적이 있어서 항시 간호사들의 관심을 받고 있었다. 그래서일까, 그녀의 표정도 어두워 보였다.

왜 그녀는 자살하려고 했을까?

눈을 마주친 게 다섯 번, 그제야 난 재은 씨에게 다가갈 용기를 냈다.

고등학교 졸업하고 시골 다방 레지로 일하다 인천으로 상경해서, 작은 술집에서 이태원 큰 술집까지 그 바닥에선 준연예인급으로 웃음도 팔고 청춘도 팔며 살았다는 재은 씨. 곱디고운 얼굴과 달리 성격은 호탕했고 목소리는 약간 허스키했다.

"파란만장했지. 평범하게 결혼해서 살 팔자가 아니란 걸 깨닫고 첨엔 돈만 많이 벌려고 했는데, 사람들이 하도 예쁘다 예쁘다 해서 배우가 되려는 꿈도 꿨어. 근데 그렇게 될 팔자도 아니더라구. 남 좋은 일 많이 시켰지. 내 돈 떼먹고 차 사고 집 산 사람도 많아. 어떻게 번 돈인데…….

그땐 아까운 줄 몰랐지. 인생이 한 방 같았거든. 저 인생이나 내 인생이나 같다고 생각했어. 남 못지않게 살 수 있다고 생각했는데 안 되더라. 재능은 없고 꿈만 있으면 괴로운 게 인생이더라구."

"노래 잘 불러서 음반 내려고 하셨다면서요?"

"언감생심 음반은 무슨. 사람이 살면서 누굴 만나느냐가 참 중요한 거 알아요? 별거 아닌 재능도 사람 잘 만나면 빛을 발하기도 하는데 나는 평생 딱 나만큼밖에 안 되는 인간들만 만났어. 모자라고 부족한 사람들끼리 서로 속이고 뒤통수치고. 그래서 악에 받쳐, 그렇게 살았지.

젊었을 땐 날 몰라주는 사람 탓, 세상 탓 많이 했는데, 지금 생각하면 내가 어리석은 거였어. 많이도 필요 없어. 세상에 날 제대로 알아주는 한 사람만 있으면 살맛 나는데……. 안 그래요, 피디님?"

"그렇죠."

"그래도 이태원 무대에서 노래할 때가 좋았는데……. 삼십 대 후반이었지, 아마?"

세상의 중심이 되어가는 사람들과 달리 변두리 인생살이밖에 안 되는 자신의 처지에 우울했던 시절, 재은 씨에게도 딱 맞는 인생이 펼쳐져서 이제 내 세상이라고 느낀 순간이 찾아왔다고 했다.

무대 위에서 농익은 꿈의 향연을 벌이고 청혼에서 결혼까지 인생의 화양연화를 꽃피우며 행복했던 것도 잠시, 재개발로 가게가 문을 닫아 쫓겨나고 남편도 돌연 행방불명이 되었다. 그렇게 그녀는 오랫동안 둥지를 틀었던 곳을 떠났다.

"전혀 다른 일을 해보고 싶었어. 내 인생의 불행이 진창 같은 동네, 거기서 만난 사람들 때문인 거 같아서 아무도 날 모르는 곳으로 이사를 갔지. 몇 평짜리 찻집을 열고, 하루하루 간신히 먹고사는데 행복하더라구."

"저도 가끔 저를 아는 사람이 없는 곳에서 인생을 다시 시작하고 싶을 때가 있어요. 근데 한 번도 행동으로 옮기진 못했어요."

치유의 밥상

"왜 못하는 줄 알아요?"

"왜일까요? 용기가 없어서겠죠."

"아니, 바닥을 안 쳐봐서 그래요. 때론 주변에 아무도, 아무것도 없어야 인생을 송두리째 바꿀 용기가 생기더라구. 그때 나한테 기대고 붙잡을 게 하나라도 있었다면, 절대 술 팔고 몸 팔고 웃음 파는 곳에서 벗어나지 못했을 거야. 그래서 그때 인생 하나 배웠지. 밑바닥 쳤다고, 아무 희망 없다고 죽으려고 하지 말자. 인생 밑바닥은 다시 시작할 수 있는 기회가 되더라구.

재미난 얘기 하나 해줄까요? 찻집을 하는데, 처음에 사람들이 뭐랬는지 알아? 나보고 고생 하나도 안 하고 산 소녀 같대. 어린 딸 버리고 도망친 엄마 아빠 원망 많이 했는데, 그래도 이 나이에 소녀같이 보이는 얼굴로 낳아준 부모님한테 고마운 마음이 들더라."

"왜 자살하려고 하셨어요?"

"……."

재은 씨는 잠시 침묵했다.

"죄송해요."

"말 안 하려고 했으면 처음부터 인터뷰 안 한다고 했겠지. 찻집 하면서 생전 안 읽던 책도 읽고, 음악도 듣고 하니까 새로운 세상 같더라구. 클래식을 처음 제대로 들었는데 첼로 소리가 너무 좋은 거야.

잠시 빠졌지.

　이제 불행 끝이다 싶었어. 그래서 술, 담배도 끊으려고 맘먹었는데 덜컥 간암이라는 거야. 내 멋대로 살긴 했지만 몸이 그렇게 망가졌는지는 꿈에도 몰랐지. 하늘 원망 많이 했어. 이제야 좀 사람답게 살아보려는데 야속하더라구. 그래도 살려고 항암치료를 받았는데 머리카락 다 빠지고 얼굴이 너무나 흉측하게 변하는 거야."

　"지금도 아름다우세요."

　"아냐……. 그 사람한테 내 지난 세월도 미안해 죽겠는데 암 투병하면서 코피 쏟고, 머리 빠지고……. 못생긴 얼굴, 투병하는 모습 보여주기 싫더라구. 그래서 죽고 싶었지, 차라리 그게 낫겠다 싶어서. 처음으로 내가 먼저 좋아한 사람이거든. 근데 그 사람은 몰라, 내가 그렇게까지 맘먹은 줄. 그 맘까지 들키긴 싫어."

　나이가 들어도 여자로 살고 싶은 재은 씨의 열망은 거친 풍파 속에서도 그녀를 아름답게 빛나게 했다. 수많은 사람들의 사랑을 받으면서도 진정한 사랑을 알지 못했던 그녀가, 처음으로 가슴 설레는 남자를 만났다고 했다.

　"예전에 만난 남자들은 나한테 필요한 걸 채워주는 사람으로밖에 안 봤던 것 같아. 사랑이든, 돈이든. 참 속물이었어. 뭔가 얻고 나면 금방 질려버리기도 하고. 생각해보면 살면서 늘 결핍을 느꼈던 거 같

　　　　　　　　　　　　　　　　　　치유의 밥상

아. 외롭고 힘들었지. 근데 바라만 봐도 좋은 사람이 있더라구. 나랑 살아온 인생이 너무 달라서 감히 다가갈 수도 없는데 그냥 설레는 거야. 나에게도 이런 순수한 감정이 남아 있구나 싶은 게, 그걸 깨닫게 해준 것만으로도 행복했어."

그 사람 생각에 소녀처럼 수줍어하는 재은 씨는 호스피스 병동으로 들어오기 전 사랑에 빠져 있었다. 그녀의 화양연화는 아직 끝나지 않았던 것이다.

그날 오후, 재은 씨 찻집을 찾아갔다. 찻집 앞에서 나를 기다리고 있던 사람은 다름 아닌 동그랗고 통통한 얼굴에 덩치가 크고 인상이 순박한 호철 씨였다.

다섯 평 남짓한 찻집은 목가적인 분위기로 파스텔 톤 나무 테이블과 의자가 놓여 있었다. 손으로 짠 테이블보가 깔린 테이블 너머로 원색 꽃 모양의 커피 잔 세트가 붉은색 나무 찬장 층층이 놓여 있었다. 타원형 스피커와 빽빽이 꽂힌 시디들을 보니 재은 씨가 음악을 얼마나 좋아했는지 알 수 있었다. 벽에는 마릴린 먼로 사진과 고전 흑백영화에 나왔던 주인공들 사진이 액자에 걸려 있었다.

그 찻집은 재은 씨가 꿈꾸던 모든 것을 모아 가꾼 공간이었다. 상기된 얼굴로 재은 씨 가게를 소개하는 호철 씨는 부모님으로부터 물려받은 정육점 겸 고깃집을 운영하며 태어나 자란 곳에서 지금까지 살고 있다고 했다. 화목한 집안에서 자라 대학을 졸업하고 작은 무역회사를 다니다가, 강원도에서 목장을 하고 싶다는 부모님의 소원을 들어주기 위해 순순히 아버지 가게를 맡게 되었다고 했다.

"저는요, 부족한 것 없이 자랐습니다. 사람 좋아하는 성격이라 친구도 많았고, 동네 사람들한테 인사성 밝다며 사랑도 많이 받았습니다. 형제간에도 사이가 좋아서 밤새 수다를 떨기도 하고, 특별히 부족한 것 없이 풍족하게 살았던 것 같습니다. 가게도 곧잘 돼서 알부자란 소리도 듣고 인생이 순조로웠다고 할까요? 다들 부러워했죠."

"재은 씨는 어떻게 만나셨어요?"

"여기 찻집 주인이 예쁘다고 해서 가게 마치고 커피 마시러 몇 번 왔는데, 볼수록 좋아지는 겁니다."

"예뻐서요?"

"물론 처음엔 예뻐서였죠. 근데 재은 씨의 진짜 매력은 따로 있습니다. 다른 사람을 정말 잘 배려한다는 겁니다. 전 평생 착하다는 소리 들으며 부족한 것 없이 살아와서인지 힘든 사람들 보면서 진심으로 공감한 적은 없었던 것 같아요. 근데 재은 씨는 사람들 마음을 정말 잘 알아요.

이웃집 할머니 외로운 건 어찌 알았는지 아침마다 공짜 커피 갖다 주면서 수다도 떨고, 찻집 손님이 뭣 때문에 속상하다, 죽고 싶다 하면 같이 울기도 하고 진심으로 위로해주더라구요. 솔직히 전 다른 사람 인생에 별 관심이 없습니다. 적당히 제 행복에 만족하면서 살 뿐이지, 누구를 진심으로 이해한다든가 같이 울어준다든가 재은 씨같이 그렇게 못해요.”

굽이굽이 넘어온 인생의 고비가 많은 만큼 타인의 아픔에 공감하고, 누군가 머물 그늘이 되어줄 수 있는 걸까?

평범하게 살아온 한 남자가 인생의 험한 파도를 넘어온 한 여자를 사랑하게 되었다.

“때론 기타 치며 노래도 불러주고 요리면 요리, 인테리어면 인테리어, 재은 씨는 못하는 게 없습니다. 저는 일 말고는 할 줄 아는 게 별로 없거든요. 재은 씨를 보면 이 세상엔 참 재밌는 일이 많다 싶었어요. 한마디로 전 재은 씨를 통해 세상을 배운 셈이죠. 어떻게 그렇게 힘든 시간들을 혼자 힘으로 헤쳐왔을까……. 예전에 어떻게 살았든 저는 상관없어요. 그 사람은 참 열심히 살았어요. 나 같은 사람은 흉내도 못 낼 만큼.”

재은 씨가 아프기 시작하면서 가게를 도와주려고 했지만, 호철 씨는 그녀가 내리는 커피 맛을 흉내 낼 수도 없을뿐더러 음악 선정도 제대로 할 수 없었다고 한다. 몇 번이나 커피를 망치다가 딱 한 번 제대로 된 맛을 냈는데 정말 좋았다고 했다.

"처음에 재은 씨는 참 부정적이었어요. 상처 받기 싫어서 미리 방어벽을 치면서 무조건 안 좋게 보려고 했죠. 그런데 그 모습에 가슴이 아프더라구요. 이제라도 재은 씨에게 평안한 만남과 행복도 있다는 걸 알게 해주고 싶었습니다."

"왜 재은 씨가 호철 씨를 먼저 좋아했는지 알겠어요."

"재은 씨가 먼저 절 좋아했대요?"

"네."

"아닌데, 제가 엄청 좋다고 쫓아다녔어요. 재은 씨는 꿈쩍도 안 했는데, 하하하!"

첫인상이 어두웠던 재은 씨가 인터뷰를 하면서 호철 씨 이야기를 할 때마다 미소 짓던 모습이 떠올랐다. 나 때문에 세상이 즐겁다고 말해주는 남자를 어떻게 사랑하지 않을 수 있겠는가! 작은 일에도 쉽게 흥분하고, 세상 떠날 듯 슬퍼하고, 호들갑스럽게 고마워하는 재은 씨에게 호철 씨는 그동안 알던 남자들과는 전혀 다른, 축복과도 같은 존재였던 것이다.

"결혼 생각은 없으세요?"

"재은 씨가 원한다면 청혼하겠지만, 그녀가 원하는 것 같지 않아

치유의 밥상

요. 나한테 부담된다고 생각하는 것 같아요. 그렇지 않아도 저한테
미안해하는 사람인데……. 그녀가 원하는 만큼 곁에 있을 겁니다. 사
실 우리, 아직 키스도 못해본 사입니다.”

호철 씨는 그렇게 정성스레 그녀 곁을 지켰다. 사랑을 시작한 지 육
개월이 채 되지 않은 연인, 여자가 병으로 육체의 아름다움을 잃어가
는데도 남자의 사랑은 여전히 성실하고 더욱 깊어졌다.

“이 여자구나, 라고 생각한 순간이 언제였나요?”

“저희 식당에 밤늦게 고기 먹으러 와선 2인분을 혼자 구워 먹곤 했
어요. 손님이 없을 땐 제가 몇 번 같이 앉아 먹기도 했죠. 하루는 이
러더라구요. 자기가 지금까지 몸매를 이렇게 유지하고 있는 건, 밥 안
먹고 단백질인 고기만 먹어서라고. 이렇게 맛있는 고기 파는 사람이
랑 평생 같이 살아도 좋겠다면서 절 쳐다보는데, 아 이 여자랑 같이
살아야겠구나 싶더라구요. 가슴이 막 쿵쾅쿵쾅 뛰는데, 그런 감정은
세상에 태어나서 처음이었던 것 같아요.”

환하게 웃던 재은 씨는 일주일 뒤 호철 씨의 손을 잡은 채 눈을 감
았다. 마지막 순간, 두 사람이 나눈 대화를 잊을 수 없다.

“호철 씨, 정말 고마워요. 당신을 만나서 빵점짜리 내 인생이 이렇

게 행복해졌어요. 고마워요. 당신을 만나고 떠날 수 있어서 참 다행이에요. 고마워요, 정말."

"재은 씨, 제가 더 고마워요. 키스합니다, 재은 씨. 제가 키스할게요. 저 잊지 마세요. 저도 안 잊을게요."

애끓는 마음으로 숨이 넘어가는 연인의 입술에 입을 맞추는 호철 씨와 그 사랑에 고마워하는 재은 씨의 모습은 영화 속 한 장면 같았다. 호철 씨는 가슴 터지게 그녀의 이름을 외치며 목청 찢어지게 소리 내어 울었다.

두 사람의 사랑에는 결혼도, 백년해로도, 영원한 약속도 없었다. 하지만 그들의 사랑은 완벽했고 아름다웠다.

석 달 뒤, 호철 씨 가게를 찾아갔다. 재은 씨가 즐겨 앉던 자리를 찾아 앉은 뒤 가게를 둘러봤다.

"좀 썰렁하죠? 재은 씨 병간호할 때부터 장례 치를 때까지 가게를 계속 비워둬서 손님이 좀 떨어졌어요."

호철 씨는 어쩐지 예전과 달라 보였다.

"마지막으로 함께한 두 분 모습은 절대 못 잊을 거예요."

"함께 있을 때는 천국 같았는데 지금은 너무 끔찍합니다. 그래도 감사하죠. 재은 씨 아니었으면 절대 이런 감정 느껴보지 못했을 테니까요. 후회 없습니다."

호철 씨는 잊지 못할 마지막 키스를 가슴에 품고 평생을 살아갈 것
이다.

서로를 통해 인생을 배우고 삶이 풍성해졌음에 감사하는 두 사람,
그 헤어짐은 결코 마침표가 아닌 이 세상을 떠나서도 이어질 사랑임
을 알겠다.

"교수님, 이런 질문 참 많이 받으실 거라 생각합니다만."

"괜찮습니다. 말씀하세요."

"다름이 아니라 저, 이제 살날이 정말 얼마 안 남았죠?"

경준 씨는 굳이 듣지 않아도 벌써 다 알고 있는 답을 염 교수님에게 물었다.

삶에 대한 미련을 덤덤하게 덜어낸 듯 그의 표정은 한없이 여유로웠다. 마지못해 염 교수님이 고개를 끄덕이자 그는 "역시 그렇군요"라고 짧게 중얼거렸다.

말기암으로 삶의 끝자락에 서 있는 그는 사회적으로는 꽤 성공했지만 가정적으로는 크나큰 실패를 했다. 누구나 부러워할 만큼 재산이 많았지만 정작 그의 죽음을 곁에서 지켜주는 사람은 아무도 없었다. 늘 혼자뿐인 병실에서 외롭게 창밖을 바라보는 그의 모습은 마지막을 아름답게 마무리한다는 게 얼마나 중요하고, 또 어려운 일인지 새삼 깨닫게 했다.

쓰디쓴 외로움을 곱씹던 그가 어느 날 염 교수님을 향해 눈을 빛냈다.

"교수님, 제가 실은 마지막으로 소원이 하나 있는데요, 꼭 들어주셨으면 좋겠습니다. 실례를 무릅쓰고 말씀드리는 겁니다."

"말씀해보세요."

"저, 어떻게든 꼭 만나야 할 사람이 있습니다. 그 사람을 찾았으면 하는데……."

"어떤 분인가요?"

"그 사람을 찾아 용서를 빌어야 해요. 제가 예전에 너무 큰 잘못을 저질렀거든요. 죽기 전에 그 사람한테 진심으로 사죄를 하고 눈을 감고 싶습니다. 교수님, 부탁입니다. 그 사람을 제발 좀 찾아주세요."

'제발'이라는 말을 몇 번이고 덧붙이며 머리를 숙이는 그의 진중한 눈빛과 말투에서 말로 다 못할 간절함을 읽었는지 염 교수님은 흔쾌히 그러겠노라 약속했다.

"사람을 찾는다는 게 생각처럼 쉬운 일은 아니겠지만, 환자의 마지막 가는 길을 조금이라도 편하게 해줘야 하니까요. 일단 환자가 알려준 이름과 예전 휴대폰 번호로 수소문해보려고 합니다."

경준 씨가 찾는 사람은 첫사랑이었다. 그는 인연을 소홀히 했던 과거의 잘못을 깨끗이 지우고 싶은 듯했다. 아무도 찾지 않는 호스피스 병동에서 오래전 떠나보낸 첫사랑을 떠올리고 있었던 것이다.

경준 씨의 첫사랑을 찾는 것은 쉽지 않았다. 알고 보니 전혀 다른 사람인 경우도 있었고 중도에 흔적을 찾을 수 없는 등 갖은 시행착오를 겪었다. 길어지는 기다림에도 그는 간절함으로 그 시간을 버텼다.

경준 씨가 그녀를 처음 만난 것은 대학교 4학년 때였다. 수업을 마치고 친구들과 학교 근처의 삼겹살집을 자주 찾았는데 그곳에서 서빙하던 예쁜 아가씨를 발견했다. 머지않아 그녀가 그 식당 딸이라는 것을 알게 되었고 언제부턴가 그녀가 특별하게 느껴졌다. 그녀를 보기 위해 매일 출근하다시피 식당에 들렀는데 어느 날인가 그녀 모습이 보이지 않았다.

"대학 졸업하고 유학을 준비하던 중에 과로로 폐렴에 걸려 병원에 입원한 적이 있었습니다. 차곡차곡 준비하던 계획에 차질이 생겨 속상해하고 있는데 운명처럼 그녀를 다시 만났어요. 저의 담당 간호사가 바로 그 삼겹살집 딸이었던 거죠. 대학교를 갓 졸업하고 처음 간호사로 일하기 시작한 터라 실수도 많았고 어리바리했지만 청순한 매력에 끌려 결국 제가 데이트 신청을 했어요."

그렇게 만남을 시작한 두 사람은 깊이 사랑하는 사이가 되었다. 주로 병원 앞 카페에서 데이트를 즐기던 두 사람은 경준 씨가 퇴원하고 나서는 달콤한 사랑을 나눌 장소를 찾아 어디든 여행을 다녔다. 에버랜드, 강릉 경포대, 부산 해운대 등 지금 생각해도 다시없을 꿈같은 시간이라고 그는 말했다.

"이 년이 지나 부모님께 소개했죠. 좋아하실 거라고 생각했는데 아버지도 안 계시고 집안도 변변치 않다고 반대하시더라구요. 처음엔 저도 설득하려고 했는데 부모님과 한 번도 싸우지 않고 자란 저로서는 부모님의 반대가 버겁더군요. 그땐 너무 어렸고, 무작정 도망가고 싶었어요. 그래서 그녀에게 아무 말도 하지 않고 유학을 떠났습니다. 정말 어리석었죠."

경준 씨는 유학 생활을 하다 만난 사람과 결혼해서 한국에 돌아와 사업을 하며 승승장구했지만, 한순간에 모든 것이 산산조각 났다고 했다. 암 선고를 받고 호스피스 병동에 입원하기 전 그는 이십 년 만에 그녀의 어머니가 하던 식당 이름을 떠올리고는 기억을 더듬어 찾아갔다.

"고인돌 식당이었어요. 예전에 제가 물은 적이 있어요, 왜 식당 이름이 고인돌이냐고. 고인돌이라고 하면 전통 있어 보일 것 같아서 그렇게 지었다고 하더군요. 그녀를 떠올리면 늘 그 식당에서 먹었던 밥이 생각났어요. 꼭 한번 다시 먹어보고 싶었는데……. 놀랍게도 이십 년 만에 찾아갔는데 아직도 그 식당이 있더라구요. 주인은 십 년 전에 바뀌었지만요. 아쉬움을 뒤로하고 그냥 돌아왔어요. 이제 그녀의 부모님이 차려주시는 밥은 다시 먹을 수 없겠죠……."

염 교수님은 경준 씨에게 조금 더 기다려보자고, 힘을 내라고 했지만 기약 없는 기다림이 혹시라도 허사로 끝나면 어쩌나 불안해했다.

"교수님, 혹시라도 제가 떠난 후에 그 친구를 찾게 된다면 이 인형을 전해주시겠어요? 병원에 들어오기 전에 마지막으로 챙겨 갈 물건을 정리하다가 발견했습니다. 그녀가 저에게 준 행운의 마스코트예요.

그동안 제가 이 인형 덕에 참 운이 좋았던 것 같아요. 그래서 들고 왔습니다. 그녀가 주었던 행운이 제 건강 회복에도 이어지기를 바라면서요. 그녀에게 사죄할 수 있는 유일한 길은 마지막까지 그녀를 기억하는 걸 겁니다. 이 인형이 그 증거겠죠. 부질없을 수도 있지만 이 마음만은 전해주고 싶습니다."

일주일 뒤 경준 씨의 상태는 급격히 나빠졌다. 염 교수님은 첫사랑

                                                    치유의 밥상

을 못 찾은 게 미안한 듯 그를 안타깝게 쳐다보았다.

"경준 씨, 어쩌죠? 아직 찾지 못했습니다."

"괜찮습니다, 교수님. 제가 드린 마스코트 있지요?"

"네, 잘 가지고 있습니다."

"혹시나 제가 죽은 후에 그녀를 만나게 되면, 그때 너무 비겁해서 미안했다고 전해주세요. 너무 늦은 사죄에 그녀가 당황하지 않도록 잘 부탁드립니다."

"네! 꼭 그러겠습니다. 분명 경준 씨의 사과를 받아줄 겁니다. 당시엔 힘들고 아팠겠지만 그분도 행복했던 그 시절을 추억하고 있을 겁니다."

"감사합니다, 교수님. 감사합니다."

그날의 위기를 넘기고 다시 일주일 후 그는 눈을 감았다. 내내 가슴 한구석에 담고 살아온 평생의 그리움을 만나는 행운은 주어지지 않았지만 얼굴은 누구보다도 편안해 보였다.

진료실로 돌아온 염 교수님이 경준 씨가 부탁한 인형을 서랍에서 꺼내 보여주었다.

"사람의 인연이란 게 참 알 수 없어요. 스쳐가는 수많은 이들 중에 언젠가 또 만나는 인연이 있는 반면 두 번 다시 만날 수 없는 사람도 있으니까요."

집으로 돌아오는 길, 내가 스쳐 지나간 이들과의 '시절인연'時節因緣을 떠올렸다. 이제부터라도 죽기 직전에 다시 만나고 싶은 인연을 만들며 살아야지, 그저 스쳐간 인연도 원망하지 않고 순간순간을 무심코 지나치지 말아야지. 돌아오는 내내 인연에 대해 생각하며 언젠가 마스코트의 주인을 꼭 찾을 수 있기를 바랐다.

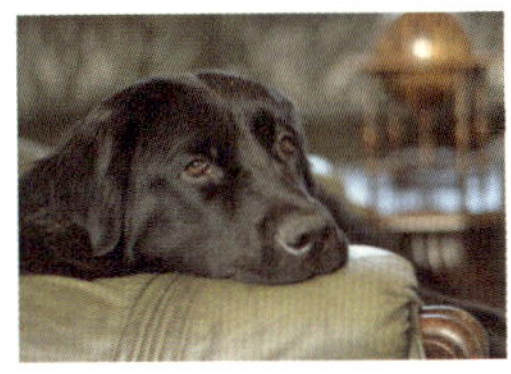

검은 털로 덮인 동그란 얼굴에 귀가 길게 늘어진 큰 개 한 마리가 병원 복도로 들어섰다. 개의 종은 뉴펀들랜드였다.

그의 등장에 사람들은 놀라기도 하고 쓰다듬으려고 다가가기도 했다. 그 모든 관심을 뒤로한 채 그는 간호사에게 이끌려 귀엽게 꼬리를 흔들며 휴게실 안으로 들어갔다.

세진 씨는 "자우야!"라고 반갑게 외치며 개를 품에 안았다.

"어떻게 지냈어? 이제 괜찮은 거야? 보고 싶었어, 자우야. 건강한 거지? 나 아직 살아 있어. 우리 이렇게 만나니까 정말 좋다, 그렇지?"

쉴 새 없이 묻고 떠들어대는 세진 씨 말에 대답이라도 하듯 자우는 그녀에게 파고들어 머리를 휘젓고 얼굴을 핥고 손을 잡아달라는 듯 앞발을 들기도 했다. 애견과 주인의 만남이 '이산가족 상봉' 못지않게 감동이었다. 자우에게 입을 맞추고 껴안고 쓰다듬는 세진 씨는 행복해 보였다.

세진 씨가 호스피스 병동에 와서 몇 달이 지나도록 어느 누구와도 대화를 하지 않아서 처음엔 그녀가 벙어리라고 생각한 사람도 있었다고 한다.

"자우랑 십 년을 같이 살았어요. 작년에 제가 암이 재발하면서 신경을 써주지 못했죠. 원래 뉴펀들랜드 수명이 짧아요. 십 년 정도 되니까 자우도 아프기 시작하더라구요. 여기 오면서 눈물을 머금고 헤어졌어요. 전 낫지 않고 더 나빠지기만 하는데 자우는 건강을 회복했다고 전남편에게서 연락이 왔어요. 끝까지 날 지켜주려고 자우가 힘을 낸 것 같아요. 두 달 반 만에 만나니까 정말 좋네요. 통증이 사라진 거 같아요."

염 교수님은 행복해하는 세진 씨를 지그시 바라봤다.

"우리나라 병원은 대부분 개를 데리고 올 수 없습니다. 외국에서는 가족이 없어서 개를 데리고 오는 경우도 있고 호스피스 개라고 해서 병원에서 키우는 개들도 있습니다. 세진 씨 사연을 듣고 환자를 위해 꼭 필요하다고 생각해 특별히 허락했습니다. 자우가 세진 씨가 안정을 찾는 데 도움이 될 거예요."

외국에서는 환자들이 원할 경우 반려견을 데려와서 함께 지낼 수도 있고, 호스피스 애견 치료를 병행하기도 한다는 기사를 읽었던 기억이 났다.

난 기뻐하는 세진 씨 옆으로 다가가 자우를 어루만지며 궁금했던 질문을 던졌다.

"자우가 무슨 뜻인가요?"

"아, '자, 이제 우리!'라는 말의 약자예요. 특별한 뜻은 없어요."

"특별한 뜻이 있는 것 같은데요?"

"…… 사실, 사연이 있긴 해요."

그녀는 작은 미소를 머금고 십 년 전 사랑했던 사람에게 자우를 선물로 받았다는 이야기를 꺼냈다.

"사랑했다고 하기엔 왠지 허망하고 부끄럽지만 유부남이었어요. 핑계 같지만, 가정이 있어서 처음엔 사귈 생각도 안 했어요. 사귀고 나서도 몇 번이나 헤어지려고 했죠. 그 사람보다 제가 더 강하게 뿌리치려고 했던 것 같아요. 서른하나라는 나이에 사랑을 시작하는데 상대가 유부남이라면 결과가 너무 뻔하잖아요.

　그 사람은 변호사라는 직업에 두 딸아이까지 남부러울 게 없는 행복한 가정을 꾸리고 있었고, 전 그냥 평범한 집안에, 평범한 직장에…… 특별할 게 없었어요.

　가슴 설레는 약속 같은 걸 해준 적도 없어요. 지금 생각하면 참 이기적인 남자였는데, 저도 딱히 어떤 기대를 하거나 그 사람 가정이 깨지는 걸 바라지도 않았던 것 같아요. 제가 백 퍼센트 손해 보는 사랑이란 걸 알면서도 그 사람을 사랑하게 됐어요, 어쩔 수 없이. 그런 느낌 아세요? 그냥 그 사람과 있는 게 자연스러웠어요……. 그렇게 삼 년을 만나다 이별 선물로 자우를 받은 거예요.”

　“자우란 이름은 세진 씨가 지으셨나요?”

　“아뇨, 그 사람이 지어줬어요. 선물하던 날 ‘자, 이제 우리 행복하자!’라는 뜻이라며 자우를 건네주더니 그 다음 날 갑자기 떠났어요. 그때 알았죠. 아, 그 뜻이 아니었구나. ‘자, 이제 우리 여기까지야. 내 대신 외롭지 않게 잘 키워’라는 의미로 줬구나.

　담담하게 받아들이려 했지만 힘들었어요. 그때 자우가 없었다면 견디기 힘들었을 거예요. 하루하루 쑥쑥 자라는 자우 밥 챙겨 먹이고, 산책시키고, 털 빗어주면서 딴생각할 틈 없이 바쁘게 지냈던 것 같아요. 그때 이름의 의미를 다시 알게 됐죠. ‘자, 이제 우리 둘이서 잘 살아보자!’”

치유의 밥상

"그 이후로 쭉 자우와 함께 지내신 거네요."

"그렇죠. 아, 결혼하기 전에 그 사람을 우연히 다시 만났어요. 강아지 동호회에서. 나중에 알고 보니, 그 사람 와이프가 뉴펀들랜드 강아지를 갖고 싶어 해서 캐나다 여행 갔다가 두 마리를 사 와서 저에게 한 마리 준 거였어요. 뉴펀들랜드 동호회에서 일 년 반 만에 다시 만나 강아지 관련 정보를 나누는 편한 친구가 됐어요. 그러다 다시 여섯 달을 사귀었죠."

"오래 사귀어서 익숙한 사람과는 자연스럽게 사랑, 아니 관계를 다시 시작하게 되기도 하니까요."

"정말 너무 자연스럽게……. 근데 두 번째 만났을 땐요, 그 사람은 가볍게 만나는 거 같은데 전 감정이 더 깊어지더라구요. 그래서 그 사람이 이번엔 정말 모두 포기하고 저한테 오기를 바랐던 것도 같아요. 여섯 달 만에 다시 헤어지고 그 사람이 연락처도 바꿔버리니까 너무 괴로워서 몸에 마비까지 오더라구요.

그때 자우가 절 살렸어요. 같이 수영하고 산책하고 부둥켜안고 울고……. 그 사람이 저를 만나러 온 적이 있는데 자우가 집에 못 들어오게 사납게 짖어서 쫓아냈어요. 기특하지 않아요? 말하지 않아도 제 맘을 안 거죠."

세진 씨는 그때 깨달았다고 한다. 자우는 그 사람을 대신하는 존재

가 아니라 홀로 외롭게 살아가는 자신에게 가족이자 유일한 동반자
라는 것을.

그 후 세진 씨는 자신을 사랑해주는 남자를 만나 결혼했지만 칠
년 만에 이혼했다. 마음을 추스르다 폐암을 발견했고, 가족 외에 아
무에게도 알리지 않고 자우와 둘이서 치료를 받으며 이겨냈다. 그러
나 암이 재발해 건강이 급격하게 나빠졌고 그즈음 자우도 노병에 걸
렸다. 그렇게 헤어지는가 싶었는데, 주인을 충직히 지키는 수호견 자
우는 기적처럼 건강을 회복해 세진 씨를 찾아왔다.

세진 씨가 고운 찻잔 위에 차망을 올리고 찻잎을 넣었다. 뜨거운
물을 붓자 향긋한 향이 진동했다. 그 향을 먼저 맡은 자우가 기분이
좋은지 세진 씨 주위를 돌며 펄쩍펄쩍 뛰었다.

"재스민 차예요. 같이 드세요."

"자우도 재스민 차를 아나 봐요. 굉장히 좋아하는데요?"

"네, 제가 맹물을 안 마시거든요. 항상 차로 마시는데 이 녀석도 차
를 우려낸 물만 마셔요. 보실래요?"

세진 씨가 차가운 물을 섞어 미지근한 차를 내밀자 자우는 목이
말랐다는 듯 재스민 차를 허겁지겁 마셨다. 어찌나 요란하게 마시는
지 물이 사방으로 튀는 모습에 세진 씨와 난 눈을 마주치며 웃었다.

"그 사람이 제가 아프다는 소식을 듣고 연락한 적이 있어요."

치유의 밥상

“만나셨어요?”

“아뇨, 죽는 순간을 담담하게 맞이하고 싶었어요. 누군가에게 동정을 받으면서 마지막 순간을 보내고 싶지 않더라구요. 배신하지 않고 상처도 주지 않고 모든 순간을 함께해준 자우만으로 충분해요. 끝까지 제 곁을 지키면서 절 위해 자신의 본래 수명보다 더 오래 살아준 자우가 더없이 고맙고 소중하죠.”

그녀는 일주일 뒤 눈을 감았고, 자우도 세진 씨 삼우제를 지내던 날 하늘나라로 갔다.

인생의 동반자가 꼭 사람일 필요는 없다. 나를 이해하고 늘 내 곁을 지키며 오랜 세월 함께한다면 그것이 바로 진정한 반려자이자 동반자가 아닐까.

아내를 떠나보낸 빈자리

성민 씨는 매일 수프를 배달받아 먹었다.

내가 방문한 날에는 클램차우더 수프를 먹고 있었다. 수프 향기를 깊이 들이마시며 레스토랑에서나 사용할 법한 냅킨으로 턱을 받치고, 평화로운 표정으로 한 숟가락 한 숟가락 떠먹는 모습은 분명 호스피스 병동과 괴리감이 느껴지는 풍경이었다.

"염 교수님, 환자가 수프를 따로 배달해서 먹어도 되나요?"

"물론입니다. 환자분이 먹고 싶어 하고, 먹어서 해가 안 된다면 저는 찬성입니다. 성민 씨가 먹는 수프는 베지테리언 요리 전문가가 운영하는 식당에서 특별 주문한 겁니다. 요리사가 환자 상태를 잘 알고 있고 성민 씨와 오래 알고 지낸 지인이라 병원 밥 대신 먹는 걸 허락했습니다. 다만 암환자들은 단백질 섭취가 중요한데, 너무 채식만 하다 보면 단백질 부족으로 환자가 힘들어할 수 있으니 유념해달라고 했죠."

하루에 한 끼밖에 못 먹는 성민 씨를 위해 염 교수님이 그가 먹고 싶어 하는 음식을 특별히 허락해주었던 것이다.

"성민 씨가 채식주의자인가요?"

"비건, 그러니까 엄격한 채식주의자는 아니고, 채소와 해산물은 먹고 육류를 먹지 않는 페스코pesco 채식 생활을 했습니다. 지금은 선택의 여지가 없으니 자기 식생활을 강하게 주장할 순 없지만, 채소 수프를 먹고 있으니 그나마 특권을 유지하고 있다고 봐야겠죠?"

성민 씨가 채식주의자가 된 계기는 아주 특별했다.

"집요하게 아내를 추적했어요. 왜 집을 나갔을까, 왜 나한테 질렸을까, 같이 떠난 남자는 대체 어떤 놈일까……. 숫자와 형식이라는 틀에 갇힌 회계사란 직업 때문인지 아내가 떠나고 한참 후에도 정확하게 답이 떨어지지 않아 그 이유를 찾아다녔습니다. 저는 아직 끝나지 않았는데 아내가 떠났다고 우리 관계를 끝내야 하는 건지 잘 모르겠더라구요."

성민 씨는 끈질긴 추적 끝에 아내와 함께 떠난 남자의 특이점을 찾아냈다. 바로 완벽한 채식주의자, 비건이라는 사실이었다.

"그 사실을 알고 보니 아내가 떠나기 전부터 징조가 있었더군요. 언제부터인가 밥상에 나물이나 샐러드만 올라오는 거예요. 고기를 좋아하는 저는 왜 풀밖에 없느냐고, 먹을 게 없다고 타박했죠. 그렇게 매일같이 싸우고 아내와 화해하려고 좋은 레스토랑을 예약해두면 싫다고 해서 또 싸우고, 정말 지옥 같았어요."

"아내분은 왜 성민 씨에게 자신이 채식주의자가 되었다고 말하지 않았을까요?"

"일종의 반항이었을 겁니다. 제가 아내를 사랑하는 방법이 구속적이긴 했어요. 제 손에서 벗어나는 게 싫어 직장도 못 다니게 하고 집에만 있게 했어요. 아이도 없었구요. 아마 자신이 유일하게 할 수 있는 것, 밥상을 바꾸고 싶었을 겁니다."

성민 씨는 결혼 생활에 질린 아내의 식생활 변화가 반항인 동시에 우월감의 표시였다고 했다. '나는 당신과 달라' '당신은 일하는 거밖에 모르지? 난 책도 많이 읽고 문화를 즐기고 있어' '당신은 정말 무식하고 잔인한 사람이야' 이렇게 주장하는 아내의 우월감!

"전 월급쟁이 이십 년에 술 좋아하는 육식주의자가 됐습니다. 덕분

　　　　　　　　　　　　　　　　　　　　　　치유의 밥상

에 배가 산만큼 나왔고 주말이면 집에서 꼼짝하지 않고 텔레비전만 보며 누워 있었죠. 아내가 갑자기 떠나던 날도, 언제 떠났는지 정확히 몰라요. 주말 오후였을 겁니다. 한창 텔레비전을 보며 낄낄거리다 보니 출출해서 아내를 찾았는데 없더라구요. 옷가지 몇 개에 핸드백만 들고 나가버린 거죠.”

여전히 아내는 성민 씨와 법적으로 부부였지만 그 후로 그녀를 볼 수 없었다. 아내를 찾기만 하면 가만두지 않겠다며 치밀어 오르는 분노를 술로 풀다가, 불쑥 위암이 찾아왔다.

“처음엔 살려고 채식을 선택했어요. 병원에선 수술을 받든 받지 않든 곧 죽는다고 했거든요. 마흔여덟에 죽을 순 없잖아요? 아내도 떠나고, 자식도 없는데 그냥 죽기 억울하더라구요. 그래서 살려고 민간요법을 뒤지고 뒤지다가 채식을 하기 시작했어요.

새로운 세상이더군요. 많은 것을 절제하는데 그 안에 묘한 자유가 있더라구요. 점점 살이 빠지고 몸이 가벼워지더니 병이 나았어요. 십 년이 지나 간암으로 여기 오기 전까지 그 전에는 몰랐던 새로운 사람들을 만나고 한 번도 맛보지 못했던 음식을 먹으며 살았어요.”

사라진 아내 덕에 알게 된 채식주의자의 삶을 위암 때문에 실천한 것이다. 그 후 그의 삶은 엄청나게 달라졌다.

채식주의자로 살아가는 게 얼마나 행복한지 이야기를 듣고 있는데 채식주의자 동호회 친구들이 병문안을 왔다. 십 년 넘게 채식주의 정보를 교환하며 친분을 쌓아온 사람들. 친구들은 동호회에 새로 가입한 회원들부터 새로운 발견한 식당과 직접 개발한 레서피, 환경 보호에 관한 이야기까지, 폭넓은 주제로 대화를 이어갔다. 마치 호스피스 병실이 아닌 어느 채식주의자 식당의 한 테이블에 앉아 있는 느낌이었다.

그들은 성민 씨를 걱정하는 동호회 친구들의 격려하는 댓글을 프린트해 와서 보여주었고, 그는 마음 맞는 사람들과 함께 마지막일지 모르는 소중한 시간을 보내고 있었다.

"동호회 친구들에게 가족 이상의 유대감을 느낍니다. 이 친구들과의 대화가 심리적인 안정에 정말 큰 도움이 되죠."

그날의 하이라이트는 성민 씨를 위해 매일 채식주의자 수프를 만들어 보내주는 요리사 친구의 등장이었다. 성민 씨와 누구보다 돈독한 관계를 유지해온 요리사의 선행이 동호회 친구들에게 모범이 되고 있다고 했다.

"성민이가 아무것도 먹지 못하는 순간까지 우리의 특별한 식단을 누렸으면 좋겠어요. 제가 이 친구를 위해 해줄 수 있는 건 이것밖에 없어요."

"이 친구가 만들어주는 수프는 정말 말로 표현할 수 없는 최고의 맞이에요. 맨 처음 위암에 걸리고 채식 생활을 하면서 생명을 십 년이나 연장한 것도 기적이었지만, 간암에 걸리고 나서도 채식주의자 삶을 유지할 수 있었던 것 역시 기적 같은 일이라고 생각합니다. 모두 이 친구들 덕분이죠. 전 마지막 순간까지 친구가 선물해주는 특별한 식사를 즐기면서 저만의 방식으로 죽음을 맞이하고 싶습니다."

"아내분을 다시 찾고 싶지는 않으세요?"

"아내가 법적인 관계를 정리하자고 찾아오지 않는 이유를 굳이 알려고 하지 않았습니다. 언제부턴가 그 사람도 그저 새로운 변화가 필요하지 않았을까 하고 이해하게 됐어요. 제가 죽고 아내가 제 장례식장에 찾아와준다면……. 친구들에게 그때와는 다르게 살아온 저의 삶에 관해 듣게 되었을 때 조금이라도, 잠시라도 아내가 절 떠난 걸 후회했으면 좋겠어요."

"아내분을 아직 사랑하시는 것 같아요."

"사랑하는 방법은 잘 몰랐지만, 아내 이상의 여자를 만나본 적이 없습니다."

성민 씨의 말에 동호회 친구들이 환호를 보냈다.

요리사 친구가 단체사진을 찍어달라며 카메라를 건넸다. 카메라 앵글에 잡힌 성민 씨는 자신을 아끼는 친구들 때문인지 어느 때보다 환하게 웃고 있었다.

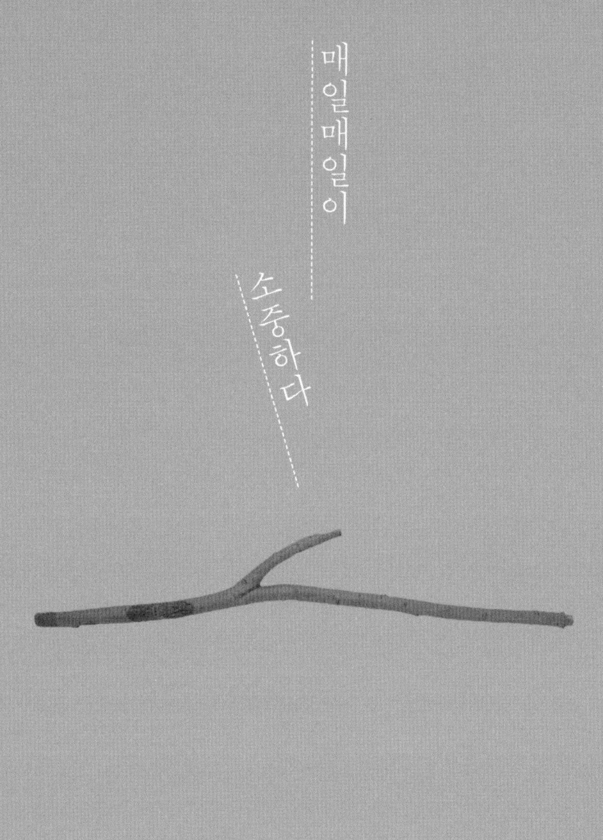

매일매일이
소중하다

❧

한 치의 의심 없이
내일 아침에 일어날 수 있다는 것,
잠들기 전에 내일 일을 계획할 수 있다는 것이
얼마나 감사한 일인지를
호스피스 병동에 드나들며
비로소 깨닫게 되었다.

살아 있음에 감사해야 할 책임

은영 씨가 마스크 팩 묶음을 하나 건네면서 청담동에 있는 유명 피부과에서만 판매하는 거라고 설명을 덧붙였다.

그녀는 삼 년 전까지만 해도 잘나가는 화장품 세일즈우먼이었다. 얼굴에 난 물사마귀와 피부 트러블을 감추느라 시작한 메이크업이 화장품 판매로 이어진 뒤, 뷰티플래너로 신뢰를 얻으면서 연봉 1억의 팀장 자리까지 올랐다. 직업에 대한 은영 씨의 열정은 대단했다.

세일즈 목표를 달성한 날이면 직원들을 이끌고 노래방에 가서 새

벽까지 목청 높여 노래를 부르던 호탕한 성격의 은영 씨. 오 년 전 국립암센터에서 자궁암 진단을 받고 충격을 받았지만 세일즈우먼의 근성으로 지난한 암치료 과정을 견뎌냈다. 사 년이 지나 자궁에는 암의 흔적이 깨끗이 사라졌다. 그런데 혈액에 숨어 있던 암세포가 폐와 다른 장기, 뇌까지 전이됐고, 결국 방사선치료를 포기하고 호스피스 병동을 찾아왔다.

낯선 이의 마음을 움직이며 화장품을 판매하던 서른여덟, 아직 젊은 나이의 은영 씨는 암과 싸우며 완치하고 싶다는 열망이 얼마나 강했을까. 모든 것을 포기하고 여생을 평온히 보내기 위해 이곳 호스피스 병동을 선택하기까지 그녀와 가족은 얼마나 힘들었을까.

"호스피스는 라틴어로, 손님을 의미하는 '호스페스'hospes에서 유래했습니다. 집으로 찾아온 손님을 극진히 접대하고 벗이 되어주는 주인의 마음과 자세가 기본 정신이죠. 이곳을 인생의 마지막 거주지로 선택한 이들을 위해 무엇보다 마음을 살펴야 합니다.

모든 것을 담담히 받아들이기로 결심하고 온 은영 씨도 은영 씨지만, 아직 젊은 나이에 결혼도 안 해보고 세상 사는 진짜 재미와 맛도 못 보고 떠나는 딸을 지켜봐야 하는 어머니 마음은 얼마나 찢어질지……. 우리는 치료는 물론이고 환자와 보호자의 마음 돌보는 일에 더욱 힘써야 합니다."

육십 대 초반인 은영 씨 어머니의 헤어스타일은 오랫동안 미용실에 가지 않았는지 파마가 풀려 있었지만 얼굴엔 곱게 화장을 하고 있었다. 전날이 어머니 생신이었는데 뒤늦게 알게 된 은영 씨가 화장을 해주겠다고 아침부터 부산을 떨었다고 한다. 암세포가 뇌까지 전이되어 오른편 마비 증상을 보이면서도, 그녀는 비장의 무기인 화장품 가방을 병실로 가져오게 해서 몇 시간에 걸쳐 호흡을 가다듬으며 정성스럽게 어머니 얼굴에 메이크업을 해주었다.

덕분에 간호하느라 지친 어머니도 얼굴만은 뽀얗게 상기되어 보였다. 잠시 잠이 든 은영 씨 머리를 쓰다듬던 어머니는 나에게 그녀가 화장품을 판매할 때 들고 다녔던 가방을 보여주었다. 루이비통 화장품 가방 안에는 은영 씨가 일해온 흔적으로 가득했다.

각종 화장품들이 잘 정돈되어 있었고, 화장품 성분을 분석해 꼼꼼히 메모해둔 수첩과 포스트잇이 가방 안쪽 주머니에 들어 있었다. 하루의 다짐을 굵은 펜으로 적어놓은 글귀들이 수첩 곳곳에 보였고, 누군가를 기다리며 그린 듯한 동그라미, 별 모양의 그림과 영어를 공부하느라 끼적인 흔적이 눈에 들어왔다.

"요즘 흔히 말하는 '스펙'이 부족해서 외국어 공부도 열심히 했어요. 대학은 잘 못 나왔지만 더 열심히 해서 성공하겠다고, 그래서 엄마 호강하게 해주겠다고, 해외여행 다니면서 살게 해줄 테니 나보고 오래 살라고 했어요. 우리 딸이, 은영이가 항상 했던 말이에요. 일만 하느라 남들처럼 살아보지도 못하고 가는 딸을 보고 있자니 가슴이 무너져서……."

말을 끝맺지 못하는 어머니를 보고 나도 모르게 꼭 안아드렸다. 나와 나이가 비슷한 은영 씨였다. 내일이 허락되지 않은 그녀의 오늘이, 어머니에겐 안타깝고 가슴 찢어지는 슬픔일 터였다.

은영 씨 어머니에게도 사연이 있었다. 미혼인 딸과 달리, 어머니는 은영 씨 아버지와 사별한 뒤 재혼했다가 이혼까지 했다. 일에서 승승장구하는 딸에게 용돈도 넉넉히 받았지만 나중에 딸에게 짐이 될까 걱정했고 무엇보다 혼자 늙어가는 게 싫었다.

여생을 함께할 마음 맞는 짝을 구해 물 한잔 떠놓고 서둘러 재혼 결혼식을 치렀다. 그때도 은영 씨가 어머니 메이크업을 해줬다고 했다. 그렇게 아들 둘 딸린 남자와 행복하게 살려고 했지만 다 큰 남의 자식을 거두고 품는 일이 쉽지만은 않았다. 둘째 아들의 반항이 심했고, 첫째와도 좀처럼 가까워지지 않았다. 결국 자식들을 위해 남편과 헤어졌지만 지금도 친구처럼 지낸다고 했다.

"한 번밖에 없는 인생인데……. 나는 그래도 몇 번의 인생을 살아봤잖아요? 근데 우리 은영인 연애도 제대로 못하고 일만 하다가 이렇게 가야 하다니, 내가 미안해서 견딜 수가 없는 거야. 대신 죽을 수

    치유의 밥상

있다면 좋을 텐데, 더 오래 산 사람 순서대로 가면 좋을 텐데……. 내가 해줄 수 있는 게 아무것도 없어요, 그저 지켜보는 수밖에. 그게 너무나 미안하고 가슴 아파요."

흐르는 눈물을 주체하지 못하던 어머니는 누가 이야기를 들어주는 것만으로도 위로가 되었는지 나를 보며 몇 번이나 고맙다고 했다.

마흔을 갓 넘기고 보니, 세상에 무수히 잘나고 성공한 사람들을 보다 보면 내 처지가 초라하게 느껴질 때가 많다. 나름대로 열심히 살아왔는데도 많은 것을 손에 쥐지 못한 것 같은 느낌에 스스로를 비아냥거리기도 했다. 세상의 이치를 깨닫기라도 한 듯 관조적으로 세상을 바라보다 열정은 시들어갔고, 사람들이 다 나보다 더 단단하고 대단해 보여 자꾸 위축됐다. 꿈을 꿀 나이는 지났다고, 현실을 자각해야 한다고 스스로 타이르며, 안 될 것에 너무 아파하지 않기 위해 우울하고 삐딱하게 세상을 바라보기도 했다.

얼마나 오만하고 배은망덕한 삶의 자세인가. 한 치의 의심 없이 내일 아침에 일어날 수 있다는 것, 잠들기 전에 내일 일을 계획할 수 있다는 것이 얼마나 감사한 일인지를 호스피스 병동에 드나들며 비로소 깨닫게 되었다. 고작 인생의 반을 산 주제에 늙었다느니, 위축된다느니 멋대로 내뱉다니.

"오늘은 죽은 자가 그토록 살고 싶어 한 내일"이라고 했던가. 빚진 마음으로 살아가야 할 행운을 누리면서도 그것이 행운인지조차 몰랐던 어리석은 나의 모습이었다.

"피디님, 지금 제 소원이 뭔지 아세요?"

은영 씨가 물었다.

"말씀해보세요. 제가 하나라도 들어드릴게요."

"위하고 장을 모두 들어냈거든요. 위가 없어서 물도 못 마시고 얼음을 머금었다 뱉어내야 해요. 장이 없어서 가스도 안 차구요. 지금 딱 시원한 맥주 한 잔 마시고 방귀 뀌고 싶어요."

암 덩이에 생명을 하루하루 내어주고 있는 이들에게는 너무나 당연하다 생각하는 물 한 잔 마시기, 방귀 뀌기, 삼시 세끼 밥 먹기, 변보기 같은 기본적인 욕구가 소원이 된다. 두 다리로 화장실까지 씩씩하게 걸어가는 것, 일어나고 앉는 것, 이 모든 것들이 이곳 사람들에겐 간절하지만 이루기 힘든, 이룰 수 없는 소원인 것이다. 난 그들을 위해 해줄 수 있는 게 아무것도 없었다.

그러니 감사해야지, 모든 것에 감사하며 살아가야지. 우린 삶에, 살아 있음에 감사해야 할 '책임'이 있다.

오후가 되면서 은영 씨의 통증이 심해졌다. 보통은 통증을 참지 못하고 소리를 지르기도 하는데, 그녀는 달랐다.

"은영 씨, 통증을 절대 참지 마세요. 말로 내뱉으면 통증이 줄어들

　　　　　　　　　　　　　　　　　　　　　　치유의 밥상

수 있어요."

염 교수님에 따르면 처음 이곳에 왔을 때 은영 씨는 그래도 젊은데 이쯤 고통이야 못 이기겠느냐는 의지로 통증을 참았다고 한다.

"사람들이 완화의료에 관해 잘못된 생각을 가지고 있는데, 호스피스에 왔다고 다 죽는 것은 아닙니다. 저희 환자 중에는 십 년이 넘게 살고 있는 사람도 있습니다. 완화의료란 직접적인 암치료는 아니지만 환자의 다양한 임상 증상을 치료해주는 것입니다. 그러니 두려워 마세요. 통증 조절만 잘돼도, 잠만 잘 자도 하루하루가 얼마나 편한지 모릅니다."

염 교수님의 설명을 듣고 나서야 은영 씨는 아프다고 솔직하게 의사를 표현했고 그 뒤로 평온한 나날을 보낼 수 있었다.

교수님은 은영 씨의 손을 꼭 잡고 진심 어린 충고를 했다.

"환자들이 오해하는 것이 하나 있어요. 진통제를 먹으면 암이 더 커지거나 약에 중독된다고 생각하는 거죠. 그것은 잘못된 상식입니다. 진통제는 어디까지나 진통제일 뿐, 암에 나쁜 영향을 미치거나 중독되지 않습니다. 그러니 걱정하지 말고 복용하세요. 통증이 잘 조절돼야 암과 싸울 용기도 생깁니다."

그날 저녁 식사 시간에 호스피스 병동 휴게실 노래방 기계에 불이 들어왔다. 신음만 가득할 것 같은 이곳에 노래방 기계라니! 의아해하는 나의 표정에 염 교수님은 호스피스 병동에서도 환자들의 생일을 축하하거나 병동에 기념할 일이 있으면 가끔 휴게실에서 모여 함께 노래를 부르기도 한다고 말해주었다.

누군가 노래를 부르기 시작하면 어떤 곡이든 거동할 수 있는 환자들은 휴게실로 나와 함께 부르거나 몸을 흔들고, 병실에 누워 있는 환자들은 박자에 맞춰 손을 까딱이거나 고개를 끄덕이며 노래를 감상했다. 노래로 잠시나마 아픔을 잊고 음률 속에 한마음이 되어 아직 살아 있음을 스스로 증명하며 즐거워하는 것이다.

그날 휴게실 노래방 마이크를 잡은 사람은 은영 씨였다. 하루 지난 어머니의 깜짝 생신 파티를 위해 그녀가 호스피스 간호사들에게 부탁한 것이었다. 때마침 은영 씨와 함께 일했던 동료 몇 명도 퇴근하고 호스피스 병동을 찾았다.

은영 씨는 어눌해진 발음도 아랑곳 않고 엄정화의 〈배반의 장미〉를 불렀다. 신나게 부르는 노래 소리에 호스피스 병동 사람들이 하나둘 모이기 시작했다. 이 노래는 그녀가 실적을 올렸을 때 동료들의 흥을 돋우기 위해 항상 부르던 곡이라고 했다.

은영 씨는 숨이 차서 예전처럼 신나게 춤을 추며 흥을 돋우지도, 노래를 끝까지 부르지도 못했다. 안타까웠던 친구들이 함께 노래를 부르는 바람에 호스피스 병동 합창이 되었다.

노래가 끝나자 은영 씨가 다시 마이크를 잡고 어머니 생신을 축하한다고 말하고, 동료들이 선물과 꽃다발을 어머니에게 건넸다. 은영 씨가 어머니에게 줄 속옷 선물을 장난스럽게 펼쳐 보이자 휴게실에 모인 환자들도 함께 웃었다.

"엄마, 또 결혼해. 그때는 악착같이 매달려서 오래오래 행복하게 살아야 해. 딸 몫까지 더 행복하게 살아야지. 엄마 사랑해주는 남자 만나서 살아. 전에 이혼한 아저씨도 좋아. 엄마만 좋으면 난 뭐든 좋아. 유치원 때 이후로 제대로 불러본 적 없는 노래가 있는데, 한번 불러볼게요."

사람들의 박수를 받으며 은영 씨는 두 눈을 질끈 감고 노래를 부르기 시작했다.

나실 제 괴로움 다 잊으시고

기르실 제 밤낮으로 애쓰는 마음

진자리 마른자리 갈아 뉘시고

손발이 다 닳도록 고생하시네

하늘 아래 그 무엇이 높다 하리오

어머님의 은혜는 가이없어라

은영 씨가 부른 노래는 다름 아닌 〈어머님 은혜〉였다. 그녀의 노래에 어머니는 더 이상 참지 못하겠는지 지금까지 꾹꾹 눌러온 울음을 터뜨렸다.

"엄마, 미안해. 못난 딸, 먼저 가서 얼마나 미안한지 몰라. 이렇게 불효해서 미안해. 내가 그렇게 열심히 살았던 것도 다 엄마가 있어서였는데, 엄마랑 잘 살아보고 싶어서였는데……. 너무 열심히 살다 보니 인생을 남보다 앞당겨 썼나 봐.

엄마는 잘못한 거 하나도 없어. 아무것도 해준 거 없다고 미안해하지 마요. 나, 엄마 딸이어서 얼마나 행복했는데……. 내리사랑이란 말, 실감하고 있어. 마지막까지 엄마 사랑만 받고 가서 미안해. 엄마 돌아가실 때 나 없어서 외로울 텐데……. 엄마, 생일 축하해. 사랑해, 엄마."

은영 씨 말에 온통 울음바다가 되었다. 그것은 남의 이야기가 아니었다. 호스피스 병동 안에 있는 모두가 누구의 딸이고, 자식이고, 엄마이고, 부모였다. 가족이라는 인연의 깊이에 대해 두말해 무엇하겠는가. 죽음인들 그 인연을 끊을 수 있겠는가. 평생 가슴속에 인이 박인 듯 그리워할 나의 부모님, 나의 자식, 나의 가족.

짧은 노래방 이벤트를 마치고 은영 씨는 어머니가 밀어주는 휠체어에 몸을 싣고 병실로 향했다. 마지막일지 모를 노래는 불렀지만 간절히 원하는 시원한 맥주 한 잔은 허락되지 않았다.

모녀의 모습을 가만히 바라보며 거듭 생각했다. 노래 부를 수 있을 때 어디서든 마음껏 부르자고, 사랑한다고 말할 수 있을 때 마음껏 말하자고. 그리고 다짐했다. 고맙다고, 미안하다고 말할 수 있을 때 미루지 말고 말하자! 후회 없이 오늘밖에 없다는 간절함으로 매일을 살아가자!

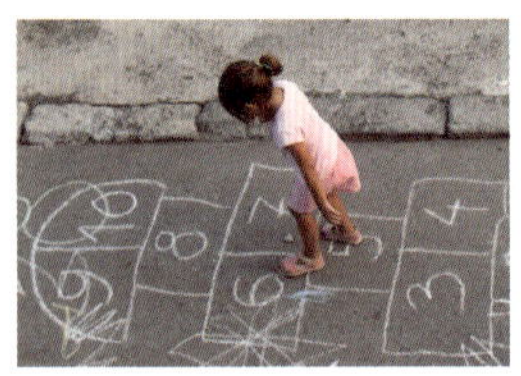

"일전에 은사님께서 꿈에 관한 이야기를 해주신 적이 있습니다. 운명이 갈린 어느 형제 얘기인데요, 형제는 어린 시절을 빈민가에서 보냈습니다. 그런데 형은 어른이 되어서도 구걸하는 처지에 있는 반면 동생은 훌륭한 대학교수가 되었답니다.

알고 보니 형제의 집 벽에는 액자가 하나 걸려 있었는데 "Dream is nowhere"꿈은 어느 곳에도 없다라고 쓰여 있었습니다. 핵심은 바로 이 액자를 바라보는 관점이 달랐다는 겁니다. 형은 이십 년 넘게 그 글귀를 보면서 자신의 처지와 삶을 비관하며 살았지만, 동생은 글귀를 "Dream is now here"꿈은 바로 여기에 있다로 이해하고 항상 꿈을 포기하지 않으려고 노력하며 살았던 거죠."

꿈이 있는 사람과 꿈이 없는 사람은 하늘과 땅만큼 차이가 난다. 출발점이 비슷하더라도 어떠한 태도와 마음가짐으로 살아가느냐에 따라 결승점에 들어가는 모습은 달라지게 마련이다.

염 교수님은 이 얘기를 꺼내며 칠 년 전 진료했던 한 환자 이야기를 들려주었다. 다음은 그 환자의 희망적인 투병기를 기록한 염 교수님의 치료 일기에서 옮겨온 글이다.

한 젊은 부부가 내원했다. 환자는 아내였고 남편이 보호자로 따라왔다. 환자는 위암 수술 후 항암치료를 받고 있었는데, 병원을 오가기에는 상태가 좋지 않아 아예 입원해 치료를 받기로 한 것이다. 나는 여느 환자들처럼 환자 상태를 꼼꼼히 점검한 뒤 곧바로 입원을 하게 했다.

환자는 2004년 9월경 아이들과 집으로 돌아오는 길에 교통사고를 당했다. 사고 후유증으로 병원에 입원하여 검사를 받던 중, 의사로부터 청천벽력 같은 소리를 듣게 되었다. 그동안 미처 몰랐던, 환자의 건강을 위협하고 있던 질병이 하나씩 발견되기 시작한 것이다. 심장질환에 난소종양, 그것도 모자라 위암까지.

보통 사람이라면 하나만으로도 낙심하고 힘들어할 텐데 환자는 심각한 병이 무려 세 가지나 동시에 발견되었다. 그동안 여러 증상으로 힘들었을 텐데 환자는 별거 아니라고 생각하며 묵묵히 고통을 견뎌온 듯했다. 진단을 받고 나서도 환자는 의외로 태연했다. 보호자인 남편은 망연자실해 어쩔 줄 모르는 반면 그녀는 오히려 덤덤하게 대처해나갔다. 먼저 급한 곳부터 하나씩 수술을 받았고, 마지막으로 위암 수술을 받았다. 다행히도 수술은 모두 무사히 끝났지만 환자는 위암 3기로 이미 림프절까지 전이된 터라 항암제 치료와 방사선치료를 추가로 받아야 했다. 처음에는 치료를 잘 견뎌내던 그녀도 이내 체력이 떨어져 응급실을 수시로 들락거렸다.

우리나라 병원에는 아직까지 완화의학과가 없어서 암치료를 받는 환자를 잘 관리하지 못한다. 대개 항암제 치료를 받을 때만 입원하거나 병원에 내원해서 주사를 맞고, 나머지 시간은 집에서 환자 혼자 고통을 견뎌야 하는 것이 현실이다. 이 환자 역시 집에서 관리하다가 항암제 치료의 부작용을 견디지 못해 수시로 응급실에 갔지만, 우리 병원에 입원하고 나서는 굳이 응급실을 갈 필요가 없을 정도로 잘 관리되었다.

환자 보호자는 신문사 기자였다. 낮에는 직장에서 일하고 밤에는 병원으로 돌아와 간이침대에서 하루하루를 보냈다. 키가 아주 큰 그에게 침대가 다소 좁아 보이기도 했다. 치료를 할 때는 환자는 물론이고 곁에서 지켜보는 보호자 역시 중요하므로 함께 살펴야 한다.

기자 생활을 하느라 밤늦게 퇴근하는 날이 잦았던 남편은 아내의 치료가 끝나고 안정을 찾으면 귀농하기로 결정했다. 공기 좋은 곳으로 내려가서 사는 게 아내의 병간호에 도움이 될 거라는 판단이었다.

날마다 이어지는 힘든 항암제 치료와 방사선치료를 무사히 마친 환자는 호전되어 얼마 뒤 퇴원했다. 가끔 외래로 내원해 관리를 받던 어느 날, 보호자 혼자 나를 찾아왔다. 어딘가 표정이 부자연스러운 것이 썩 밝아 보이지 않았다.

이 주 전 아내가 위경련이 일어나 근처 병원 응급실에 갔다가 임신했다는 사실을 알게 되어 나에게 상담하러 온 것이었다. 기적 같은 일이라 임신이 맞느냐고 되묻자 남편이 가만히 고개를 끄덕였다. 놀라서 눈을 커다랗게 뜬 나를 보고 남편은 그제야 아주 조금 입가를 말아 올렸다. 그래도 불편해 보이는 표정은 여전했다. 산모나 태아에게 이상이 생기면 어쩌나 걱정해서였다. 마냥 좋아할 수만은 없는 일이 현실에는 버젓이 존재한다.

난 모든 일을 환자가 직접 결정하게 하고 환자의 결정을 지지해주라고 조언했다. 어떤 결정이라도 말이다. 아내분이라면 절대 후회할 선택은 하지 않을 거라는 말을 덧붙였다. 인사를 건네며 남편이 살짝 웃어 보이고는 진료실을 나섰다.

진료실을 들어올 때와는 달리, 왠지 모르게 발걸음이 가벼워진 듯한 남편의 뒷모습을 바라보며 어렴풋이 희망이라는 단어가 떠올랐다. 힘든 치료를 묵묵히 견뎌내며 괴로운 내색을 하지 않으려고 노력하던 환자가 임신 소식을 듣고 해맑게 웃으며 기뻐하는 모습이 그려졌다. 그녀의 선택이 무엇일지는 충분히 예상할 수 있었다. 나도 모르게 살며시 미소를 지었다.

칠 개월 뒤, 환자 부부는 주변의 만류를 뿌리치고 건강한 아이를 출산했고, 공기 좋은 곳으로 귀농해 그동안 누리지 못했던 여유를 만끽했다. 모두가 불가능하다고 생각했지만, 부부는 하늘이 주신 새 생명으로 위기를 극복하고 그 안에서 새 희망을 발견했다. 지금은 '암희망세상'이라는 카페를 운영하면서 많은 암환자들에게 희망을 전해주고 있다. 그들이 전하는 희망 메시지는 이렇다.

"암이란 절망 속의 희망이라는 말이 있습니다. 저희를 보십시오. 살 수 있다는 희망과 노력만 있으면 충분히 암을 이겨낼 수 있습니다. 저희는 오히려 암이란 친구 덕에 더욱 커다란 가정의 행복이 찾아왔는지도 모른다고 생각합니다. 희망이란 바로 그런 것입니다. 희망이 있으면 아무리 힘들고 지쳐도 누구나 마지막에는 웃을 수 있습니다. 희망을 잃지 마세요. 자신을 믿으세요. 그리고 그 희망을 향해 당당하게 걸어가세요. 희망은 바로 여러분 곁에 있다는 것을 잊지 않았으면 좋겠습니다."

염 교수님의 치료 일기 마지막에 만화처럼 그려진 그림들이 눈에 들어왔다. 하나는 닭, 또 하나는 과일 그림이었다.

"염 교수님, 치료 일기 끝에 있는 이 그림은 뭔가요?"

"아, 아내분이 임신했을 때 먹고 싶어 했던 음식이에요. 홍시와 통닭이죠."

"아, 홍시였어요?"

"하하하, 그림 솜씨가 너무 뛰어나서 못 알아보셨군요? 임신해서 암과 힘겹게 싸우는 아내가 먹고 싶다는 음식을 뭐든 구해 오던 남편분의 모습이 어찌나 활기차던지 잊을 수가 없습니다. 바로 '암희망세상'에 사는 모습이었다고 할까요?"

'암희망세상'이라, 죽음이라는 선입견으로 가득한 이곳 호스피스 병동에서 희망을 말할 수 있다는 것만으로 벅찬 감동을 느꼈다. 희망의 응원 메시지가 이 글을 읽는 모든 이들에게도 전달되기를!

병실에 들어서자 악에 받친 욕설이 튀어 나왔다. 언뜻 '아픈 환자에게 화를 내고 있나?'라는 생각이 들었다. 환자복을 입고 침대에 앉아 있는 여자분이 고개를 푹 숙이고 모든 말을 잠자코 듣고만 있었기 때문이다. 가만히 듣자니 욕을 하는 대상은 다름 아닌 병실에 없는 환자의 시집 식구들이었다.

"평생 고생만 시키고 자기네 뒷바라지하느라 골병들게 하더니, 아파서 죽게 생겼는데 코빼기도 안 비쳐? 인간들이 어째 그러냐? 누구 때문에 이런 몹쓸 병에 걸렸는데, 누구 때문에 죽게 생겼는데? 양심이 있으면 와서 병간호라도 해야 할 거 아냐! 며느리 간호를 친정 언니보고 해달라고 전화하는 너희 시어머니는 도대체 어떤 사람이야? 너희 남편은 지금 어디서 뭐하고 있느냐고?!"

동생이 안타까워 소리를 내지르는 친정 언니를 환자가 오히려 진정시켰다.

옥선 씨는 난소암이었다. 늦지 않게 발견해 힘겨운 수술과 항암제 치료를 이겨내고 다행히도 암 덩이가 몸에서 사라졌다. 그런데 일 년이 지나면서 암 수치가 조금씩 상승하더니 결국 복강 내 암이 다시금 나타났다.

남편과 대학 캠퍼스 커플로 만나 칠 년의 열애 끝에 결혼한 옥선 씨. 사랑만 믿고 행복한 결혼 생활을 할 수 있으리라 믿었지만 현실은 쉽지 않았다. 경제적으로 무능력했던 남편과 시집 탓에, 교수가 되겠다고 여전히 공부만 하는 남편과 근근이 살아가던 시어머니 뒷바라지는 고스란히 옥선 씨 몫이 되었다.

아이를 낳은 뒤에도 제대로 돈을 벌어오는 사람이 없어 집안 대소사는 그녀 혼자 감당해야 했고 생활비는 동네 아이들 과외로 충당했다. 그러다 너무 힘들면 친정에 손을 벌리기도 했지만 시집 식구들 욕 듣는 게 싫어 혼자 감내해야 할 때가 많았다.

아들이 고등학교에 들어갈 때쯤 남편은 대학교 강사 생활을 접고 사업을 시작했다. 그러나 돈 버는 재주가 없었던 남편은 크게 망해 빚만 남았고, 엎친 데 덮친 격으로 옥선 씨 암 치료비로 빚이 더 늘어났다.

옥선 씨는 암이 재발한 사실을 남편과 시집 식구들에게 이야기하지 않고 지금까지 그래왔듯 혼자서 묵묵히 치료받았다. 한번 재발한 터라 항암제 치료는 전과는 비교조차 안 될 정도로 더욱 힘들어졌고, 처음 치료했을 때와는 달리 결과도 그다지 좋지 않았다.

호전되지 않는 상황과 지친 체력에 맞서 어떻게든 이겨내려 애썼지만 간절한 바람이 무색하게 그녀는 오래 버티지 못했고, 머지않아 결국 호스피스 치료를 받기 위해 병원에 내원했다. 하루하루 악화되어 가는 극심한 고통 속에서도 그녀는 여전히 혼자였다.

"왜 남편과 시댁 식구들에게 이야기하지 않으셨어요?"

"암이 재발하고 며칠 지나서였나, 남편이 그러더군요. 중요한 사업 프로젝트가 생겼는데 자기가 꼭 하고 싶었던 일이고 이번에는 잘해 낼 수 있다고. 저보고 어떻게 생각하느냐고 물었지만 사실 마음속으로 이미 결정을 했더라구요. 통보한 셈이죠.

원래 그런 사람이거든요. 하지 말란다고 안 할 사람도 아니고, 그래서 그냥 흔쾌히 그러라고 했어요. 신나서 일하는 사람한테 암이 재발

    치유의 밥상

했다는 얘기는 못하겠더라구요. 왠지 제가 그 사람 앞길을 막는 것 같기도 하고. 그래서 그냥 혼자 이겨내면 된다고 쉽게 생각한 거죠. 바보같이, 이렇게 죽어가는 줄도 모르고.”

괴로운 통증 속에서 증세가 나날이 나빠지던 어느 날, 사업이 망한 후에야 아내의 상태를 알게 된 남편이 염 교수님을 찾아와서 따지며 물었다.

“어떻게 된 건가요, 왜 제 아내가 교수님한테 치료를 받고 있는 거죠? 항암제 치료를 받아야 하는 거 아닌가요?”

“암이 전신에 퍼진 터라 항암제 치료가 효과가 없습니다. 지금은 환자의 삶을 정리할 때입니다.”

“네? 무슨……”

“이미 많이 늦었다는 말입니다. 시간이 얼마 남지 않았어요, 죄송합니다.”

“아…….”

남편은 뒤늦게 아내를 살리겠다며 치료비를 구하러 뛰어다녔고 시어머니도 어린이집 주방에서 일해 며느리 병원비를 마련하겠다고 나섰다. 그래서 옥선 씨 간호는 친정 식구 몫이 되었던 것이다. 옥선 씨 언니가 시집 식구들이 야속하다며 욕하는 마음을 충분히 이해할 수 있었다. 누구에게 말도 못하고 혼자 끙끙 앓다가 이 지경이 된 동생을 보고 있자면 얼마나 속이 상했겠는가.

점심때가 되자 옥선 씨 친정 어머니와 남동생까지 병실로 왔다. 생각지도 못했던 우리 딸, 우리 누나의 병색이 완연한 모습에 기막혀하며 이 모든 원인이 남편 잘못 만난 탓이라고 한탄했다.

"결혼한다고 데려왔을 때부터 맘에 안 들었어. 아버지 일찍 돌아가시고 벌어놓은 것도 없이 공부만 한 남자한테 우리 귀한 딸 맡기려니 여간 걱정되는 게 아니었거든. 그래서 몇 번을 말리고 좋은 집안으로 시집가서 편하게 살라고 했는데 굳이 결혼하겠다는 거야. 신혼집도 없이 홀시어머니 모신다고 방 두 칸 있는 집에 들어가 산다는데 어찌나 화가 나던지. 그때 다시 데려왔으면 좋았을 텐데.

그뿐이야? 돈 없어서 꾸러 온 게 몇 번인지 알아? 그때마다 못 먹어서 말라비틀어진 뭐처럼 눈이 쏙 들어가선 밥이라도 한 상 차려주면 허겁지겁 먹고. 그때라도 안 돌려보내고 이혼시킬 걸 그랬어. 도대체가 공부한다고, 돼먹지도 않은 사업 한다고 마누라 굶는 줄도 모르는 놈이 남편이야?

그쪽 시엄마? 딸한테 살림 다 맡기고 삼시 세끼 안 차려주면 안 된대. 세끼 밥상 차리려고 과외하다가도 시간 되면 뛰어가서 밥해주고, 친정에 왔다가도 전화받고 달려가고. 어떻게 한시도 편히 있는 꼴을 못 보냐구. 내 딸 다 죽게 생겼는데 이제 와서 치료비 번다고 쇼하는

치유의 밥상

것도 웃기잖아? 고칠 수 없다는데, 이제 죽는다는데……. 여기 입원하는 날 아침에도 시어머니 아침상 차려주고 왔다는 거 아냐. 내가 진짜 못 살아, 속상해서……."

친정 어머니의 한 서린 눈물에 옥선 씨는 아무 대꾸 없이 고개만 숙이고 있었다. 변명을 해봤자, 아니라고 부정해봤자 소용없는 일이었다. 친정 어머니와 식구들의 한탄을 듣는 것이 편치 않은 듯 옥선 씨 표정은 밝지 않았다.

늦은 오후, 옥선 씨 시어머니와 남편이 찾아오자 병실 안팎이 시끄러워졌다. 아내, 며느리 얼굴만 보고 가겠다는 시집 식구와 절대 그럴 수 없다는 친정 식구들의 언쟁. 평생 고생만 시키다 병까지 얻게 한 시집 식구들은 필요 없다는 친정 식구들의 분노에 치료비 구해 왔다며 아내가 보고 싶다는 남편의 말은 씨도 안 먹혔다.

급기야 옥선 씨 남동생이 남편을 병실 밖으로 밀어냈다. 쫓겨나서 멀뚱히 서 있는 아들에게 시어머니는 기다렸다가 친정 식구들 가면 며느리 얼굴 한번 보고 가자고 했다. 친정 식구들은 그래도 분이 안 풀리는지 옥선 씨를 절대 볼 생각 하지 말라고, 마지막이라도 편하게 보내줄 거라고 격앙된 목소리로 말했다.

허망하게 돌아서는 남편과 시어머니의 뒷모습을 지켜보았다. 그렇게 돌아가나 보다 했는데 염 교수님이 조심스럽게 말을 꺼냈다.

"남편분이 병실에서 쫓겨나 병원 밖 벤치에서 밤을 지새우다 가는 게 이 주 정도 됐을 겁니다. 일주일 전부터는 시어머니도 같이 계세요. 저렇게 욕먹고 쫓겨날 걸 알면서도 매일 한 번은 옥선 씨 병실에 오죠. 친정과 시집 식구들 싸움을 말려보려고도 했는데 그 또한 옥선 씨와 가족들을 위해 필요한 과정이지 않나 싶어 마음 졸이며 지켜보고 있습니다."

"옥선 씨도 남편과 시어머니를 보기 싫어하세요? 원망하고 계신 건가요?"

"글쎄요…… 옥선 씨가 진짜 원하는 게 뭔지 아직 듣지 못했습니다. 치료받을 때는 마음속 말을 곧잘 하셨는데 여기 입원하면서부터는 말을 잘 안 하세요."

밖으로 나가보니 정말로 벤치에 남편과 시어머니가 나란히 앉아 있었다. 죄인이 된 것 같은 기분 때문인지, 얼굴 한번 제대로 볼 수 없게 내쫓은 사람들에 대한 서운함 때문인지 각자의 침묵 속에 잠겨 긴 한숨을 내쉬고 있었다.

시어머니는 조심스레 말을 시작했다.

"애기옥선 씨 없으면 아무것도 못해. 결혼하기 전부터 애기가 집 안 정리하면 줄도 하나 안 흐트러지고 반듯반듯해. 손끝이 여간 야무진 게 아냐. 노인정 갔다 오라고 삼천 원을 손에 쥐어준다고. 그러면 오가면서 차비 하고 간식 사 먹고 모자라지도 않게 딱 떨어져. 어쩜 그렇게 똑소리가 나는지.

세끼 꼬박꼬박 챙겨주면서 물릴까 봐 반찬 하나는 꼭 바꿔서 줘. 비싼 것도 아냐. 옆집에서 얻어 온 김치나 나물 같은 거. 김도 아침에 맨 김 구워서 줬으면 저녁엔 참기름 발라 구워주지. 집이 좁아서 물건이 산더미같이 쌓였는데 애기는 뭐가 어디 있는지 다 알아. 그런 사람이 왜 몹쓸 병에 걸려서는……. 그런 애기가 죽는다니 이제 어찌 살아야 할지 모르겠어."

며느리 자랑만 늘어놓는 시어머니는 옥선 씨의 병이 여전히 믿기지 않는 듯했다.

"어린이집 주방 일 돕고 계신다구요?"

"내일부터 못 나갈 것 같아."

"왜요?"

"약값이라도 벌고 싶어서 시작했는데 내가 손목이 시원찮거든. 일주일 일하니까 손목이 시큰거리고 아픈 게 힘줄도 부어서 못하겠더라고. 이렇게 시원찮은 시에미 만나서 애기가 얼마나 고생했을꼬. 아들놈은 공부한다고 집안일 신경도 안 썼으니까. 애기가 안 해도 되는 일까지 맡아 하느라 많이 힘들었을 거야……."

시어머니 삼시 세끼를 챙겨드리면서, 남편 대신 집안 살림을 도맡아하면서 옥선 씨는 정말 분통 터뜨리며 자기 신세를 원망했을까?

아닐 것이다. 유난스레 몸이 약해 조금만 힘든 일을 하면 탈이 나는 시어머니와 함께 살면서 그녀 눈에 밟힌 집안일들이 얼마나 많았겠는가. 시어머니 손보다 자기 손 닿는 것이 더 낫고 그 덕에 살림살이가 나아진다고 느낀 옥선 씨는 누가 시켜서라기보다 자기가 나서서 일하고 살림을 꾸려나갔을 것이다.

십몇 년간 습관처럼 몸에 밴 집안일과 시집 식구 돌보기, 어느새 그 일들을 잠시도 마음 편히 놓아버릴 수 없는 '중독'에 빠졌을지도 모르겠다. 그 중독은 남편을 향한 사랑으로 시작되어 며느리 자랑에 하염없는 시어머니에 대한 사랑으로 이어졌을 것이다. 그녀는 가난하고 도와줄 손길 하나 없는 시집에서의 삶이 곧 자기 운명이라 받아들이고, 육체적으로 고된 삶이었지만 후회하지 않으려는 의지와 책임감으로 살아왔을 것이다.

사람은 누구나 '나 아니면 안 된다'라는 책임 중독에 빠지면 스스로의 한계와 고달픔을 이겨낼 수 있기도 하지 않은가. 그녀가 책임져야 할 시집에서의 삶이 '내가 아니면 안 되는' 만족감을 주었을지도 모른다. 누가 뭐래도 그녀는 행복했을 것이다. 그렇기에 통증을 견딜 수 없어 입원하러 가는 날 아침에도 시어머니 밥상을 차려드리고 나서야 마음 편히 집 밖을 나설 수 있었던 게 아닐까⋯⋯.

한참 어머니 이야기를 듣고 있던 남편은 자리를 박차고 일어났다. 병원 밖으로 성큼성큼 걸어가는 그의 어깨가 들썩였다. 어린아이처럼 팔로 눈물을 훔치기도 하고 양손으로 얼굴을 감싸며 걸어가는 남편의 뒷모습에서 무능했던 자신에 대한 죄책감, 아내를 버려두고 자신의 꿈을 위해서만 매진한 지난날에 대한 후회가 느껴졌다.

그날 늦은 저녁, 옥선 씨가 의식을 잃었다. 마지막을 준비해야 할지도 모른다는 염 교수님의 말에 친정 어머니는 조금 전에 집으로 돌아간 딸과 아들에게 연락해 다시 병원으로 오라고 말하며 눈물을 터뜨렸다.

옥선 씨는 의식을 잃은 와중에도 '이윤성'이란 이름을 반복해서 말했다. 바로 남편의 이름이었다. 그런 딸의 모습을 보고 한숨 짓던 친정 어머니는 전화를 걸었다.

"내 딸이 자네 찾아. 곧 마지막이래……. 어쩌면 좋아, 이제 어떡해."

딸의 죽음 앞에 무너지는 친정 어머니의 모습에 나 또한 눈물이 쏟아졌다. 잠시 후 옥선 씨 남편이 어머니의 손을 잡고 평온실 안으로 들어갔다. 간호사들이 서둘러 의료기구를 설치하고 있는데, 남편은 이 주 동안 제대로 보지 못한 아내 얼굴을 보자 달려가서 와락 껴안고 울음을 터뜨렸다.

남편이 들고 온 붉은 장미 꽃다발로 인해 평온실이 생경하게 느껴졌다. 시어머니는 겁을 먹은 듯 다가가지 못하고 아들 뒤에 서서 등을 때리며 속상하고 아쉬운 마음을 대신하고 있었다.

평안실에 모인 친정 식구들과 시집 식구들은 서로를 원망하기보다는 옥선 씨의 모습을 한순간도 놓치지 않으려고 집중했다. 급박하게 분초를 다투며 울음과 한숨, 간절하고 애절한 마음으로 가득한 평온실에 염 교수님의 안도하는 목소리가 퍼졌다.

"아……! 옥선 씨 혈압과 맥박이 다시 정상으로 올라오고 있어요. 호흡도 다시 고르게 돌아왔어요!"

"그럼……?"

"네, 옥선 씨가 고비를 넘겼습니다."

"감사합니다, 감사합니다!"

"하지만 언제 또 이와 비슷한 상황이 올지 모릅니다."

"그렇다 해도 지금은 아니니, 지금은 살아 있으니 얼마나 기쁘고 감사한지요."

남편은 옥선 씨를 껴안고 "고마워, 여보! 장하다, 정말 장해!"라며 소리쳤다.

일반 병실로 옮긴 옥선 씨 침대 주위로 평온실에서 나온 사람들이 다시 모였다. 모두들 그녀가 고비를 넘기고 살아났다는 안도감과 기쁨에 서로에 대한 앙금을 잠시 잊은 듯했다.

"꽃은 왜 사 왔어?"

친정 어머니가 타박하듯 묻자 남편이 이렇게 답했다.

"옥선이가 좋아하거든요."

"나 장미 좋아해."

생사의 고비에서 살아 돌아온 옥선 씨가 희미한 미소를 띠며 간신히 말했다.

"미안하다, 옥선아."

"꽃이면 다 용서되는 줄 알아? 내 딸 잘 살게 해줬어야지, 이 못난 사람아!"

"죄송합니다, 어머니."

누구도 더 이상 원망의 말을 하지 않았다. 그것은 어렵게 다시 살아난 생명의 불씨가 자신들의 원망과 분노와 후회로 꺼져버리면 어쩌나 두려워하는 마음이었다.

그날 이후 옥선 씨는 호스피스 병동에 한 달여를 더 입원해 있었다. 그 시간 동안 시집 식구와 친정 식구들이 번갈아가며 그녀를 간호했고, 옥선 씨는 결혼하고 처음으로 시어머니가 차린 밥상을 받기도 했다.

시어머니가 싸 온 대나무 소쿠리를 들여다보니 참기름 발라 구운 김과 황태구이, 나물 몇 가지와 호박찌개 뚝배기가 정갈하게 담겨 있었다. 병원에 도착하자마자 시어머니는 주방으로 가서 가스 불에 찌개 뚝배기를 보글보글 끓여 옥선 씨 앞에 갖다 주었다.

"애기가 호박찌개를 참 좋아하거든. 우리 옆집이 시골집에서 된장을 받아먹는데 그 된장이 진짜 맛있어. 그 집에서 된장 빌리고, 유기농 감자랑 호박이랑 몸에 좋은 건 다 넣었어."

"아프니 호강하네요. 몸살로 아파도 아프다 소리 못하고 내 손으로 밥해 먹었는데. 어머니가 차려주신 밥상도 받아먹고, 좋은데요?"

시어머니는 옥선 씨를 나무라고 했다. 뿌리 굵고 그늘 많은 과일나무 같은 그녀가 시집와서 부실한 아들과 시어머니를 위해 과일 주고, 양분 주고, 그렇게 좋은 시절 고생만 하다 간다며 아쉬워했다. 침대 옆 화병에는 남편이 가져 온 장미가 시들지 않고 꽂혀 있었다.

살면서 처음 받은 밥상과 꽃다발만으로 인생의 수고로움을 어찌다 보상받을 수 있을까마는, 옥선 씨 표정은 행복해 보였다. 화해할 수 없을 것 같던 시집과 친정 식구들의 관계도 특별히 허락된 한 달이라는 시간 동안 서먹함을 조금씩 풀어가는 듯했다.

옥선 씨 남편은 학원 강사로 일하기 시작했다. 이제 고3이 되는 아들을 위해 생활력 갖춘 아버지가 되는 것이 그녀의 소망이라고 했다.

"옥선이랑 첫 데이트 하러 가던 날, 선배 차 얻어 타고 국도를 달리는데 길가에 꽃이 만발해 있더라구요. 데이트 비용도 넉넉하지 않고 줄 것도 없었는데 마침 잘됐다 싶었어요. 선배보고 잠시 차를 세워달라 그러고는 들꽃 많이 꺾었죠. 차 뒤에 있던 신문지로 대충 포장해서 옥선이 만나자마자 건넸는데, 정말 좋아하더라구요.

장미를 제일 좋아한다고 해서 교수 돼서 돈 많이 벌면 장미 향기에 취해 잠들게 해주겠다고 프러포즈했어요. 근데 제대로 꽃을 선물한 적이 한 번도 없네요. 신문지에 싼 들꽃 한 다발에 옥선이 데려와서 고생만 시키다가 보내는 제가 너무 싫습니다. 하나님이 다시 기회를 주시면, 옥선이 살려주시면 정말 호강하게 해주면서 살 자신 있는데……"

남편의 바람과 달리 옥선 씨는 한 달하고 일주일을 더 살고 생을 마감했다. 아내라는 꽃이 진 것이다. 더 잘해주지 못해서 미안한 마음, 비단 남편뿐이랴. 옥선 씨를 사랑했던 모든 이들이 못다 전한 사랑에 몸서리치며 그녀를 보내지 않았을까.

옥선 씨가 눈을 감던 날 시어머니는 호박죽을 만들어 왔다 죽을 먹지 못하고 눈을 감은 며느리를 생각하며 호박죽 그릇 위로 눈물을 하염없이 떨어뜨리는 시어머니를 보면서 난 확신했다. 경제적으로 풍족하진 못했지만, 살아 있는 동안 옥선 씨가 받은 사랑만큼은 누구보다 풍족했을 거라고.

"송 피디님, 이런 말 아세요? '남편 속에는 한 사람의 사나이가 있을 뿐이지만 아내 속에는 한 사람의 남자, 한 사람의 아버지, 한 사람의 어머니가 있으며, 다시 한 사람의 여인이 있다.' 발자크가 한 말인데요, 옥선 씨를 보면서 떠올랐습니다."

염 교수님의 말을 듣자니 한 명의 여인이 살아내야 할 인생에 경의를 표하게 되었다. 나의 어머니, 우리의 모든 어머니가 누구의 딸에서 누구의 아내이자 며느리, 어머니가 되면서 감당해내야 할 삶의 무게는 얼마나 무거웠을까. 인고의 삶이자 포용하는 삶이었을 것이다.

죽음의 문턱에서도 남편에게 장미 꽃다발을 받으며 행복해하던 옥선 씨의 모습을 기억한다. 그녀는 누구보다 성실하게, 자기 인생의 무대에 주어진 수많은 역할을 감당해내며 경이로운 삶을 살았다. 옥선 씨의 지난 삶과 그녀 덕분에 행복했던, 그녀가 사랑했던 가족들을 위해 기도한다.

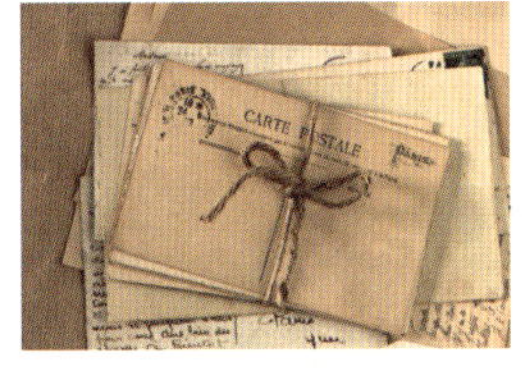

영일 씨는 인상이 험상궂었다. 호스피스 병실의 엄숙한 분위기와 사뭇 다른, 덩치 크고 건장한 체격에 머리 짧은 남자가 "변호사님, 오늘도 제가 도와드릴 일 없습니까?"라고 말하며 들어서자 췌장암 말기로 누워 있던 석준 씨와 그의 아내는 좀 불편해 보였다.

영일 씨가 부른 호칭처럼 석준 씨는 판사로 십 년을 재직하다 전향해 국선변호사로 일하던 분이었다. 몇 년 전 췌장암이 발병해 투병하다가 한 달 전 호스피스 병동에 입원했다. 강직하고 학구적인 석준 씨의 성품은 반듯하게 누워 있는 모습이나 침대 옆에 놓인 두꺼운 책들, 흐트러짐 없이 주변을 정리해둔 것만 봐도 알 수 있었다. 오랜 투병 생활로 초췌한 얼굴이었지만 네모난 안경 속의 눈빛은 흔들림 없이 강인했다. 석준 씨와 일면식도 없을 것 같은 영일 씨, 그들의 인연이 궁금했다.

석준 씨는 영일 씨가 스무 살 때 특수절도로 친구들과 함께 잡혀 있던 유치장에서 그를 처음 보았다고 했다.

"그때 영일 군은 자기가 무슨 잘못을 저질렀는지도 모르고 눈에 분노가 가득했어요. 가난해서 먹고 싶은 것 하나 제대로 먹지 못하고 갖고 싶은 걸 부모님에게 말해보지도 못했다면서요. 부모님한테 버림받고 친구들과 어울리다 부자들을 향한 부러움이 범죄로 이어졌던 것 같습니다."

가난한 처지에 분노하고 부모를 원망하던 배고픈 청년은 냉혹한 야수가 되어 있었다. 그 야수가 눈물을 흘릴 수 있게 된 것은 영일 씨 부모님의 이야기를 전해주려는 석준 씨의 오랜 노력 덕분이었다.

"영일 군의 부모님을 찾고 싶었어요. 불행한 환경 속에서 자란 의뢰인의 선처를 바란다고 변론서에 쓰고 싶었거든요. 알고 보니 영일 군의 부모는 가난에서 벗어나지도 못하고 자식이 올라갈 발판을 만들어줄 수도 없다는 절망감에 영일 군과 동반 자살을 시도했더군요. 자

치유의 밥상

살이 실패로 끝나자 자식의 목숨까지 앗으려 했던 것을 후회하며 시설에 맡기는 게 낫다고 판단했구요. 실은 두 분 모두 암에 걸려 자식을 더 이상 돌볼 수 없었던 탓도 있습니다.

영일 군은 부모님의 죽음도 모른 채 원망만 하며 자랐습니다. 세상에 자기편 한 명 없다는 두려움과 외로움이 적의로 변해 범죄를 저지르고, 잘못했다 말해주는 사람 하나 없이 살 수밖에 없었던 성장 환경에 너무나 가슴이 아팠습니다."

영일 씨는 수감 중에 석준 씨의 편지를 받았다. 편지의 첫 목적은 이미 돌아가신 부모님과의 화해를 통해 삐뚤어진 마음을 교화하는 것이었다.

석준 씨는 부모님이 영일 씨를 얼마나 사랑했는지, 일당 만 원이 안 되는 일을 하면서도 얼마나 열심히 살았는지 이웃들의 증언을 모아 전했다. 부모님이 암으로 외롭게 투병하다 어느 병원에서 돌아가셨는지도 알려주었다. 거기다 영일 씨가 있던 시설이 문을 닫아 전해지지 못했던 어머니 유언을 담은 편지까지, 그 내용을 모두 합치면 집요한 변호사가 증거를 모아 써 내려간 아주 긴 변론서 같았다.

"처음엔 그렇게 긴 편지를 받고 황당했죠. 이따위 편지가 뭐야? 이제 와서 나한테 뭘 해줄 수 있지? 난 나쁜 놈이고 감옥에 갇혔는데, 찾아올 사람도 없고 여기서 나가봐야 다시 범죄를 저지르고 감옥을 들락거리며 살 수밖에 없을 텐데.

처음에는 편지를 읽기도 싫고 짜증만 났어요. 근데 한 달에 한 번씩 꼬박 일 년을 보내시는 겁니다. 대체 뭔가 싶어서 편지를 읽기 시작했어요. 제가 몰랐던 부모님의 삶과 고생만 하시다 결국 허망하게 돌아가신 것까지 알고 나니까 눈물이 펑펑 나더라구요. 실컷 울고 나니 이런 생각이 드는 거예요. 이 변호사는 대체 누군데 나를 위해 이런 편지를 쓰는 거지? 나와의 인연이란 국선변호하면서 몇 개월 동안 몇 번 만난 게 다인데. 내가 모르는 부모님 이야기를 이 변호사는 어떻게 다 안 거지? 그렇게 일 년 동안 편지를 받고 나니까 변호사님을 너무 만나고 싶더라구요."

석준 씨는 일 년 후 첫 면회 때 보았던 영일 씨의 눈빛을 기억한다고 했다.

"눈가가 촉촉했죠. 맨 처음 봤을 때 자기가 어떻게 살든 무슨 상관이냐며 반항하는 눈빛과 전혀 달랐어요. 많은 것을 묻고 싶어 하는 눈빛이었죠. '제가 어떻게 살아야 합니까? 이제 어떻게 하면 되죠? 제가 그동안 잘못 산 것 같은데 이렇게 살지 않으려면 어떻게 하면 되나요?' 영일 군은 정말 많은 것을 묻고 또 물었습니다. 감격스러운 일이었습니다."

석준 씨는 시간이 날 때마다 영일 씨를 면회하러 오고 편지를 썼다.

치유의 밥상

육 년 후 출소할 때는 하얀 두부 한 모를 들고 영일 씨를 마중 갔다.

"변호사님이 와주셔서 정말 감사했어요. 나 같은 놈에게 귀한 시간 내주신 것도 감사한데 두부 주면서 잘 살아야 한다고, 절대 스스로를 포기해서는 안 된다고, 세상에 태어난 값은 하고 죽어야 한다고, 다른 사람을 원망하며 살기에는 아직 젊고 할 일이 많다고 하시는데 눈물이 나더라구요. 이 덩치에 변호사님 품에 안겨서 정말 많이 울었어요. 변호사님은 아무 말씀도 안 하시고 머리만 쓰다듬어주셨는데 너무 죄송하고 감사하고, 말로 표현할 수 없는 감정들이 밀려들었죠. 그날 전 다시 태어났습니다."

그때가 생각나는지 영일 씨의 눈가가 젖어 있었다. 석준 씨의 조언으로 수감 중에 조리사 자격증을 딴 영일 씨는 음식점에 취업해 지금까지 일하고 있었다. 굶어 죽지 않기 위해 가장 좋은 직업은 요리사라는 말도 덧붙였다.

두 사람의 인연을 알고 나니 영일 씨의 등장에 석준 씨가 왜 불편한 기색이었는지 궁금해졌다. 그 궁금증은 석준 씨 부인 덕에 곧 풀렸다

"남편은 자기가 아프다는 걸 아무한테도 말 안 했어요. 싫어해요, 아픈 모습 보이는 걸. 주변에 걱정을 끼치거나 아프다는 이유로 자신을 배려해주는 걸 못 견뎌하는 양반이죠. 같이 일하던 후배 변호사

들도 암 투병하고 살이 조금 빠졌다는 것 외에는 전혀 몰랐어요. 약한 모습 보이기 싫어 하는 남편 자존심을 아니까 영일 씨가 찾아오는 게 저도 조심스러웠어요. 근데 영일 씨와 이야기 나누니까 저렇게 좋아하네요."

뒤늦게 생활 전선에 뛰어든 영일 씨는 몇 년간 석준 씨에게 연락을 하지 못했다. 석준 씨를 다시 찾은 것은 출소할 때 월세 방을 구하라며 빌려준 천만 원을 갚기 위해서였다.

"너무 놀랐어요. 호스피스 병동에 입원하셨다는 말을 들었을 때는 제 몸 일부가 떨어져 나갈 듯이 아프더라구요. 무엇보다 변호사님 때문에 정말 열심히 살았다고 자랑하고 싶었는데, 유일하게 기댈 수 있는 분이 세상에서 사라진다고 생각하니 눈앞이 깜깜했습니다. 연락을 드렸지만 아픈 모습 보이기 싫다는 말씀에 몇 번이나 와야 하나 말아야 하나 고민하다가 염 교수님께 상의드렸어요."

영일 씨가 몇 번이나 병원에 찾아왔지만 염 교수님은 아픔을 알리기 싫어 하는 석준 씨에게 만남을 강요할 수는 없다며 그를 돌려보냈다. 하지만 삶의 가치를 깨닫게 해주고 다시 살게 해준 석준 씨를 그리워하는 영일 씨의 마음이 너무 크고 간절했다. 부모님이 암에 걸려 돌아가셨던 것도 모르고 원망만 하며 지낸 놈을 지옥에서 꺼내준 분인데, 얼굴 한번 제대로 못 보고 떠나보내면 또다시 지옥 속에 살 것

　　　　　　　　　　　　　　　　　　　　치유의 밥상

같다며 간절한 마음을 담은 편지를 염 교수님에게 보냈다고 했다.

"제 마음을 있는 그대로 전했어요. 무엇보다 변호사님 덕분에 사람 구실 하며 사는 모습 보여드리고 감사의 말만이라도 전하고 싶었거든요. 다행히 저의 긴 편지를 읽은 염 교수님께서 변호사님을 설득해 주셨어요.

처음엔 돈을 갚는다는 핑계로 찾아뵀었습니다. 막상 만나니까 얼굴이 너무 수척해서 눈물이 날 것 같았지만 제가 울면 변호사님께 부담될까 봐 이를 꽉 깨물었어요. 그런데 변호사님께서 먼저 염 교수님께 보낸 편지를 보셨다면서 병문안 와줘서 고맙다고 하셨어요. 그제야 눈물을 흘릴 수 있었습니다."

그날 영일 씨가 다시 찾아온 것은 인생의 또 다른 아버지에게 해드려야 할 일이 있어서라고 했다. 다름 아닌 자신이 만든 영양 두부찜을 석준 씨에게 맛보이기 위해서였다.

"변호사님, 제가 만드는 음식 중 메인 요리는 언제나 두부가 주재료입니다. 이 두부로 요리를 만들어 손님들에게 대접할 때마다 변호사님 말씀을 떠올립니다. 잘 살아야 한다, 제대로 살아야 하다, 태어난 값은 하고 살아야 한다. 기억나시죠?"

"그럼, 기억나지."

"언제나 돈 받고 팔기만 하다가 공짜로 누군가를 위해 음식을 만

든 건 이번이 처음입니다. 병중이라 조심스러웠지만 변호사님께 가장
먼저 드려야 다른 사람에게도 베풀면서 살 수 있을 것 같아서 만들
어 왔습니다.”

영일 씨의 말에 석준 씨는 빙그레 웃었다. 눈꼬리가 처져서 보이지
않을 만큼 희미하게 미소 짓는 그의 표정은 인자하기 그지없었다. 영
일 씨가 선보인 두부찜은 푸딩과 흡사한 형형색색의 아름다운 모양
이었다. 두부를 으깨 갖은 채소와 함께 쪄낸 두부찜은 가게에서 애피
타이저로 선보일 것이라고 했다.

영일 씨가 두부찜을 조심스레 쟁반에 담아 내밀었다. 한 숟가락 떠
먹은 석준 씨가 “오호!”라는 감탄사와 함께 크게 미소 지었다.

“당신도 먹어봐. 아주 제대로 된 맛이야!”

석준 씨 부인도 남편이 내민 두부찜을 한입 먹고는 “오호!” 하며
똑같은 감탄사를 내뱉었다.

두 분의 감탄사에 만족스러웠는지 영일 씨는 머리를 긁적이며 쑥
스러운 듯 고개를 숙인 채 조용히 미소 지었다. 그러고는 고아원이나
양로원 봉사 때 반드시 이 두부찜을 내놓겠다는 다부진 다짐을 덧붙
였다.

세상을 향한 적의로 가득 찼던 야수가 부드럽고 선한 양이 되어
사랑을 나누고 있었다. 으깨지고 버무려져 찜통 안에서 하나의 음식

치유의 밥상

으로 만들어진 두부찜처럼 전혀 다른 두 사람의 인생이 어느새 서로의 아픔을 위로하고 나눌 수 있는 '하나'가 되어 있었다. 그날 함께 먹은 두부찜은 영양 만점에 맛 또한 최고였다.

아기가 되어버린 누이

쉰두 살의 윤환 씨는 나이 많은 여자분을 업고 하루에 세 번씩 산책을 했다. 윤환 씨 등에 업힌 분이 어머니인 줄 알고 효성이 참 대단하다고 생각하던 참이었는데 아니었다.

"어머니가 아니고 어버이 같은 누나예요. 나이 차이가 무려 열여덟 살이나 나지요. 제가 막둥이에 늦둥이라."

너털웃음을 지으며 그가 먼저 말을 걸어왔다. 부모님을 일찍 여읜 윤환 씨는 누나를 어버이 삼아 누나 등에 업혀서 자랐다고 했다.

"누나는 자식도 아니고 남동생 키우느라 청춘을 다 보냈어요. 이십 대 청춘일 때는 엄마 젖 달라고 우는 동생 위해 분유값 버느라 바빴고, 삼십 대에는 사춘기 남동생 때문에 고생하고, 사십 대에는 어린 아내랑 결혼한 동생의 처갓집까지 돌보느라 고생했어요. 또 오십 대엔 맞벌이하는 동생 자식들 뒤치다꺼리하느라 보내고, 평생 자기 인생 없이 저만을 위해 살았죠.

부모님은 일찍 잃었지만 누나가 엄마 아빠 역할을 해줬어요. 이제 은혜 좀 갚아보자 싶어 예순이란 늦은 나이에 시집보내서 꽃구경하면서 같이 늙어가자고 하려 했더니 죽을병이라니……."

여러 번의 항암제 치료로 누나의 체력이 바닥나 어떤 치료를 받아야 할지 갈피를 잡지 못하고 있을 때 염 교수님을 만났다.

"지인의 소개로 병원에 방문해서 '안녕하세요' 하고 제가 인사했는데 그게 잘못된 인사란 걸 곧 알게 되었습니다. 윤환 씨 누나는 위암 진단을 받고 CT 등 추가 검사를 했는데, 이미 림프절에 전이가 심해 수술이 어려운 상태였어요. 그렇게 힘든 수술을 받고 일 년 정도 시간을 덤으로 얻어 항암치료를 적극적으로 받으려 했지만 부작용 때문에 오랫동안 고생하셨죠. 한마디로 전혀 안녕하지 못한 상태에서 만난 거예요.

'저와 함께 치료해보는 거 어떠세요?'라고 물었을 때도 치료란 말에 질려 고개를 절레절레 흔들더군요. 제가 하는 치료는 통증을 포함한 증상을 조절하는 치료로, 진통제를 복용한다고 해서 암이 빨리 진행되거나 약에 중독되는 건 아니라고 설명했지만 설득하기까지 시간이 걸렸습니다. 이미 힘든 과정을 수없이 거쳐 지칠 대로 지쳐 있었거든요. 그때 누나 손을 꼭 잡고 기대감으로 눈을 반짝이며 다시 한 번 믿고 치료해보자고 간절히 설득하던 윤환 씨 모습이 또렷이 기억납니다."

윤환 씨는 누나를 산책시킬 때 절대 휠체어에 태우지 않았다. 병동보다는 병원 밖에서 산책하는 터라 휠체어로는 갈 수 없는 곳이 많았기 때문이다. 낙엽처럼 축 늘어진 누나를 등에 업고 쉴 새 없이 몸을 추어올리면서도 흥얼흥얼 노래를 부르고 "등딱지처럼 딱 붙었네, 우리 누나! 밖에 나오니 좋지? 하늘도 보고, 구름도 보고, 나무도 보고 맘껏 구경하슈"라고 말을 건넸다.

누나를 업고 다니려고 포대기와 덮개도 따로 만들고, 커다란 우산을 늘 들고 다니면서 햇빛을 가렸다. 내가 찾아간 날도 여름날 뜨거운 햇볕을 가리기 위해 커다란 검은색 우산을 들고, 누나가 특히 좋아했다는 분홍색 포대기로 누나를 둘러업고 산책을 하고 있었다.

"남편분도 아니고 왜 동생분이 직접 누나를 간호하세요?"

"남편이라고 해도 남인데 가족처럼 해주겠어요? 뭣보다 누나 남편

도 다 늙어 만나서 호강하려고 결혼했을 텐데 병 수발들라고 하면
당장 도망가지. 그래서 못 맡겨요. 병간호는 제가 하고 매형은 가끔
와서 재롱떨면서 힘내라 격려해주고, 그렇게 역할을 분담했어요. 근
데 누나 업고 다니다 보니까 저 위해 평생 헌신한 누나가 다시 애기
가 된 것 같아요. 아프지 않았으면 제가 이렇게 업고 다닐 일도 없었
을 텐데. 누나, 좋지? 동생이 업고 다니니 좋지?"

"응."

"남편 등보다 훨씬 듬직하고 편하지?"

"그럼, 날아다니는 것 같다."

누나의 시간이 거꾸로 가고 있다는 생각이 들었다. 어린 동생을 남
겨놓고 떠난 부모 탓에 너무 일찍 어른이 되어 청춘도 없이 부모로
나이 들어버린 누나. 동생 뒷바라지도 모자라 동생 자식들까지 키우
느라 얼마 남지 않은 청춘까지 다 바쳤을 것이다.

누나는 예순의 나이에 연지 곤지 찍고 결혼식을 올렸다. 윤환 씨
표현에 따르면 열여섯 꽃순이처럼 부끄러워하더란다. 그렇게 인생 초
년에 누리지 못한 복을 노년이 되어서야 누리며 남편에게 사랑받던
누나는, 아프기 시작하면서 동생이 돌봐야 하는 아기가 되어버렸다.
그렇게 그녀는 마지막 순간에 다다르자 시간을 거꾸로 돌려 쉰이 넘
은 남동생 등에 업혀 힘들게 달려온 삶을 위로받고 있었다.

인생이란 꽃이 피고 지는 것과 같은데 누군가의 거름이 되어 그 인생의 꽃을 환하게 피워준 사람은 꽃이 져 거름이 되어줄 때 그제야 자신의 꽃을 피운다. 그것이 바로 덧없는 인생의 고행 중에 얻게 되는 은혜의 순환이자 사랑 나눔이 아닐까.

그날 오후 늦게 매형과 윤환 씨 부인이 병원을 방문했다. 편하게 누워 잠들어 있던 누나가 무슨 냄새를 맡은 듯 잠에서 깨어났다.

"맛있는 냄새 난다."

"우리 누나 코가 언제 그렇게 음식에 밝았어?"

"나 맛있는 거 먹고 싶어, 윤환아."

"이 사람 몸은 좀 어때요?"

매형이 안쓰러운 눈빛으로 물었다.

"제가 업고 다니며 좋은 거 많이 보여주고 있어요."

"어휴, 형님은 좋겠어요. 전 이 사람한테 한 번도 못 업혀봤는데."

"이 사람, 당신이 날 업고 키웠어? 대신 내가 많이 안아주잖아."

"나도 좀 업어보자. 내가 남편인데."

"동생이 더 젊어서 편하고 좋아요. 당신은 매일 얼굴 보러 와."

"동생은 부려먹고 남편은 얼굴만으로 된다. 차별하네, 우리 누나."

애정 듬뿍 담긴 대화 속에 가족 모두 함박웃음을 지었다.

누나가 맛있는 냄새에 애기처럼 칭얼대자 윤환 씨는 서둘러 매형이 들고 온 봉지를 양손으로 열고 냄새를 먼저 맡았다.

"이거 만두구만."

"응, 자네랑 누나가 만두 좋아하잖아. 자네 집사람이랑 내가 집에서 직접 빚어 왔어. 이건 집에서 지어 온 밥, 자네 말대로 죽처럼 아주 질게 지었어."

누나가 먹고 싶어 입맛을 다셨지만 보통 사람처럼 쉽게 먹을 수는 없었다. 윤환 씨는 능숙한 솜씨로 만두를 터뜨리더니 밥에 넣고 만두밥을 만들어 누나에게 작은 숟가락으로 떠먹였다. 맛있게 먹는 누나를 보고 윤환 씨가 만족스러운 표정을 지었다.

때마침 염 교수님이 병실 안으로 들어서자 윤환 씨는 밝게 웃으며 커다란 왕만두를 하나 내밀었다.

"이게 뭔가요?"

"맛있는 왕만둡니다. 늘 고마운 염 교수님께 드리려고 제가 집사람 보고 아주 큰 왕만두를 빚어 오라고 했거든요."

"하하, 옛날 찐빵같이 정말 큰 왕만두네요. 감사합니다!"

"근데 염 교수님은 왜 그렇게 병실을 자주 드나드세요? 진통제 맞는 시간도 아닌데."

"호스피스 의사는 정해진 시간대로 진찰하기보다는 환자분이 지금 이 시간 행복하게 지내는지 지켜보는 게 일입니다. 환자가 힘들어

하지는 않는지, 웃으면서 잘 버티고 있는지, 그게 늘 궁금해서 시간 날 때마다 자주 찾아오는 거죠.”

“아하하, 그래서 제가 염 교수님께 제일 큰 왕만두를 드린 겁니다.”

윤환 씨의 말에 병실 안에 있던 사람들 모두 또다시 크게 웃었다. 타인을 위해 제 시간과 마음을 기꺼이 바치는 헌신의 아름다움을 모두 느낀 것이리라.

동생이 떠먹여주는 만두밥을 오물오물 씹어 삼키는 누나의 모습은 참으로 순수한 아기 같았다. 자신을 위해 어버이로 살아준 누나에게 기꺼이 어버이가 된 동생, 그가 곁에 있어 그녀의 남은 시간은 결코 외롭지 않을 것이다.

"피디님, 어서 와서 이것 좀 드셔보세요."

진료실로 들어서자 염 교수님이 작은 그릇을 내밀었다. 받아서 보니 멀건 죽이었다.

"죽이네요?"

"네, 이 죽은 먹는 방법이 아주 특이해요. 자, 보세요."

염 교수님은 죽을 한 숟갈 떠서 입안에 넣고 수저를 책상 위에 놓은 뒤 콧노래를 부르기 시작했다. 무슨 일인가 싶어 가만히 지켜보는데 교수님은 잘 보라는 듯 양손으로 귀밑 침샘 쪽을 마사지하며 죽을 천천히 씹는 모습을 보여주었다.

"지금 뭐하시는 거예요?"

"바보죽 먹는 방법입니다."

"네? 바보죽이요?"

"소화가 잘 안 되거나 체력이 많이 떨어진 환자들을 위한 음식인데, 한마디로 식이요법이죠."

말기 암환자들이 항암제 치료가 실패했을 때 그다음 치료법으로 으레 식이요법을 선택한다고 한다. 그중 우리나라 암환자들이 가장 많이 먹는 음식 가운데 하나가 교수님이 보여준 '바보죽'이다. 전남 화순에서 조그마한 약국을 하는 정용재 약사가 개발한 것으로, 환자들 사이에 제법 널리 퍼져 있는 치료 음식이다. 백 퍼센트 무염식인 바보죽을 꼬박꼬박 챙겨 먹은 뒤 암을 완치했다는 사례가 적지 않아 더욱 유명하다.

식단은 아주 단순했다. 아침, 점심, 저녁 식사가 모두 바보죽에, 간식으로 녹즙과 당근 주스를 하루에 세 잔에서 여섯 잔 마시는 것이다. 바보죽은 찹쌀 세 수저, 멥쌀 현미 싸라기 두 수저, 볶은 검정콩 가루 한 수저, 볶은 검정참깨 가루 한 수저, 볶은 율무 가루 한 수저를 넣고 소금 없이 죽을 쑨다. 이때 재료는 반드시 무농약, 국산 농산

물이어야 한다.

죽을 먹을 때는 염 교수님이 보여준 대로 한 숟가락을 입안에 넣고 수저를 밥상에 놓은 뒤 콧노래를 부르면서 귀밑 침샘을 부드럽게 마사지하면서 천천히 씹어 먹는다. 삼십 분 이상 꼭꼭 씹어 먹되, 그래도 소화가 잘 안 되거나 체력이 많이 떨어진 사람은 식사 시간을 한 시간 늘린다.

"바보죽을 먹을 때는 특히 환자 스스로 바보가 되어 싱글싱글 미소 지으면서 아주 기쁘고 행복한 마음으로 오십 번에서 백 번 이상 꼭꼭 씹어 먹는 것이 중요합니다. 이것이 바보죽 식단의 가장 중요한 포인트입니다."

죽은 아무런 간도 되어 있지 않아 밋밋하고 싱거웠다. 이런 무염식을 먹으면서 하루하루를 살아간다는 것은 보통 힘든 일이 아닐 듯했다. 염 교수님은 아무리 강한 의지와 각오를 다진 환자라도 보호자가 옆에서 지극정성으로 도와주지 않으면 현실적으로 거의 불가능하다고 했다.

염 교수님 소개로 할머니와 바보죽을 함께 먹고 있는 스물일곱 살의 손자, 준영 씨를 만났다. 일흔일곱 살 경남 씨는 위암 말기로 일 년 넘게 항암치료를 꾸준히 받았지만 별다른 호전 없이 계속 암이 진행됐다. 이제는 완치보다는 통증을 조절하려는 목적으로 입원을 하게 되었다.

"장남인 기수가 첫 결혼에 실패하고 몇 년 만에 임신한 여자를 데려왔는데, 여자가 애를 낳자마자 일주일 만에 도망쳤어. 가난해서 살기 힘들다고 생각한 모양이야. 기수가 몇 년을 애 엄마 찾는다고 돌아다니더니 결국 교통사고로 죽고, 이 년 후에 둘째 아들도 사고로 죽고 나니까 앞이 캄캄하더라고. 벼락 맞은 것처럼 온몸에 불이 나고 입이 바싹바싹 말라서 물 한 모금 안 넘어가는데 준영이가 배고프다고 우는 거야. 그때 애가 세 살이었거든.

처음엔 너 죽고 나 죽자는 심정으로 죽을 곳만 찾아다녔는데 그때마다 애가 악을 쓰면서 우는 거야. 몇 날 며칠 못 먹어서 울음소리가 잦아들 만도 한데 죽으려고 맘만 먹으면 '나 살아 있소' '나 죽기 싫소'라고 말하는 거처럼 울어 젖히는 거야. 이러다 손자마저 앞세우겠다 싶어서 어느 가게 앞에 애를 놔두고 가려는데 가게 주인이 어찌 봤는지 날 붙잡더라고. 일자리 줄 테니 애 버리지 말고 살라고, 애는 무슨 죄냐고 그러는 거야. 결국 준영이 때문에 먹고살았지. 세상에 준영이랑 나밖에 없었으니까."

자식 둘을 앞세운 경남 씨의 상명지통(喪明之痛)을 달래준 건 손자 준영 씨였다. 그렇게 이십 년 넘게 할머니는 손자에게 어머니이자 아버지가 되고, 손자는 할머니에게 두 아들이 되어주었다. 서로가 서로를

　　　　　　　　　　　　　　치유의 밥상

위해 지극정성으로 보낸 세월은 '죽었을 나를 살려준 은인'이자 '살아야 할 이유를 만들어준 은인'에 대한 보은의 시간이었다.

보은報恩의 삶은 핏줄로 이어진 부모 자식 간에도 해당하는 말일 것이다. 서로의 마음을 헤아려 그 뜻대로 살아가는 헌신의 삶을 누구보다 충실히 살아온 할머니와 손자였다.

처음 경남 씨가 위암에 걸리자 준영 씨는 할머니를 살리기 위해 필사적이었다. 암을 잘 치료한다는 병원은 죄다 돌아다니고 암에 좋다는 음식이 있는 곳이면 전국 방방곡곡 안 가본 곳이 없었다. 약초를 캐 와서 달여 먹이고 공부 못하던 머리로 온갖 항암 관련 책을 읽으며 할머니를 낫게 하겠다는 일념으로 최선을 다했다. 그러다 결국 암을 완치할 수 없다는 현실을 받아들이고 호스피스 병원을 찾게 된 것이다.

그럼에도 여전히 희망의 끈을 놓지 못하는 준영 씨에게 염 교수님은 이렇게 말했다.

"바보죽 같은 대체치료도 나쁘지 않습니다. 하지만 어떤 치료든 부작용이 생길 수 있고 부자용이 생기면 즉시 치료를 중지해야 합니다. 무엇보다 할머니의 건강 상태와 병의 진행 정도를 외면하지 말고 정확히 알아야 합니다."

염 교수님의 조언에 할머니의 현재 상태가 어떤지 꼬치꼬치 캐묻고 귀를 기울이던 준영 씨는 우연히 바보죽을 먹고 완치된 사람이 있다는 얘기를 듣게 되었다. 그때부터 직접 바보죽을 만들어서 할머니와 함께 먹고 있다고 했다.

"바보죽을 먹는다고 다 완치되는 건 아니겠죠. 하지만 절 지금까지 키워주신 할머니를 위해 뭐든 해드려야 하지 않겠어요? 저 때문에 연로하신 나이에도 식당 일부터 청소 일까지 안 해보신 게 없거든요. 할머니가 저에게 해주신 거에 비하면 아무것도 아니죠. 세상천지 피붙이라곤 할머니밖에 없어요. 할머니 없으면 진짜 고아인데 쉽게는 못 보내드리죠. 해드릴 수 있는 건 다 해드려야죠."

"어머니를 찾아보고 싶진 않으셨어요?"

"고등학교 졸업하고 한 번 찾아갔어요. 이름이랑 예전에 일하던 곳만 알고 할머니 몰래 힘들게 찾아갔는데 결혼해서 자식 낳고 잘 살고 있더라구요. 그때 그 배신감이란……. 집에 돌아와서는 괜히 짜증 나고 화나서 할머니한테 반항하고 대들었는데 할머니가 그러시더라구요. 사람을 한자로 人인이라고 쓰는 이유는, 서로가 서로를 필요로 하고 기댈 수 있어야 인연이 되기 때문이라구요. 제가 어머니를 찾아갔던 것도, 행복해 보이는 모습에 속상했던 것도 다 아신 거죠. 할머니가 그랬어요, '니캉 내캉 인생의 짝'이라고."

세상 모든 사람들이 나와 더불어 사는 인연이 되지는 않는다. 누구에게는 좋은 사람이 나에게는 나쁜 사람이 되기도 하고, 나를 낳고도 버린 사람이 있는 반면 나를 가슴으로 품어서 키워주는 사람도 있다. 그것을 '기대어 의지할 사람'이라는 말로 위로하며 '인생의 짝'으로 살자고 주저앉은 손자를 잡아 일으킨 할머니의 마음은 얼마나 깊은가. 하루하루 건강이 나빠지는 할머니 앞에서 재롱 피우며 죽을 떠먹이고 손발을 씻기는 어린 손자의 손길 또한 정말 아름다웠다.

준영 씨가 저녁 식사 시간에 맞춰 여자친구를 데려왔다. 단발머리에 아담한 체구의 여자는 큰 키에 살집 있는 준영 씨와 잘 어울렸다. 그녀는 천을 배달하던 준영 씨의 거래처 주인이었다. 시간 한 번 어기지 않고 성실하게 일하는 준영 씨에게 호감을 느껴, 더운 여름날 얼음 띄운 미숫가루 한 잔 내민 인연으로 가까워졌다고 했다.

"제가 준영 씨를 '하나밖에 모르는 바보'라고 불렀어요. 할머니께 하는 걸 보면 정말 한결같거든요. 저도 모자란 사람이라 늘 손해 보고 살았는데, 준영 씨 보면서 이 바보 같은 사람과 함께라면 세상에 속아도 맘고생은 안 하고 살 수 있겠다 싶었어요.

준영 씨가 할머니를 위해 만든 바보죽 저도 먹어봤는데요, 너무 맛이 없는 거예요. 준영 씨가 할머니랑 같이 먹는다고 하는데 이해도 되면서 너무 마음이 아픈 게……. 이 남자 이거 먹다가 영양실조 걸리는 거 아닌가 했어요."

준영 씨를 좋아하는 그녀의 마음이 전해져 나도 흐뭇해졌다.

인간이 마땅히 해야 할 작은 도道에 정성을 다하는 사람은 반드시 다른 누구에게 감동을 준다는 것을 새삼 깨달았다. 여기서 작은 '도'란 날 키워준 부모에 대한 효일 수도 있고, 나보다 못한 이웃에 대한 연민 또는 욕심 없이 맡은 일에 최선을 다하는 것일 수도 있다.

많은 것을 움켜쥐지 못했을지라도 작은 일에 최선을 다하는 진실한 삶이 주는 감동은 크다. 그 감동이 준영 씨에게 평생을 함께할, 또 하나의 '인생의 짝'을 찾아준 것은 아닐까. 난 그렇게 믿는다.

할머니의 상태가 하루가 다르게 나빠지자 준영 씨는 염 교수님과 상의해 할머니가 돌아가시기 전에 여자친구와 간이 약혼식을 올리기로 했다.

"오래오래 같이 살고 싶은 마음이야 간절하지만, 그럴 수 없다면 남은 시간 동안 할머니께 무엇을 해드리면 좋을지 생각해봤어요. 지금 제가 해드릴 수 있는 건 손자 혼자 남겨두고 간다는 마음의 짐을 덜어드리는 게 아닐까 합니다. 여자친구한테 말했더니 선뜻 먼저 약혼식을 올리자고 하더라구요. 고마웠죠."

할머니에게 인사 드리기 위해 새 원피스를 사 입었다는 여자친구를 보자마자 경남 씨는 그녀의 손을 꼭 잡았다.

"우리 손자 짝지…… 잘 부탁해. 꼭 좀 잘 부탁해. 살면서 그렇게

치유의 밥상

속 썩이는 일 없을 거야. 남 속이지도 못하고 거짓말도 잘 못하는 애야. 친구들이 입은 옷 부러워하면서도 자기도 사달라고 한 번도 조르지 않은 애라고. 자기가 옷 못 입는 것보다 못 사주는 내 맘이 더 아프다는 거 아는 애라서. 그 맘이 너무 고맙고 깊어서 손자 뒷바라지하면서 한 번도 고생한다고 생각해본 적 없어. 내 손자 잘 부탁해, 그래도 되지?"

경남 씨의 말에 여자분은 미소 지으며 고개를 끄덕였다.

사흘 후 금요일 저녁, 믿기지 않는 호스피스 병동 약혼식에 참여하게 되었다.

죽음의 끝자락, 삶의 종착역 같은 곳에 새로운 인생을 시작하고자 하는 젊은 예비부부가 서 있었다. 하얀 블라우스와 하얀 스커트를 입고 머리 위에 하얀 미사포를 쓴 약혼녀는 사랑스러웠고 휠체어에 탄 할머니를 모시고 등장하는 준영 씨 또한 믿음직스러웠다. 무엇보다 약혼식을 위해 특별히 신경 써서 정장을 입고 온 염 교수님의 모습이 인상적이었다.

약혼식 음식은 준영 씨와 약혼녀가 함께 만든 당근케이크와 녹즙이었다. 평소 단 것을 무척 좋아하던 할머니가 한 달 넘게 바보죽을 먹느라 고생했다면서 케이크를 만들어 온 것이다. 하지만 케이크 역시 건강식이어야 한다는 것을 잊지 않았다.

"할머니, 증손자 미리 못 보여드려 죄송합니다."

재치 있는 준영 씨의 말에 간호사들도, 염 교수님도, 할머니도 모두 웃었다. 할머니는 준영 씨의 마음을 알기라도 한 듯, 언제 태어날지 모르는 증손자에게 손수 뜬 스웨터를 선물로 주었다. 십 분도 안 되는 짧은 약혼식이었지만 모두 행복해 보였다.

한 사람의 시작은 단지 그 사람으로부터만 비롯하지 않는다. 한 사람은 그의 부모와 숱한 인연의 겹겹 속에서 시작되어, 그의 인생에 점 하나를 찍고 대를 이어가며 계속 나아간다. 그렇기에 우리는 앞날만 생각하며 아등바등 살기보다는, 나에게 주어진 오늘과 현재를 즐길 수 있는 '하나밖에 모르는 바보'처럼 살아야 하는지도 모른다.

할머니가 아직 태어나지도 않은 손자를 위해 스웨터를 뜨고 살날이 얼마 남지 않은 할머니의 행복을 위해 준영 씨가 약혼식을 치렀던 것도, 바보죽을 함께 먹었던 것도, 서로를 사랑하는 바보로 살고자 했기 때문은 아니었을까.

약혼식이 끝나고 염 교수님은 준영 씨와 저녁 늦게까지 이야기를 나누었다.

"호스피스 의사는 다른 의사들과 다르게 진료 시간이 깁니다. 물

    치유의 밥상

론 환자에 따라 십 분 만에 끝나는 경우도 있지만 어떤 때는 한 시간 넘게 진료하기도 합니다. 그 진료가 그들과의 마지막 순간일지도 모르기 때문입니다. 삶을 정리하는 시간이 정해진 틀처럼 모두 같을 수는 없기에, 더구나 마지막이라는 말은 결코 되돌릴 수 없다는 뜻이기에 늘 환자의 의사에 맞춰 진료하려고 합니다. 진료실 밖에서 기다리는 다른 환자나 보호자들도 이런 점을 이해하고 받아들이죠.

호스피스 의사의 참된 행복은 이런 건지도 모릅니다. 환자를 반드시 낫게 한다기보다 환자와 함께할 수 있는 시간을 조금이라도 더 얻고, 진료실에서 진심 어린 교감을 나누며 오래도록 기억할 수 있는 추억을 만드는 것 말입니다. 그게 바로 환자를 배웅하는 길의 마지막에서 찾은 하나의 행복인 것 같습니다."

"이런 질문을 해도 될지 모르겠어요. 교수님은 죽어가는 환자를 보는 게 두렵지 않으신가요?"

"처음엔 두려웠죠. 지금까지 이천 명 넘는 환자의 죽음을 보았습니다. 그들과 저는 돌아올 수 없는 많은 강을 건넜고, 제 가슴속에는 그분들과의 추억이 자리하고 있습니다. 그 추억을 떠올릴 때면 웃음이 절로 나기도 하고, 눈물이 앞을 가리기도 합니다. 그런 게 인생이 아닐까 싶습니다. 저도 이곳에서 하루하루 인생을 배우고 감동을 느끼며 살아가고 있습니다."

　호스피스 환자들과 인생 여행을 하며 배움을 이어간다는 염 교수님의 말씀, 준영 씨와 할머니가 전해준 함께하는 삶의 감동이 지금까지도 가슴속에 남아 있다.

아들을 위한
냉장고

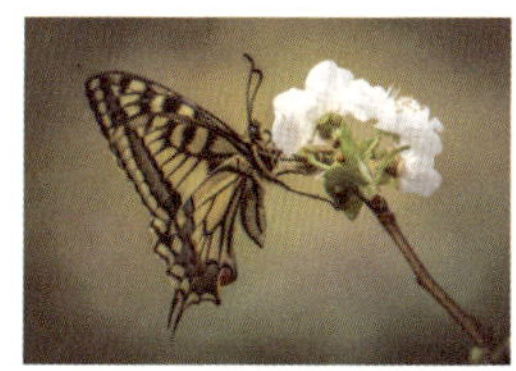

안절부절못하고 병실 안을 서성이며 쫓기는 표정으로 빨리 집에 돌아가야 한다고 반복해서 말하는 지영 씨였다.

"밥해줘야 하는데, 내가 아프다고 이렇게 누워만 있으면 아들 밥 굶는데. 니 집으로 돌아갈래. 보내줘요."

"안 됩니다. 지금은 아들 밥보다 본인 건강을 더 생각하셔야 해요."

염 교수님은 안타까운 표정으로 병실 밖으로 나가려는 지영 씨의 팔짱을 끼고 침대로 이끌었다. 뇌종양에 치매 증상까지 겹친 일흔일곱의 지영 씨는 하루에도 몇 번씩 아들을 걱정하며 병실 밖으로 나가려고 했다.

점심때가 지나 지영 씨 병실로 한 여자분이 들어왔다. 지영 씨는 그녀를 선생님이라 부르며 반겼지만 알고 보니 며느리였다. 일하러 간 남편 대신 병간호를 하러 온 며느리는 자신을 몰라보고 언제나 정성스레 아들 밥상 차려주던 일, 아들이 사고 친 일, 아들이 전교 1등 한 일 등 아들 자랑에 여념 없는 시어머니의 말을 차분히 들어주었다.

"어머니께 너무 귀한 아들이었던 것 같아요. 남편 일찍 보내고 아들 하나 바라보고 사셨대요. 우체국 말단 공무원으로 일하면서도 늘 아들에게 아침저녁으로 갓 지은 밥을 차려주셨다고 해요. 제가 서른 넘어서 남편을 만났는데 아들 빼앗겼다 생각하시는 어머니 때문에 서운한 적도 많았죠. 하지만 아들도 못 알아보고 옛날 일만 반복해서 이야기하시는 어머니 보면 가슴이 아파요. 그렇긴 한데…… 치매 때문에 통증을 덜 느끼시다가도 갑자기 아프다고 떼쓰고 말도 없이 사라지시고, 솔직히 어머니 간호하기 힘들 때도 있어요."

지영 씨를 돌보는 며느리의 손길은 지쳐 있었다. 남으로 만나 아들 하나를 두고 인연이 된 며느리와 시어머니는 불편한 공간과 상황 속에서 각자 힘들어하고 있었다. 저녁이 되어서야 지영 씨 아들을 볼 수 있었다. 아들은 말끔한 양복 차림에 키도 크고 건장해 보였다. 어

　　　　　　　　　　　　　　　　치유의 밥상

머니 앞에 앉아서 그날 있었던 일들을 하나씩 확인하며 몸은 괜찮으냐고 물었지만 지영 씨는 아들을 알아보지 못했다.

"아들 밥해줘야 하는데. 저 좀 데려다주세요."

"어머니, 저 밥 잘 먹고 다녀요. 걱정 안 하셔도 돼요."

"제가 한 번도 아들 밥때를 놓친 적이 없거든요. 우리 아들은 입이 짧아서 생선도 고등어랑 조기만 먹고, 고추장 장조림이랑 불고기 좋아하고, 채소를 싫어해서 김치 말고는 안 먹어요. 아들이 취직해서 첫 월급 받은 날 외식을 했는데, 그때 먹은 스테이크도 내가 해준 불고기만 못했어요."

계속 이어지는 어머니의 말을 더 이상 못 듣겠는지 아들이 자리에서 일어나 밖으로 나갔다. 말 상대가 없어진 지영 씨는 시무룩해져서 창밖만 바라보고 있었다.

병동 홀 중간에 놓인 긴 벤치에 털썩 주저앉아 아들은 마른세수를 했다.

"제가 어머니께 너무 무심했던 것 같습니다. 어머니 품을 떠나 늦은 나이에 꾸린 아내와의 둥지에서 둘만 있는 게 더 좋더라고요. 아들딸 낳고는 우리끼리만 있고 싶고……. 그 못된 심보 때문에 어머니께서 저렇게 되셨는지도 몰라요. 혼자 식사하시는 거 알면서도 가끔 밖에서 밥이나 사드렸지 잘 챙겨드리지 못했어요.

노인정 드나들면서 이웃집과 친하게 지낸다는 어머니 말만 믿고
잘 지내시겠지 생각했죠. 아니, 그렇게 믿고 싶었습니다. 내가 굳이 신
경 안 써도 될 거라고, 원래 생활력 강한 분이니 혼자서도 잘 지내실
거라고. 식구들 데리고 어머니 댁에 가는 것도 이 핑계 저 핑계로 한
달에 한두 번에서 몇 달에 한두 번으로 차츰 뜸해졌어요. 어머니가
차려주시는 밥상보다 밖에서 먹는 음식을 애들이 더 좋아한다는 핑
계도 있었죠.

아, 제가 더 챙겼어야 했는데……. 저렇게 정신 잃고 중얼거리시는
걸 듣고 알았어요. 아들 없다고 밥도 제대로 안 챙겨 드시고 아침저
녁 산책만 줄곧 하셨다는 걸요. 아들한테 밥 차려주는 보람으로 평
생을 보낸 어머니 인생에 제가 빠졌으니 얼마나 적적하셨을까. 왜 전
몰랐던 걸까요? 얼마나 무심하고 이기적인 자식인지, 뇌종양으로 쓰
러지고 치매로 저 지경이 되실 때까지 전 도대체 뭘 한 걸까요? 엄
마…… 아이고, 어머니."

눈물을 흘리며 깊은 한숨을 내뱉는 아들의 모습은 더없이 무거워
보였다.

아들이 어렸을 땐 조그만 일에도 야단치며 무척이나 억세던 어머
니였지만 나이가 들어 아들이 가정을 꾸린 후에는 매사에 조심스러
워했다. 자신이 키운 아들인데도 마음껏 사랑받고 싶다고 투정하지

                                          치유의 밥상

도 못하고, 예의를 갖추고, 끊임없이 자식을 배려하던 어머니. 카랑카랑하던 목소리는 외로움으로 오랜 시간 허기져 있었다.

어머니 집을 청소하러 간다는 아들과 며느리를 따라 지영 씨가 혼자 살던 집으로 갔다. 열세 평의 연립주택, 어쩐지 적적하고 텅 비어 보였다. 어질러진 곳 없이 깨끗했지만 사실 그럴 만한 살림살이도 없었다. 며느리가 방에서 옷가지를 챙겨 나오는 동안 아들은 어머니가 늘 서 있던 주방에서 어머니의 흔적을 느끼고 있었다. 낡은 전기밥솥은 텅 비어 있었고, 설거지통도 깨끗하게 정리되어 최근 음식을 해 먹은 흔적이 없었다.

"아……!" 하는 단발의 감탄사에 눈을 돌려보니 냉동고 문을 활짝 열고 서 있는 아들이 보였다. 냉동고 안은 언젠가 지영 씨가 사둔 음식 재료들로 가득 차 있었다. 조심스레 하나하나 재료를 꺼내 보던 아들은 점점 눈물이 차올랐다. 조기 두 마리, 고등어 두 마리, 양념한 불고기를 담아둔 팩, 장조림용 고기 팩. 다시 조기 두 마리, 고등어 두 마리, 불고기 양념에 필요한 마른 버섯, 잘게 썰어놓은 파. 냉장실 안에는 큰 통에 담긴 김치들이 칸칸마다 놓여 있었다.

모두 지영 씨가 아들을 위해 준비해둔, 아들이 가장 좋아하는 음식 재료들이었다. 더 이상 못 참겠는지 아들이 흐느끼며 울기 시작했다. 부엌 바닥에 무릎을 꿇고 살얼음이 가득 낀 냉동된 요리 재료들을 양손에 든 채 아이처럼 소리 내어 울었다.

아들에게 밥을 차려주려고 설레는 마음으로 한걸음에 달려나갔을 어머니, 내 아들 먹일 것이니 최고로 좋은 걸로 달라며 옥신각신 싸우면서도 입가에 미소가 떠나지 않았을 것이다. 오지 않는 아들을 기다리며 냉동고에 사 온 재료들을 차곡차곡 쌓아둬야 했을 것이다. 아들 입으로 들어가지도 못하고 냉동고에서 꽁꽁 굳어버린 재료들, 그와 함께 굳어져 사라져가는 어머니의 기억……. 아들은 몸부림치며 어머니를 불렀다.

한참을 울다 넋이 나간 남편을 보다 못한 부인이 입을 열었다.

"여보, 이 재료로 어머니를 위해 밥상을 차려 가면 어떨까?"

"응? 어머니가 드실 수 있을까?"

"염 교수님께 여쭤보니 아직 식사는 할 수 있다고 하셨어."

"어머니께 뭘 만들어드리면 되지? 나 아무것도 모르겠어."

"당신이 좋아하는 음식. 나도 당신 좋아하는 반찬 제대로 만들어본 적 없는 거 같네. 어머니가 사두신 재료로 한번 만들어볼게. 남은 재료랑 김치는 다 집에 가져가서 애들이랑 먹자."

"여보, 고마워."

"미안해, 내가 어머니 더 잘 챙겨드렸어야 했는데."

꽁꽁 언 생선과 고기, 각종 채소가 식탁 위에 산처럼 쌓였다. 며느

      치유의 밥상

리는 시어머니가 사둔 재료로 바쁘게 손을 놀리며 요리를 시작했다. 염 교수님과 간호사들, 그리고 어머니까지 넉넉하게 먹고도 남을 만큼 재료가 차고 넘쳤다. 생선 굽는 냄새와 고기 볶는 냄새가 집 안 가득 퍼졌다.

호스피스 병동 식당에 갑작스럽게 준비된 늦은 저녁 식사에 염 교수님과 간호사 한 명, 지영 씨가 초대되었다. 저녁 식사를 거르고 잠이 든 지영 씨가 마침 배가 고프다며 깨어나 무리 없이 식사를 할 수 있었다.

식탁은 조기찜, 고등어구이, 고추장 장조림, 버섯과 파, 양파가 듬뿍 들어간 불고기 등으로 풍성했다. 밥상을 휙 둘러보던 지영 씨는 미소가 가득해져서 의자를 바싹 당겨 앉았다. 젓가락을 들고 무엇을 먼저 먹을지 고민하다가 불고기 한 점과 버섯을 집어 마주 앉은 아들에게 내밀었다.

"이거 드세요. 고기는 채소랑 같이 먹어야 한대요, 선생님."

어머니를 쳐다보던 아들은 미소를 지으며 입을 크게 벌려 받아먹었다. 그다음엔 이들이 부드러운 조기 살을 발라내 맛있게 졸인 무와 함께 어머니 입으로 가져갔다. 지영 씨는 기분이 좋은 듯 음식을 받아먹고는 두 눈을 꾹 감았다 뜨면서 맛있다고 했다.

두 사람의 시식이 끝나자 모두의 식사가 시작되었다. 식사를 하면서 지영 씨는 계속해서 아들 이야기를 했고, 아들은 어머니의 한마디 한마디에 웃음 터뜨리고 눈물을 글썽였다. 그는 기억을 잃은 어머니에게 정성껏 음식을 떠먹여주며 못다 한 어머니에 대한 사랑을 마음껏 표현하고 있었다.

당신을 위해,

나를 위해

심장호흡이 완전히 멈추기 전에
꼭 전하고 싶은 간절함으로,
아버지 귀에 바싹 입을 들이밀고 큰 소리로
"사랑합니다"라고 외치는 병건 씨.
저토록 애절한 사랑 고백이 또 있을까.

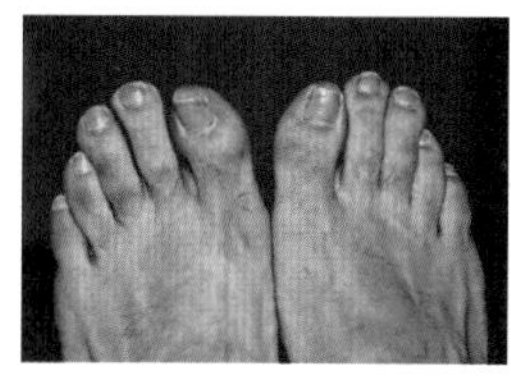

"강철수 씨, 심호흡을 해보세요!"

철수 씨의 통증을 멈추게 하려고 긴박하게 움직이는 간호사들 사이에서 아들 병건 씨는 방해가 되지 않을 만큼 떨어져서 큰 동요 없이 서 있었다.

준비되지 않은 순간이 오자 잔뜩 겁먹은 것이리라 짐작했다. 그런데 간호사들 말에 따르면 아버지가 이곳 호스피스 병동으로 옮겼을 때부터 병건 씨는 언제나 거리를 둔 채 침착한 모습이었다고 했다. 이런 그에게 말을 거는 것은 쉽지 않았다.

병건 씨를 다시 본 것은 일주일 후 다른 병실의 호스피스 자원봉사자들과 함께였다. 능숙하게 낯선 환자의 발을 마사지해주면서 미소를 머금고 힘없이 누워 있는 환자를 향해 재미난 농담을 건네는 그는 정말 긍정적이고 유쾌한 사람이었다.

"발이 제2의 심장인 거 아시죠? 할머니 이 작은 발에 모세혈관, 땀샘, 신경이 집중되어 있고, 림프체계나 신체 모든 장기, 기관들의 반사 상응점이 있어요. 하하, 어려워서 무슨 말인지 모르시겠죠? 그러니까 제가 십오 분 동안 발가락이랑 발등, 발바닥을 이렇게 주무르고 밀어주고 하면요, 소화도 잘되고 방귀도 나오고 혈압이랑 맥박도 힘차게 뛰고 통증도 줄어들고 기분도 좋아지실 거예요."

넉살 좋은 병건 씨 말에, 발을 내맡긴 사람들은 흐뭇하게 웃으며 정말로 통증이 줄어든 듯 평온한 얼굴로 잠이 들었다. 일주일 전 아버지 병실에서 봤던 사람과 같은 사람인가 싶을 만큼 밝고 유쾌한 기운이 뿜어져 나왔다.

병실에서 복도로 나오자 병건 씨 아버지, 강철수 씨가 링거대를 지지하고 서서 창밖을 바라보고 있었다. 쏟아지는 비에 바깥 풍경이 제대로 보이지 않는 뿌연 창가에 선 철수 씨가 한없이 외로워 보였다.

일주일 전 만난 나를 기억해낸 철수 씨가 목 인사를 꾸벅했다.

철수 씨는 공사판 밑바닥 인생으로 건물이 세워지고 도로가 깔리고 시멘트가 발리는 곳이면 안 가본 데가 없다고 했다. 몸뚱이가 유일한 재산이었던 그는 365일 하루도 쉬지 않고 일하다, 이십 대 중반 어느 해에 결혼을 하고 아들 둘을 낳았다.

몸으로 먹고사는 여느 인생이 그렇듯, 몸을 굴리지 않으면 일정 수준 이상의 삶을 유지하기가 힘들었다. 하루하루 꼬박 노동을 하고 땀값만큼 받아서 저축한 돈, 귀하디귀한 그 돈을 들고 도망친 '여편네'에 대한 분노는 폭력이 되어 남은 두 아들에게 고스란히 전해졌다.

엄마를 잃은 상실감에다 아버지의 무자비한 폭력과 폭언, 술주정이 더해지자, 두 아들은 꿈을 잃었고 가정이란 안락처는 탈출하고 싶은 지옥이 되었다.

"아무리 일해도 잘살 수가 없는 거야. 월셋집에서 벗어나지도 못하고 평생 남 주려고 버는 돈이라 쉬지도 못하고, 마누라도 힘들다 도망치고 나니 눈에 뵈는 게 없었지. 세상에 확실히 내 거라고 할 수 있는 게 아들내미들밖에 없더라고. 그래서 내 맘대로, 하고 싶은 대로 했어. 그때 그래도 되는 줄 알았는데……."

사춘기 무렵 가출한 두 아들, 병건 씨와 동생은 그 이후로 아버지와 연락을 끊고 살았다. 세상에 부모 없이 태어난 사람처럼, 홀로 삶을 개척해간 철수 씨의 두 아들. 병건 씨가 아버지를 다시 만난 것은 육 개월 전이었다. 철수 씨가 암 투병을 하다가 상태가 나빠져 호스피스 병동으로 옮기고 만나게 된 것이다.

"죽기 직전이란 말을 듣고 왔다 하더라고. 죽을 때 장례는 치러줘야겠다고 생각했겠지. 그런데 일주일 넘게 아프기만 하고 죽지는 않으니 당황한 눈치더라고. 병원에서는 얼마 안 남았다 하니 이제 와서 돌아갈 수도 없었을 거고……. 다시 만난 날, 병건이가 내 손을 가만히 보더니 죽는 것까지는 보고 가겠다고 하데. 근데 그게 나한테는 가시방석인 거라. 그냥 혼자 죽으면 속 편할 텐데……."

"그래도 수십 년간 소식 없던 아들한테 먼저 연락한 건 아버님 아니세요?"

"응, 그랬지. 곧 죽는다고 하니까 아들 얼굴이 미치게 보고 싶어서. 여기 간호사랑 신부님한테 사람 좀 찾아달라고 했지. 멀지도 않은 곳에 살고 있더라고. 춘천, 차 타면 지척인데……."

"아드님 보니까, 그래도 좋으시죠?"

"낯설어. 안 볼 때가 더 좋았던 거 같아."

시꺼먼 때가 손톱 밑에 문신처럼 박힌 쭈글쭈글한 철수 씨 손이 눈에 들어왔다. 병건 씨는 이 손에서 삼십오 년간 혼자 버텨온 아버지의 고된 삶을 짐작했을 것이다. 얼마 남지 않은 생명을 이어가는 아버지, 그의 죽음을 기다리는 아들. 인연을 끊었던 부자는 낯설고

　　　　　　　　　　　　　　　　치유의 밥상

어색한 기다림의 시간을 보내고 있었다.

다른 병실에서 친절하고 유쾌하게 웃던 병건 씨 모습이 떠올랐다. 자신의 시간을 쪼개 자원봉사를 하며 베푸는 삶을 살아왔을 그였지만, 그 속에 아버지 몫은 없었다. 어쩌면 그 나눔과 봉사, 타인을 향한 친절은 애써 부정하고 단호히 끊어버렸던 아버지에 대한 죄책감을 지우려는 노력이자, 아버지의 빈자리를 채우려는 본능이었는지도 모른다.

병건 씨는 검정고시로 고등학교를 졸업하고 2년제 공과대학을 나와 게임회사에서 프로그래머로 일했다. 자신처럼 부모가 없는, 같은 상처를 지닌 아내를 만나 스물셋에 결혼식을 올리고, 세 딸아이의 아빠로 행복한 삶을 꾸리고 있었다.

상처로만 남은 가족에 대한 기억을 지우고 아버지와는 다르게 행복한 가족의 뿌리가 되고 싶었다. 아이들과 함께 여행도 하고, 나무도 심고, 동물원에도 가고, 추억을 쌓으며 행복을 주는 가장이자 책임감 있는 아버지, 남편이 되려고 최선을 다했다.

그러다 몇 년 전 교회를 다니면서 진정한 행복이란 내 가족만 챙기는 것이 아닌, 한없이 넓게 퍼지는 사랑의 씨앗 뿌리기임을 깨달았다. 나보다 불행한 사람들을 돌보기 위해 해외 선교에도 참여하고 병원 자원봉사에도 나섰다. 그때까지는 아버지에 대한 생각은 까마득히 잊고, 막연히 돌아가셨을지도 모른다고 생각했다.

그런데 삼십오 년 만에 느닷없이 아버지가 연락을 해왔다. 아버지의 삶이 얼마 남지 않았다는 소식에 가슴이 내려앉아 호스피스 병동으로 달려갔다. 당황했지만 임종 전이라는 말에 자신이 정말 행복해지기 위해, 자식들에게 부끄럽지 않은 아버지가 되기 위해 자신의 아픈 뿌리인 아버지를 만나야 한다고 생각했다. 그러나 고통에 비명을 지르고 몸부림치는 모습을 보자, 어린 시절 십 년 넘게 아버지 폭력에 시달렸던 그때의 아픔과 기억이 되살아났다.

절대로 넘어설 수 없고, 허물 수도 없는 커다란 벽이 아버지와 아들 사이에 가로막혀 있었던 것이다.

"동생분은 어떻게 지내세요? 아버님께 아들이 두 명이라 들었는데, 동생분이 보이지 않아서요."

병건 씨가 잠시 침묵했다.

"병수는 지금 알코올중독으로 치료받고 있습니다. 아버지에게 배운 손버릇 때문에 결혼 생활도 망가지고, 제대로 된 직업도 못 가지고 전전긍긍하다가 결국 술에 입을 대더니 중독이 됐어요.

피디님이 물으셨잖아요, 그래도 아버진데 어떻게 한 번도 찾지 않고 수십 년의 시간을 보낼 수 있었느냐고. 제가 아버지를 찾지 못했던 건 아버지를 닮은 동생을 보면서 괴롭고 힘들어서 더 이상 생각하고 싶지 않아서였던 것 같습니다. 찾아야 한다는 마음보다 찾았을 때 제가 감당할 수 없으면 어쩌나 하는 두려움이 더 커서 일부러 생각 안 하려고 했던 거죠. 혹시라도 아버지 때문에 지금까지 지켜온 내 가족에게 무슨 문제가 생기면 어쩌나 두려웠거든요.

하지만 하나님께서 그게 저의 큰 약점인 줄 아셨던 모양이에요. 아버지가 돌아가신다고 해서 달려왔는데 아직 살아 계시니 기회를 주시는 것 같은데……. 지금까지는 남보다 더 어색하고 얼굴을 보면 괴롭기만 해서 과연 아버지를 편하게 보내드릴 수 있을지 잘 모르겠습니다."

산다는 건 참으로 버겁고 무거운 짐이다. 필사적으로 행복을 지향할 수밖에 없고 안락한 유혹에 넘어가서 수많은 죄를 짓는 우리의 약함은, 아마도 '살아가야 한다'라는 명제 앞에 예측할 수 없는 수많은 일과 아픔을 전제하고 있기 때문일 것이다. 그리고 그것은 끊임없이 반복된다.

기억에서 억지로 지운 상처가 숙명처럼 병건 씨의 현재로 되돌아와 발밑에 놓였다. 나이 들어가며 아픔에 단련된 듯 강해 보이던 병건 씨에게 미뤄왔던 엄청난 숙제가 닥친 것이다. 아버지가 돌아가시기 전에 마땅히 풀어야 할 숙제, 바로 '아버지와의 화해'였다.

병실 안은 조용했다. 병건 씨는 다른 병실 자원봉사를 마치고 돌아와 텔레비전을 멍하니 보고 있었고, 철수 씨는 아들과 함께 있는 게 불편한 듯 몸을 뒤척였다. 그렇게 대화 없이 이 주의 시간을 보낸 아버지와 아들.

"간호사 좀 불러라."

"네, 무슨 일……!"

긴 침묵 끝에 두 부자의 대화가 시작되었다. 철수 씨가 몸을 뒤척이다 수액 링거 바늘이 빠지면서 피가 역류해 침대 시트에 피가 쏟아진 것이다. 간호사를 부르라며 느긋하게 말하는 아버지와 달리, 쏟아지는 피에 놀란 아들의 행동은 재빨랐다.

"괜찮으신 거죠?"

항암치료로 숨어버린 혈관을 힘겹게 찾아 비타민 수액 주삿바늘을 꽂는 간호사에게 병건 씨가 한 말이었다.

간호사가 떠나고 또다시 할 말을 잃은 두 사람, 그 답답한 중압감을 버틸 수 없어 말문을 연 사람은 다름 아닌 철수 씨였다.

"결혼했다고?"

"네, 딸이 셋입니다."

눈을 마주치진 않아도 답은 막힘이 없었다.

"아들보다 딸이 키우는 재미는 있다 하더라만, 아들이 있으면 더 좋을 텐데."

　　　　　　　　　　　　　　　　　　　치유의 밥상

“막내가 사내 같은 딸이라 괜찮습니다.”

“넌 어릴 때부터 눈빛이 보통이 아니었어. 공부도 곧잘 했지.”

“그 잘난 머리로, 가출해서 굶어 죽지는 않고 살았습니다.”

“…….”

“언제부터 아프셨던 거예요?”

“한 칠 년 아팠지. 이 년간은 모르고 지내다가, 노가다 같이 뛰던 김씨가 건강검진 한번 받아보자고 해서 처음 알았어. 암이 많이 퍼졌더라고. 그래도 죽기는 싫어서 번 돈 다 털어 넣었는데 빈털터리 될 즈음 죽는 날 받았다. 네가 와서 생명이 연장된 것 같아서 고맙기도 한데, 왜 연락했나 후회스럽기도 하다.”

“왜요?”

“그냥, 살아온 길이 그렇게 좋지도 않았는데 죽기 직전에 발악해서 뭐하겠어? 쓸데없이 돈 낭비하지 마라.”

“…….”

병건 씨가 아무 대답도 하지 않고 자리에서 일어나 밖으로 나갔다. 그가 향한 곳은 호스피스 병동 지하 1층에 있는 기도실이었다. 점심 시간이 한참 지나 기도실 밖으로 나온 병건 씨는 두 눈이 퉁퉁 부어 있었다.

병건 씨는 아내에게 전화를 걸어 혹시 주말쯤 아버지를 보러 올 수 있느냐고 조심스레 물었다. 그리고 아버지가 서 있던 창가에서 창밖을 내다보며 오랫동안 생각에 빠져 있었다.

무엇을 결심한 듯 병실로 돌아온 병건 씨는 용기를 내어 아버지에게 발 마사지를 해주겠다고 했다. 철수 씨는 몇 번이나 거절하며 싫다고 했다.

"발 마사지는 스트레스와 구토를 진정하는 데는 물론이고, 통증완화에도 도움이 됩니다. 무엇보다 접촉을 통해 전달되는 거라 환자와 의사소통할 수 있는 대체치료 요법입니다."

염 교수님의 설명을 듣고도 요지부동이던 철수 씨는 곧 잠이 들었다. 철수 씨의 미동마저 사라진 병실은 더 깊은 침묵 한가운데 놓여 있었다.

두 시간쯤 지나 잠에서 깬 철수 씨가 무슨 마음을 먹었는지 아들에게 발 마사지를 부탁했다. 갑작스러운 아버지 말에 병건 씨는 놀라거나 망설이지 않았다. 발 마사지를 잘 받을 수 있도록 앙와위 자세로 아버지를 눕히고 준비해 온 따뜻한 물수건으로 발을 닦기 시작했다. 아버지의 발가락, 발등, 발바닥을 정성스레 주무르면서 "불편하면 말씀하세요"라고 말했다.

"여기가 비뇨기계 반사구 방광, 신장이구요, 여기는 요도, 여기는 소화기 반사구 위장, 뒤꿈치는 생식기 반사구인데요……."

　　　　　　　　　　　　　　　　　　　　　治유의 밥상

이런저런 설명을 하며 한 발, 한 발 정성스레 마사지하는 아들, 아버지는 아무 말 없이 머쓱한 듯 고개를 돌리고 두 눈을 꾹 감고 있었다. 주먹을 쥐고 밀어내는 아들 손의 힘과 온도를 느끼며 아버지의 감은 눈에 눈물이 흘러내렸다. 고맙다고도 미안하다고도 말할 수 없는, 세월이 만든 간극 앞에서 아버지와 아들은 자유롭지 못했던 것이다.

발 마사지를 하고 삼십 분쯤 지났을까, 잠이 든 줄 알았던 철수 씨가 갑자기 정신을 잃었다. 급속도로 상태가 나빠져 호흡이 가빠지기 시작했다. 간호사가 맥박이 60회 미만으로 떨어지고 혈압도 70/50으로 감소했다고 다급하게 말하며 염 교수님을 호출했다. 시시각각 변하는 철수 씨의 상태를 확인하느라 병실 안은 분주해졌다.

곧 염 교수님이 병실 안으로 뛰어 들어와 철수 씨의 눈을 살피고 손을 등 뒤로 넣어보았다.

"눈에 동공반사도 거의 없고 등이 바닥에 밀착되어 손이 들어가지 않는군요. 마지막을 준비해야 할 듯합니다."

염 교수님의 판단 아래 철수 씨는 평온실로 옮겨졌다. 아버지의 마지막 순간이 왔다는 사실에 병건 씨는 안절부절못했다. 수녀님도 오고 간호사, 의사까지 평온실로 들어갔지만 병건 씨는 들어가지 못하고 있었다.

내가 왜 들어가지 않느냐고 묻자 병건 씨가 함께 들어가달라고 부탁했다. 처음으로 목격하게 될 호스피스 병동에서의 죽음 앞에 당황했지만 이내 그의 팔을 이끌어 평온실 안으로 들어갔다. 평온실 중앙에는 침대가 하나 있고, 머리맡 테이블에 촛불이 켜져 있었다.

염 교수님은 철수 씨를 편하게 눕히고, 병건 씨가 아버지 옆에 서 있을 수 있도록 이끌었다. 그리고 병건 씨에게 아버지의 현재 상태가 어떤지 차분히 설명해주었다.

"호흡이 더 가빠지면서 맥박이 느려지고 혈압이 떨어져, 어느 순간 심장이 멎게 될 겁니다. 그래도 마지막 순간까지 들을 수 있으니까 아버지 귀에다 대고 말씀해주세요."

수녀님도 병건 씨의 손을 잡으며 어떤 말이든 좋으니 낮고 다정한 목소리로 아버지에게 이야기해보라고 했지만, 아버지 곁으로 다가가면서도 무슨 말을 해야 할지 어쩔 줄 몰랐다.

"아버님이 이곳에 오시기 전에 성당에서 아버지학교를 다녔어요. 가장으로서, 남편으로서, 아버지로서 제대로 살지 못했다고 반성하면서 나중에라도 기회가 되면 진짜 아버지가 되고 싶다고 정말 열심히 수업을 들으셨어요. 아들을 많이 보고 싶어 하셨죠. 이렇게 만나서 참 좋습니다. 아버님께서 정말 행복해하셨을 겁니다."

수녀님 말에 병건 씨가 말문을 열었다.

"자식 노릇 못해서 죄송했습니다. 어리고 이기적이어서 저만 살려고 했어요. 일찍 못 찾아봬서 죄송합니다. 근데 이렇게 만나고 나니까 가시는 게 너무 빠르네요. 아버지 발 닦아드리고 두 시간 만에 가시다니……."

병건 씨가 철수 씨 얼굴을 쉴 새 없이 쓰다듬으며, 뻑뻑한 눈으로 아버지 얼굴을 구석구석 살폈다.

그때 기적처럼 의식을 잃었던 철수 씨가 눈을 번쩍 뜨더니 아주 천천히 눈을 끔뻑이며 아들을 뚫어지게 쳐다보았다. 그것은 죽기 직전 찰나의 의식 회복이라고 염 교수님이 설명해주었다.

조금도 흔들리지 않는 시선으로 아들을 쳐다보던 철수 씨가 꺼져가는 목소리로 말했다.

"아, 아들을 사랑합니다……."

예상치 못한 말에 병건 씨는 대답 없이 아버지를 쳐다보고만 있었다. 수녀님은 병건 씨 손을 잡아 철수 씨 손 위에 올려주며 말했다.

"아버님, 정말 잘하셨어요. 아버지학교에서 배우고 나서 아들에게 말할 수 없어서 속상해하셨잖아요. 정말 잘하셨어요. 아들 얼굴 직접 보면서 말씀하시니 기쁘시죠? 아드님도 아버님께 사랑한다고 말해주세요."

수녀님 말에 병건 씨는 뭔가 말할 듯 입을 달싹거렸지만 아무 말도 하지 못했다.

"나는…… 아들을 사랑합니다. 사랑……합니다……."

이 두 마디를 힘없이 내뱉고 철수 씨가 스르르 눈을 감자 병건 씨는 자신도 모르게 속에서 터져 나오는 큰 소리로 외쳤다.

"사랑합니다!"

그러고는 메말랐던 병건 씨 눈에서 눈물이 터져 나왔다.

심장호흡이 완전히 멈추기 전에 꼭 전하고 싶은 간절함으로, 아버지 귀에 바싹 입을 들이밀고 큰 소리로 "사랑합니다"라고 외치는 병건 씨. 저토록 애절한 사랑 고백이 또 있을까. 오랜 시간 곪아온 평생의 상처가 "아들을 사랑합니다"라는 서투르고 어색한 고백으로 치유되기 시작한 것이다.

기도실에서 울면서 쏟아낸 기도에 응답을 받은 것일까? 십오 분간 아버지 발을 주무르며 침묵 속에서 나눈 무언의 대화가 철수 씨의 죄책감을 씻어내고 홀가분히 삶을 마감할 수 있도록 한 것일까? 그 덕분에 한 번도 내뱉지 못한 아들에 대한 사랑을 고백할 수 있었던 건 아닐까?

두 달 후, 병건 씨 가족에게 저녁 식사 초대를 받았다.

밝게 인사하며 맞아주는 아내와 수줍고 웃음 많은 딸들의 환대를 받으며 병건 씨의 보금자리에 들어섰다. 펜던트 샹들리에 아늑한 조명 아래 안락한 소파에 앉아 따뜻한 허브차를 먼저 대접받았다. 화목한 분위기에 어울리는 인테리어, 인상 깊은 것은 거실 찬장 액자들 맨 앞자리에 놓인 작은 금색 사각 액자 속 흑백사진이었다. 바로 아버지 강철수 씨였다.

"이 사진을 가족 안에 놓기까지 너무 오래 걸린 것 같습니다."

"아버님 젊었을 때 모습이 병건 씨랑 꼭 닮았는데요?"

"아버지 아들이니까요."

아버지의 아들, 인정하기 힘들어서 끊어버렸던 그 당연한 천륜의 새로운 시작.

병건 씨와 내가 이야기를 나누는 중에도 딸들은 곁을 떠나지 않고 아빠의 양손을 한쪽씩 꼭 잡은 채 나를 쳐다보고 있었다. 딸들에게 사랑받는 병건 씨는 정말 행복한 가장이자, 아버지였다.

"제가 자식들한테 지금까지 살아온 제 인생을 숨김없이 말하고 인정받을 수 있었던 건 다 돌아가신 아버지 덕분입니다. 부모 자격 없다고 생각했지만 그런 부모도 결국 자식에게 삶의 버팀목이 되는 존재였습니다. 그 버팀목으로 악착같이 살고 행복할 수 있었던 건데 제가 너무 어리석어서 큰 죄를 지었죠.

아버지께 감사하고 죄스러운 마음을 잊지 않고, 제 가족은 물론이고 아버지가 다니셨던 아버지학교에 오시는 분들을 힘닿는 데까지 돌보면서 살아가려고 합니다."

저녁은 맛깔스러운 두부김치와 닭볶음탕이 주 메뉴였다. 예전에 공사판을 전전하던 아버지와 함께 먹었던 기억이 난다고 말했더니, 아내가 솜씨 한번 발휘해보겠노라며 정성껏 준비했단다.

"피디님, 술 하십니까?"

"술은 못합니다."

"저도 아버지와 동생놈 때문에 술 한 번 입에 안 대고 살았는데요. 아버지가 좋아하시던 음식을 차려놓고 보니, 즐겨 드시던 막걸리 한 잔 곁들여야 되지 않을까 싶더라구요. 그래서 아내에게 특별히 허락받고 사 왔습니다."

"그런 의미라면 저도 한 잔 정도 마셔볼게요. 병건 씨 아버님의 또 다른 장례의식이라는 생각이 드는데요?"

사랑하는 가족과 함께 돌아가신 아버지가 즐겨 드시던 음식을 먹으며 그가 살아왔던 삶을 더듬고 축복하는 시간이었다.

"캬~" 막걸리를 들이켜고 내뱉는 병건 씨의 추임새를 딸들이 웃으며 따라 했다. 그다음엔 아내가 한 잔, 나도 한 잔 그리고 소복하게 쌓인 하얀 두부를 감칠맛 나는 볶음 김치에 곁들여 한 점 먹었다.

   치유의 밥상

입안 가득히 새콤하고 고소한 김치 향이 퍼지고 두부가 부드럽게 부서졌다. 실로 진정한 행복이 무엇인지 깨달은 성스러운 가족 만찬 이었다.

아침부터 비가 억수같이 쏟아 붓고 있었다. 차를 끌고 나갔던 염 교수님이 이내 다시 병원으로 돌아왔다.

"은숙 씨 복수를 뽑아주러 가야 하는데, 비가 너무 많이 와서 도저히 갈 수가 없네요."

회진을 돌고 나서 내가 인터뷰를 마치고 돌아갈 무렵까지도 교수님 표정은 밝지 않았다.

"염 교수님, 무슨 일 있으세요?"

치유의 밥상

“아무래도 안 되겠어요.”

“네?”

교수님은 옷을 챙겨 입고 진료 가방을 들고 나갈 준비를 했다.

“오 년 동안 이 주에 한 번씩 집에 방문해서 복수천자를 해준 환자거든요. 복수를 시원하게 뽑아드려야 편하게 숨 쉴 수 있을 텐데……. 비가 너무 많이 와서 포기하고 돌아왔는데 계속 마음이 불편해서 서성거리게 되네요. 오늘만 기다리며 하루하루 고통과 싸워왔을 텐데, 아파할 환자를 생각하니 견딜 수가 없어요. 시간 되시면 피디님도 같이 가시겠습니까?”

가정방문 진료라, 염 교수님과 함께 낯선 발걸음을 옮겼다.

차에 타서 교수님이 환자에게 지금 출발한다고 전화하자 전화기 너머로 “정말요? 감사합니다! 감사합니다!”라는 소리가 흘러나왔다. 환자 역시 간절하게 교수님을 기다리고 있었던 것이다.

차가 서둘러 병원 문을 빠져나가 강변북로를 달렸다. 비는 더욱 거세졌지만 교수님은 어떻게든 환자를 치료해야 한다는 일념으로 시야를 확보하며 핸들을 꺾었다.

심한 폭풍우를 뚫고 운전한 끝에 평상시보다 두 시간이나 더 걸려 은숙 씨 집에 도착했다. 엘리베이터를 기다리는 시간조차 아까워 정신없이 계단을 뛰어 올라가는 교수님을 부지런히 뒤쫓아갔다.

가정방문하는 집은 형편이 어려울 거라고 짐작했는데 평수 넓은 아파트였다. 초인종을 누르니 은숙 씨가 직접 문을 열어주었다. 오랜 시간 기약 없던 친구를 만나기라도 한 듯 감사하다고 말하며 밝은 표정을 잃지 않으려 했지만 힘들어 지친 기색이 역력했다.

은숙 씨는 이 년 전 결혼하고 나서 난소암 진단을 받았으나 아이를 꼭 낳고 싶은 마음에 수술을 포기하고 항암제 치료만 받아왔다. 그러나 부작용이 너무 심해 결국 중도 포기하고 대체의학 치료를 시작했다. 그러는 동안에도 병은 계속해서 진행되었고, 특히 복수가 심해 하루하루 생활하기도 어려울 지경이었다.

환자는 복수 때문에 응급실에 자주 내원했는데 애석하게도 젤리 타입의 복수라 일반적인 방법으로는 빼기가 어려웠다. 일반적인 복수 천자는 배 좌측 아래쪽에 주삿바늘을 꽂으면 복수가 바늘을 통해 관으로 빠져 나오지만 그녀의 경우에는 복수가 뮤신mucin이라 젤리 양상으로 바늘을 꽂아도 잘 배출되지 않았다. 의사 한 명이 계속 달라붙어 주사기로 두 시간 동안 뽑아주어야 하는데 이는 현실적으로 불가능하다.

하루가 다르게 복수가 차올라 배가 터질 듯 부풀어 오르는 고통 속에 매일같이 응급실을 찾았지만 단 한 번도 속 시원하게 복수를 뺀 적이 없었다. 게다가 응급실 의사한테 심한 말도 여러 번 들은 까

 치유의 밥상

닭에 배가 불러 괴로울지언정 다시는 응급실에 가지 않겠노라고 어머니에게 하소연하기도 했다.

염 교수님은 곧바로 복수를 뽑기 시작했다. 18게이지 주삿바늘을 배에 꽂은 뒤 50cc 주사기로 뽑았는데, 한 번에 50cc씩 최소 백 번을 뽑아야 5리터 정도의 복수가 나오고, 그래야 배가 다소 편안해진다고 했다. 모든 과정을 마치는 데에는 대략 두 시간이 걸렸고, 어느덧 교수님 이마에 땀방울이 맺혔다.

은숙 씨는 앉은 자세로 두 시간가량을 그대로 있었음에도 전혀 힘들어하는 기색이 없었다. 많은 양의 복수를 뽑아낸 만큼 안색이 무척 밝아졌고, 언제 힘들었나 싶게 표정도 금세 편안해졌다.

"자, 다 끝났습니다. 힘드셨죠."

"아니요, 선생님. 정말 감사합니다."

"하하, 좀 편안하신가요?"

"네, 너무너무 편하고 좋아요. 정말 고맙습니다. 벌써 오 년이나 됐네요. 그때 복수가 너무 심하게 차서, 아는 수녀님 소개로 처음 뵀쇼. 복수 때문에 배가 남산만큼 불러서 금방이라도 터질 것 같은데 제가 뒤뚱뒤뚱 잘 걸어다니고 말도 또박또박 잘해서 염 교수님이 무척 놀라셨어요. 여러 차례 복수를 뽑았지만 그때 교수님이 뽑아주셨을 때만큼 행복했던 적이 없어요. 이렇게 웃고 고른 숨을 쉬며 살아갈 수 있는 건 다 교수님 덕분입니다."

밤 11시가 넘어가고 있었다. 믿기지 않을 만큼 쏙 들어간 배, 가벼워진 몸으로 은숙 씨는 이리저리 움직이면서 어머니와 함께 식사를 준비하기 시작했다. 저녁도 먹지 못하고 환자를 위해 빗속을 뚫고 달려와 치료를 한 염 교수님도 시장한 듯 "부탁드립니다"라고 큰 소리로 말하고는, 바닥에 널려 있는 기구들을 챙겼다.

소파에 앉아 잠시 얘기를 나누고 있자니 부엌에서 부르는 소리가 들렸다. 별 기대 없이 걸음을 옮긴 교수님과 나는 눈앞의 광경에 입이 떡 벌어지고 말았다. 현미밥에 소고기무국, 김치, 불고기, 계란말이 등 정성스럽게 한 상 가득 차린 밥상이었다.

"사실 오늘 염 교수님 오시는 날이라 미리 준비해뒀어요. 저 때문에 몇 시간 동안 고생하시고 나면 시장하실 것 같아서요. 메뉴는 제가 정하고, 어머니께서 장을 봐 오셨어요. 많이들 시장하시죠? 어서 드세요."

"와, 언제 이런 걸 다 준비하셨어요?"

"이건 그냥 밥상이 아닌데요?"

격식을 차릴 새도 없이 염 교수님은 정신없이 젓가락을 움직였고 나 또한 늦은 저녁 식사를 시작했다. 환자와 어머니의 정성이 알차게 담겨 있어서인지 어느 것 하나 맛있지 않은 게 없었다. 갑자기 교수님이 이리저리 식탁 위를 오가던 젓가락질을 멈추었다. 그제야 흐뭇한 얼굴로 바라보는 은숙 씨와 어머니가 보인 모양이었다.

마치 자식에게 밥을 먹이듯 한없이 뿌듯한 눈길로 바라보는 그들을 보고 한마디 건넸다.

"두 분도 같이 식사하시죠."

"아니요, 저희는 미리 먹었습니다. 많이 드세요."

"반찬이 정말 다 맛있네요. 준비하느라 힘들지 않으셨어요?"

"무슨 말씀을요. 치료비도 안 받고 복수 뽑아주시는데 이렇게 저녁 식사라도 대접할 수 있어서 얼마나 행복한지 몰라요. 오히려 저희가 감사하죠. 송 피디님도 와주셔서 고맙습니다."

우리는 차까지 얻어 마신 후에야 대문을 나섰다. 한결 여유로워진 교수님과 나는 돌아가는 차 안에서 많은 이야기를 나눴다.

"은숙 씨 복수를 뽑아주기 시작하면서 인연이 길어봐야 석 달 정도가 아닐까 했는데 벌써 오 년이란 세월이 흘렀어요. 눈이 오나 비가 오나 은숙 씨와 약속한 시간은 꼭 지키려고 노력했죠. 봉사하는 마음으로 하는 일이지만 잘 치료해줘서 고맙다는 말을 들으면, 정말 뿌듯하고 행복해집니다. 감사란 주는 쪽도, 받는 쪽도 좋은 일로만 기억되나 봅니다. 그렇게 생각하면 의사란 직업은 참으로 매력적이죠. 호스피스 케어는 더 말할 것도 없구요."

"네, 저는 그저 보는 것만으로도 가슴이 벅차오르는 것 같아요."

마더 테레사가 말했다. 자기를 좋아하는 사람도, 필요로 하는 사람도 없다고 느낄 때 오는 고독감은 가난 중의 가난이라고.

여전히 세차게 퍼붓는 비로 운전이 쉽지 않았지만 염 교수님의 표정은 무척이나 만족스러워 보였다.

자전거가 잠시 비틀거리다 내리막길로 들어서면서 신나게 속도를 내어 달렸다. 자전거에 걸터앉아 페달을 밟고 있는 예순다섯의 상만 씨 얼굴에는 함박웃음이 가득했다. 뒷좌석에는 상만 씨보다 키도 크고 덩치도 큰 병호 씨가 타고 있었다.

검지와 중지 사이에 낀 하얀 담배를 깊이 빨아 연기를 내뿜으면서, 다른 손으로 상만 씨 어깨를 꽉 붙든 채 덜컹거리는 자전거에 몸을 실은 병호 씨 표정이 여간 만족스러워 보이는 게 아니었다. 둘은 복날 정오에 개를 잡았다는 소문을 듣고 윗동네까지 가서 배를 든든히 채우고 함께 돌아오는 길이었다.

"사이가 좋아도 이렇게 좋을 수가 없어. 마누라한테도 이렇게는 못하지. 둘이 전생에 무슨 인연이었는지 아주 죽고 못 산다니까."

더 이상 말하지 말라며 고개를 내젓는 상만 씨 부인은 남편과 병호 씨가 자전거를 함께 타고 있는 모습이 담긴 휴대폰 영상을 두 번이나 보여주었다.

이 영상을 찍은 사람은 다름 아닌 병호 씨 부인이었다. 시장에서 우연히 보고 찍었다는데, 두 사람의 특별한 우정을 부인들이 어떻게 생각하는지 짐작할 수 있었다. 병호 씨와 상만 씨의 우정은 동네에서도 모르는 사람이 없을 정도로 대단했다.

동영상에서 그렇게 건강해 보이던 병호 씨는 다섯 달 전에 뇌종양으로 쓰러져 더 이상 치료를 받을 수 없다는 판정을 받고 호스피스 병동으로 왔다. 상만 씨는 간병인도 마다하고 병호 씨 곁을 지키고 있었다.

"병호는 나한테 친구이기 이전에 생명의 은인이지."

병호 씨는 상만 씨보다 한 살 많은 동네 형이었다. 마산에서 낯선 서울로 이사 온 일곱 살 상만 씨는 사투리 때문에 놀림받으며 동갑내기 친구들 사이에 끼지 못했다.

　　　　　　　　　　　　　　　치유의 밥상

학교도 다니지 못하는 일곱 살 어린 나이, 부모님이 일 나가면 심심함을 달래느라 아파트를 짓고 있는 건너편 동네 끝에서 사는 동네까지 열두 번 반복해서 오가며 하루를 보냈다고 한다. 가난의 대물림을 끊으려고 열심히 살았던 부모님은 홀로 집에 있는 아들의 외로움을 알아도 어쩔 수 없었을 것이다.

길가에 버려진 과자나 음식을 주워 먹곤 했다던 상만 씨, 어느 날 상한 줄도 모르고 먹은 음식 때문에 탈이 나서 끙끙 앓다가 쓰러졌다. 아직 공사 중이라 인적이 드물었던 곳, 살려달라 소리쳐도 달려와 줄 사람 하나 없는 그곳에서 죽을 뻔한 상만 씨를 구해준 사람이 바로 병호 씨였다.

상만 씨가 그 시절 이야기를 꺼내자 병호 씨도 한마디 덧붙였다.

"부모님 돌아가시고 열 살 넘게 차이 나는 형, 누나들과 살았는데, 형편이 어려워서 학교도 남들보다 한 살 늦게 들어갔어. 상만이가 유일한 친구이자 가족이었지."

병호 씨는 고등학교 졸업하고 직장에 다니는 누나와 형 대신 집안살림을 도맡아 했다. 괜히 골이 나서 등교하는 친구들에게 한바탕 주먹을 날리고 도망쳤던 그날, 상만 씨의 목숨을 구했다. 그렇게 외롭고 가난했던 어린 시절에 만나 친구가 된 두 사람의 인연을 보고 있자니, 그들의 우정이 왜 그렇게 특별한지 짐작할 수 있었다.

간호사가 병호 씨의 상태를 살피고 수액을 갈아준 뒤 병실을 나가
자 상만 씨는 옛날 기억을 또 하나 끄집어냈다.

"내가 사춘기 때 엄청나게 반항을 했거든. 학교도 안 가고 폭력배
들하고 몰려다니면서 못된 짓 참 많이 했지. 그때 병호가 나 대신 시
험도 몇 번 쳐주다가 걸리고 그랬어. 내가 친구들이랑 몰려다니다가
수원까지 내려갔는데 병호가 거기까지 날 찾아온 거야. 깡패 새끼 되
면 안 된다고 어찌나 두들겨 패던지. 아마 부모도 그렇게 못 때릴걸?
그때 병호 손에 끌려서 안 돌아왔으면, 싸움질하다가 죽었거나 감옥
살이하다 인생 종 쳤을지도 몰라."

"대단하시네요. 상만 아저씨가 수원에 있다는 걸 어떻게 알아내셨
어요?"

나의 질문에 병상에 누워 있던 병호 씨가 처음으로 빙긋 웃었다.

"내가 상만이랑 달리 공부 머리가 없어. 이 자식 찾으러 다닌다고
공부 안 해서 난 좋았지 뭐. 하루하루 상만이 찾으러 다니는 게 내
목표였거든."

병호 씨에게 붙잡혀 집으로 돌아온 상만 씨는 공고 졸업 후 자동
차 정비사가 되었고, 병호 씨는 한동안 복싱에 빠졌다. 하지만 지역
예선에서 계속 낙방하면서 복싱을 그만뒀고 어떻게 살아야 할지 몰
라 방황했다. 이십 대 초반에 먼저 자리를 잡은 상만 씨가 자동차 정

비 기술을 가르쳐주겠다고 했지만 병호 씨는 집을 떠나 삼 년간 소식을 끊어버렸다.

"삼 년 만에 나타난 병호가 돈을 턱하니 내 눈앞에 내밀더라고, 카센터 하라고. 연락 한번 없다가 갑자기 나타난 것도 기막힌데, 나 힘든 건 어찌 알고 돈을 내놓는 거야. 마침 월급 떼먹고 도망친 사장 때문에 애기 분유값도 없어 힘들었거든. 근데 자기가 모은 돈 다 들고 와서 내 이름으로 카센터 하나 차리라니. 이 친구가 나한테 도대체 뭘까 싶었지."

"삼 년 동안 병호 아저씨는 어디 계셨어요?"

"온갖 일 다 하고 돌아다녔지. 배도 타고, 생선도 팔고, 돈 쓸 데가 없으니 저절로 모이더라구. 이 돈으로 뭘할까 고민하는데, 상만이 얼굴이 떠오르는 거야."

이야기가 여기까지 나오자, 상만 씨 부인이 한마디 보탰다.

"이 양반이 왜 나랑 결혼한 줄 아시오? 매일 옆에 붙어 있던 친구가 없어지니까 못 견디게 외로워서 결혼한 거야. 신혼 때 술만 마시면 '병호야, 병호야' 부르면서 울기도 했다니까. 병호 씨가 돌아오니까 좋아서 껑충껑충 뛰고, 첫애 낳았을 때도 그렇게 안 좋아했을걸?"

부인보다 친구에게 더 마음 주고 살았던 지난 시간에 대한 서운함이 잔뜩 묻어났다. 상만 씨가 그런 거 아니라고 말해도 소용없었다.

"병호랑 나랑은 서로에게 부모보다 더한 존재지. 부모보다 날 더 이해하고 생각해준 사람은 병호밖에 없어. 부부도 싸우고 헤어지면 남이잖아. 근데 이 친구는 남이 아냐. 남이 될 수 없지."

피 한 방울 섞이지 않은 '남'이 가족보다 더 신뢰하고 의지할 수 있는 존재가 되다니, 그 인연이란 어떤 것일까. 한 사람의 진실한 친구는 천 명의 적이 불행하게 하는 것 이상으로 우리를 행복하게 한다고 했던가. 상만 씨 삶에 병호라는 친구의 존재는 무엇으로도 대체할 수 없는 행복이었을 것이다.

삼 년 전, 그런 두 사람의 우정에 위기가 닥쳤다. 상만 씨 두 아들이 병호 씨 집을 담보로 대출을 받았던 것이다. 상만 씨는 전혀 모르는 일이었다. 평소 가족처럼, 부모와 자식처럼 지냈던 터라 상만 씨 아이들의 부탁을 거절할 수 없었던 병호 씨는 집문서를 선뜻 내줬다.

"아무리 친해도 친구 아들의 보증을 서기가 쉬운 일은 아니었을 것 같은데요, 병호 아저씨?"

"내가 자식이 없어서 상만이 아이들을 내 새끼라 생각하고 지냈는데 뭐. 뭐하고 싶으냐고 했더니 장사를 해보고 싶다 하더라고. 젊을 때 해보고 싶은 거 해봐야지 아무것도 못해보고 지레 포기하면 얼마나 아쉽겠어. 부모가 안 도와줘서 평생 원치 않는 일을 꾸역꾸역 하고 산다고 억울해하지 않겠어?"

　　　　　　　　　　　　　　　　　　　　치유의 밥상

자식이 없었던 병호 씨는 꿈이 없는 자신과 달리 사업 한번 해보고 싶다며 의욕에 차 있는 두 아들이 상만 씨와 닮아 믿음직스러웠다. 그러나 병호 씨의 믿음과는 달리, 경험이 부족했던 터라 사업은 망했고 병호 씨 집과 카센터까지 은행에 넘어갔다. 이 사실을 뒤늦게 알게 된 병호 씨 부인이 쓰러졌고, 보증인이었던 병호 씨가 책임을 지고 사기와 횡령에 연루되어 몇 달간 감옥살이를 했다.

"병호 잡혀가고 애들 얼굴 다신 안 보려고 했지. 이 친구 면회 가서 분통이 터져서 어쩔 줄 모르겠는데 병호가 그러는 거야. 내 자식 같은 놈들 너무 야단치지 말라고, 잘해보려다가 그런 걸 어쩌겠느냐고. 망해서 기죽어 있는 애들 너무 몰아세우지 말라면서 진짜 기술 있는 건 나니까 내가 다시 돈 벌면 된다는데……. 세상에 이런 친구가 또 어디 있겠어. 어떻게 사람이 그럴 수 있겠어."

아직도 그날 일을 생각하면 기막히고 미안한지 상만 씨는 눈물을 글썽였다.

병호 씨 부인을 집으로 데려와 돌보고, 상만 씨는 몇 년간 미친 듯이 일만 했다.

"병호 마누라도 집에 데려왔지. 난 두 사람 몫을 한다고 생각했어. 괘씸한 두 아들놈 가게 앞에 벌 세워두고 밤낮 안 자고 미치게 일하는 모습 보여줬지. 돈 한 푼 버는 게 이렇게 힘든 거라고, 너희가 날린

돈이 나와 내 친구의 피와 땀이라고.

병호 인생만이 아니라 내 삶까지 망친 잘못을 철저히 깨닫고 두 번 다시 실수하면 안 된다 했지. 다시 실수하는 날엔, 내 친구 볼 낯이 없어질 테니까. 병호랑 약속한 대로 욕 한 번 안 하고 행동으로 보여 줬지. 나중엔 아들놈들이 눈물을 뚝뚝 흘리면서 헛욕심 안 부리고 열심히 일하겠다고 하더라고. 병호 덕에 아들놈들 사람 만들었어.”

염 교수님은 병호 씨가 뇌종양으로 쓰러져서 병원에 왔을 때를 기억하고 있었다. 손을 댈 수 없는 말기여서 수술도 받지 못한다는 판정을 받고 호스피스 병동으로 왔는데 병호 씨보다 상만 씨의 절망이 더 깊었다. 많은 이들이 호스피스 병동 하면 죽음을 연상하는 선입견 때문에 그렇다고 했다.

“호스피스 하면 바로 죽음을 떠올리는 이유는 너무나 마지막 순간에 이곳으로 오기 때문입니다. 처음 암 진단을 받을 때부터 완화의료를 받으면, 암치료 결과도 좋고 항암제 부작용도 줄어들고 나중에 치료가 잘 안 돼도 불안하지 않습니다. 그래서 남은 시간을 효율적으로 보낼 수 있죠.”

처음에 좌절해 슬퍼하던 상만 씨는 염 교수님에게 호스피스 병동은 마지막까지 살아내는 곳, 통증을 완화하고 가족과의 시간을 충분히 갖기 위한 곳이라는 말을 듣고 마음을 바꿨다고 했다.

　치유의 밥상

호스피스 병동에서 병호 씨를 간호하는 상만 씨는 어떤 간병인도 흉내 낼 수 없을 만큼 지극정성이었다. 최대한 오래 친구 곁에 붙어 있으려 애썼고 어디 불편한 곳은 없는지 꼼꼼히 살폈다. 하지만 그의 노력에도 병호 씨는 갈수록 나빠지고 통증도 한층 심해졌다. 이를 지켜보는 게 고통스러울 만도 한데 상만 씨는 밝은 표정을 잃지 않았다.

석 달 전부터는 몸을 움직일 수 없어 누워만 있는 친구를 위해 하루에 몇 번씩 몸을 뒤집어주는 것은 물론, 때맞춰 목욕을 시키고 아내도 하기 힘든 대소변 받아내는 일까지 다 했다. 힘들지 않느냐는 나의 질문에 상만 씨는 단호히 말했다.

"내가 누워 있었으면 이 친구도 나하고 똑같이 해줬을 거야. 나보다 더하면 더했지, 못하진 않았을걸. 그러니 이것만큼은 친구한테 질 수 없지."

내가 방문하던 날 오후에도 병호 씨를 목욕시키기 위해 상만 씨는 분주했다. 몸이 약해진 병호 씨가 춥지 않게 목욕실 온도를 맞추고, 집에서 빨아서 뽀송하게 말려 온 대형 목욕타올 여섯 장을 차곡차곡 준비해두었다. 면도 크림과 면도기, 귀마개, 거품 타올, 상처를 덮을 비닐, 반창고까지 확인한 뒤에야 병호 씨를 휠체어에 태워 목욕실로 데려갔다.

병호 씨를 목욕 침대에 앉히고 옷을 벗긴 뒤 속옷만 입힌 채로 욕

조로 들어 옮겼다. 그러고는 거품 타올로 얼굴과 손발, 다리, 등, 배를 정성스레 씻긴 뒤, 친구의 젖은 몸을 꼼꼼하게 닦아내고 하의를 먼저 입혔다.

그다음, 귀마개로 귀를 막고 머리를 감겼다. 드라이어로 머리를 꼼꼼히 말리고, 마지막으로 면도 크림을 바르고 면도를 시작했다. 조금이라도 다칠세라, 아플세라 신중을 기하는 솜씨가 실로 놀라웠다.

말끔해진 병호 씨 얼굴을 보고 거울을 들이밀었다. "맘에 들지?"라고 묻는 상만 씨의 말에 병호 씨가 엄지를 낮게 세워 보였다. 친구를 따라 양손 엄지를 세워 보이는 상만 씨의 손을 병호 씨가 붙잡았다.

"고맙다, 친구야. 고생이 많지?"

병호 씨의 어눌한 말에 상만 씨의 눈가가 젖어왔다.

"너 누워 있을 때 가만히 생각해봤는데 내가 너한테 잘못한 게 딱 세 가지 있더라. 하나는 수원까지 나 잡으러 왔을 때 너한테 욕 엄청나게 퍼부었던 거. 두 번째는 네가 삼 년 동안 벌어 온 돈으로 카센터 차리고 첫 달 번 돈을 반반씩 안 나누고 내가 이십 퍼센트 더 가져간 거. 세 번째는 여덟 달 동안 감옥에 있을 때 일한다고 세 번밖에 못 찾아간 거.

아무리 생각해도 너한테 잘못한 건 이 세 가지밖에 없는 거 같은데…… 내가 머리가 나빠서 기억 못하는 거냐? 네 마누라한테도 물

치유의 밥상

어봤는데 모른다 하고. 근데 대체 뭣 때문에 이리 몸도 못 가누고 뇌에 암 덩이가 차서 죽게 됐느냔 말이다. 내가 속상해서 원……."

속상해하며 울먹이는 상만 씨를 보고 병호 씨도 눈물이 그렁그렁했다.

"둘이 마주 보고 울지는 말자."

"나 안 울어."

"시원한 국물 한 그릇 먹고 싶다."

"단골 꽃게탕집에서? 소주도 한잔 걸치면서?"

"좋지, 아주 좋지……."

눈물을 삼키며 함께 즐겨 먹었던 음식으로 화제를 돌리자 상만 씨는 맞장구치며 친구의 여윈 손을 잡았다.

친구라는 이름으로 서로에게 부모가 되기도 하고 형제가 되기도 했던 상만 씨와 병호 씨. 부모님이 일찍 돌아가셔서 세상에 홀로 남겨진 상만 씨의 사춘기 시절, 병호 씨는 그의 형이자 부모였다. 복싱의 꿈을 접고 뭘 해서 먹고살아야 할지 몰라 방황하던 병호 씨에게는 상만 씨가 부모가 되어줬다. 함께했던 카센터도, 각자 이룬 가족도 그 두 사람에겐 확장된 가족이 되어 서로의 버팀목이 되어왔던 것이다.

내 마음을 알아주는 친구, 나보다 더 날 위해주는 친구, 나보다 더 내 가족을 챙기는 친구. 세상 부러울 것 없이 돈독한 우정이 정말 눈부셨다.

상만 씨가 밀어주는 휠체어를 타고 병실로 간 병호 씨는 일주일 후 평온실로 옮겨져, 부인과 상만 씨가 지켜보는 가운데 숨을 거뒀다. 상주는 상만 씨의 두 아들이었다. 상만 씨 가족과 부인, 병호 씨 누나와 형, 동네 주민들 몇 명이 참석한 조촐한 장례식은 조용하고 따뜻했다.

49제가 끝난 다음 날 상만 씨가 염 교수님을 통해 반나절 정도 시간을 내줄 수 있느냐고 연락해왔다. 상만 씨가 운전하는 칠 인승 차를 타고 우리가 향한 곳은 인천 소래포구에 있는 꽃게집이었다. 상만 씨와 병호 씨 부인도 함께였다.

"내가 가출해서 수원에 있을 때, 병호가 나 데리러 왔다고 했잖아요? 그때 내 목덜미 잡아끌고 지하철을 탔는데 잘못 타서 인천까지 간 거야. 둘이서 하염없이 걸었지.

싸우기도 하고 얘기도 하면서 계속 걷다가 배가 고파서 주머니 탈탈 털었는데 만 원밖에 안 되더라고. 그때 꽃게탕 작은 게 이만 원이었을 거야. 여기 주인아주머니한테 사정사정해서 꽃게탕을 반값에 먹었어. 싸우러 돌아다닐 때는 먹어도 먹어도 배가 안 차더니, 병호랑 같이 먹었던 꽃게탕은 어찌나 배부르고 맛있던지. 그 후로 병호랑 가

　　　　　　　　　　　　　　　치유의 밥상

끔 와서 먹었지."

　상만 씨가 오후 늦게까지 넉넉히 시간을 내달라고 했던 것은 점심에다 저녁까지 병호 씨와 먹었던 음식을 함께하고 싶어서였다. 된장을 풀어 구수하고 시원한 꽃게탕을 먹으며 못다 한 병호 씨 이야기를 들었다.

　저녁은 카센터를 열고 첫 달 수입에서 아들 분유값 한다고 돈을 더 가져갔던 상만 씨가 병호 씨에게 사준 오골계백숙이었다. 혼자 먹기 아까운 맛이라며 돌아갈 때 아내를 위해 한 마리 더 포장해 갔다는 상만 씨 말에 병호 씨 부인이 눈물을 글썽였다.

　그날 저녁 서울로 돌아올 때 염 교수님과 내 손에도 상만 씨가 포장해준 오골계백숙이 들려 있었다. 그저 이야기를 들어줬을 뿐인데, 상만 씨는 어느새 우리를 가족처럼 살갑게 챙겼다. 상만 씨는 병호 씨 부인과 당분간 함께 살게 되었으니 언제든 놀러 오라며 우리가 안 보일 때까지 손을 흔들었다. 참 곱고 고운 사람들, 서로를 아끼고 사랑하는 법을 가르쳐주는 사람들이었다.

　병호 씨가 없는 상만 씨의 삶은 한쪽 날개를 잃은 듯 풀 죽어 보일지 모른다. 하지만 친구와 함께 일하던 일터가 있고 돌봐야 할 그의 가족이 있기에, 상만 씨는 친구 몫까지 두 사람 몫의 삶을 살아갈 것이다.

두 사람이 평생에 걸쳐 나눠 가진 우정은 한 명이 먼저 떠나도 사
그라지지 않는, 남은 사람이 두 명분의 날갯짓을 할 수 있는 강한 생
명력을 지니고 있었다.

그녀의
막장 인생 드라마

아내가 있는 집으로 남편이 젊은 여자를 데려온다. 평생 살가운 말 한마디 건네지 않고 아내를 가정부와 다름없이 대했던 남편은 뒤늦게 사랑에 빠졌다고 고백하며 늙은 아내를 밀어내려 한다.

묵묵히 감낭해야 했던 시집살이, 홀로 지샌 숱한 밤, 오롯이 자신의 몫이었던 자식 뒷바라지……. 월급이나 넉넉히 가져다줬다면 그나마 넙죽 큰절이라도 올릴 수 있었을 텐데. 빠듯한 월급으로 자식들 키우고, 시집 살림까지 챙기느라 늘 허덕였다. 아내의 헌신을 당연한 것이

라 여기며 하고 싶은 대로 살다가 노년에 바람까지 난 남편, 버겁기만
한 삶에 한없이 쪼그라들고 초라해진 아내, 두 사람의 팽팽한 인생
싸움에 끼어든 의기양양하고 젊디젊은 여자……! 드라마에 흔히 등
장하는 설정이다.

이런 막장 드라마 인생이 담긴 병실 안으로 들어섰다.

침대 위에서 환자와 한 여자가 몸싸움을 하며 실랑이를 벌이고 있
었다. 난 문손잡이를 놓지 못하고 다시 밖으로 나가야 하나 잠시 망
설였다. 소리치며 버둥거리는 남자의 두 팔을 꽉 잡고 내리누르는 반
백의 여자분 힘이 만만찮아 보였다.

도움을 주려고 다가가는 염 교수님에게 여자는 "비키세요!"라고 소
리쳤다. 그 말에 교수님은 흔히 있는 일인 듯 순순히 한 걸음 뒤로 물
러섰고, 잠시 환자와 여자분의 몸싸움을 지켜봤다. 어떤 상황인지 이
해할 수 없어 당황한 나에게 교수님이 말했다.

"섬망입니다."

"섬망이요?"

"급성의식장애 증상인데 진통제나 수면제 같은 약물치료를 병행할
경우 불안 증세를 보이며 안절부절못하고 소리를 지르기도 하고 폭
력성이 수반되기도 합니다."

섬망은 혼돈confusion과 비슷하지만 환자가 안절부절못하며 잠을

                                          치유의 밥상

안 자고 소리 지르고 주사기를 빼내는 등 과다 행동을 하고, 생생한 환각이나 초조함, 떨림 등이 자주 나타나는 것을 말한다. 일반적으로 말기 암환자의 경우, 모르핀 같은 마약성 진통제, 수면 부족, 간성혼수 등이 주된 원인이라고 했다.

"노련하게 환자를 저지하고 있는 분은 간호사인가요?"

"아뇨, 아내분입니다."

아내라는 소리가 들리자마자, 남자에게 소리치는 여자의 목소리가 들렸다.

"정신 차려, 이 남자야! 흐트러짐 하나 없이 냉정해서 얼마나 미워했는데, 이게 뭐야? 정신도 못 차리고 제 몸 하나 못 추스르고!"

그때 병실 안으로 들어온 젊은 여자가 이런 상황에 겁이 났는지 벽에 몸을 기대고 멀뚱히 쳐다보고만 있었다.

"저분은 김한석 씨가 사랑하는 분이구요."

"네? 아내가 있는데, 사랑하는 여자라니요?"

"이상하지만 사실입니다."

반백의 여자를 밀치고 침대에서 떨어진 남자는 잠시 버둥거리며 몇 발자국 걷다가 쓰러졌다. 힘이 다 빠진 여자가 포기한 듯 손사래를 치자 염 교수님과 간호사가 간신히 부축해 정신 잃은 남자를 침대에 다시 눕혔다.

섬망의 경우, 환자가 안정할 수 있도록 하고 자극을 주면 안 된다. 심할 때는 진정제나 수면제를 사용하는데 할로페리돌이나 바륨으로 수면을 유도한다.

남편 이마 위로 흐르는 식은땀을 맨손으로 닦아주며 여자는 울음을 터뜨렸다. "억울해, 억울해서 못 살겠다고!"라고 소리치며 울먹이는 나이 든 여자 옆에서 숨죽이고 있던 젊은 여자도 같이 훌쩍였다.

인자 씨는 빨간 앵클부츠를 기억한다고 했다.

각각 스물넷, 스물둘이 된 아들과 딸이 독립해서 집을 나간 지 일 년, 48평 아파트에는 인자 씨 혼자 살고 있었다. 사업하느라 중국 대륙을 누비며 아시아 전역을 자기 집 드나들 듯하던 남편은 열흘에 한 번, 몇 달에 한 번 얼굴을 보여주었다. 그나마도 최근 이 년 동안은 거의 보지 못했다. 하염없는 기다림과 치밀어 오르는 숱한 분노는 집 안 청소로 도를 닦으며 억눌렀고 수년이 지난 후에야 평온함을 찾게 되었다.

자신을 사랑해주지 않는 남편을 원망하던 인자 씨는 첫애를 낳고 자신이 남편을 사랑하고 있다는 것을 깨달았다. 남편에게 구애하기 위해 자식들과 그의 가족을 책임지려고 했던 그녀는 참으로 순정한

　　　　　　　　　　　　　　　　　　　　　　치유의 밥상

사람이었다. 남편이 없는 삶, 덕분에 누군가를 위한 삶이 아닌 자기 자신의 삶에 애착을 갖게 되면서 자신을 사랑하고자 노력했다. 그 평온함을 깬 것이 바로 빨간 앵클부츠의 등장이었다.

젖먹이 어린애를 앞세우고 빨간 부츠를 신은 채 거실로 들어선 젊은 여자는 안절부절못하며 앞뒤 분간 없이 자신의 말을 쏟아냈다. 당신 남편을 사랑한다느니, 남편의 아이를 낳았다느니, 부족한 것 없이 사랑받았다느니……. 그러다 남편이 갑자기 사라졌다며 어디로 갔는지 알려달라니. 생전 처음 보는 여자가 마치 늘 얼굴 보고 지내던 친한 언니에게 말하듯 막힘없이 쏟아내는 이야기에 넋이 나간 인자 씨는 빨간 부츠만 뚫어지게 쳐다보았다.

얼마 후 남편은 복부 통증을 호소하며 인자 씨를 찾아왔고 위암간 전이 진단을 받았다.

인자 씨는 남편이 살날이 얼마 남지 않았다는 사실엔 눈물이 나지 않았다. 그런데 마지막 병간호를 빨간 앵클부츠 여자에게 맡기고 싶다는 말에 억울하고 서러워서 눈물이 터졌다.

"그렇게 속 썩이고 괴씸한 남편, 병간호 안 해도 된다는데 홀가분하지 않으셨어요?"

못된 남편을 같이 험담하며 공감대라도 찾고 싶었을까, 난 메밀차를 마시며 마주 앉은 인자 씨에게 질문을 던졌다.

"안 되지, 그건 안 되지."

"왜요? 남편분 때문에 고생만 하셨잖아요."

"그래서 안 돼, 절대 안 돼. 빌어먹을 놈의 끝을 내가 보지 않으면 억울해서 못 살지. 저 양반하고 나야 정 같은 것도 없지 뭐. 평생 손 한번 제대로 잡았나? 같이 있으면 어색해서 할 말도 없어. 그런데 저 빌어먹을 놈의 가족을 내가 돌봤고 시부모님도 내 손으로 눈 감겨드렸어. 날 여자로 보지도 않고 젊은 년이랑 산다고 집에도 안 들어왔지만 집을 쭉 지켜왔던 건 나잖아. 저 남자 죽을 때 눈 감겨줄 사람이 나여야지 지금껏 버티고 살아온 인생에 마침표가 찍힌다고.

자기 마지막 병간호를 젊은 여자한테 맡기고 싶다는데 그건 날 위해 절대 안 될 말이지. 젊은 여자가 제대로 병간호할 힘이라도 있는 줄 알아? 아까도 봤지? 남편이 소리치고 버둥거리면 놀라서 병실 밖으로 나가버려. 그러니 나라도 봐줘야지. 평생 바람 불어도 휘청거리지 않던 사람인데 늙고 아프니 저렇게 약해지네……."

채 정리되지 않은 감정의 말을 쏟아내는 인자 씨였다. 목이 타는지 메밀차를 홀짝이며 창밖으로 고개를 돌리는 인자 씨를 보자니 그녀가 느끼고 있을 복잡한 감정이 그대로 전해졌다.

수십 번 배신당한 남편에 대한 미움과 그래도 놓지 못하는 사랑, 내 인생의 가시밭길이 너로 인해 시작되었으니 그 끝을 반드시 내 눈

치유의 밥상

으로 보겠노라는 애증의 마음, 그 잘난 인생이 꺼져가는 지금 초라하게 허우적거리는 모습에 느끼는 인간적인 연민, 다하지 못한 말…….

빨간 앵클부츠의 여자도 마찬가지였다. 병간호가 버겁고 본처가 버티고 있어 부담스러울 만한데, 병실을 뛰쳐나갈지언정 다시 제자리로 돌아와 남자의 마지막 순간을 지키고자 하는 순정이 느껴졌다.

참 이해할 수 없는 일인데도 이해가 되는 복잡 미묘한 사람의 감정. 그 막장 인생의 감정들이 죽음으로 가는 마지막 관문에서 펼쳐지고 있었다.

가장이 부재한 집안을 홀로 지켜온 인고의 삶, 느닷없이 나타난 남편의 젊은 여자에 암에 걸린 남편 병수발까지 악몽 같은 삶의 연속이었다. 설명도 없이 '막' 진행되는 인생 드라마가 펼쳐지는 가운데서도 인자 씨는 자신만의 삶의 의미를 찾아냈다.

남편의 가족을 돌보며 책임감을 배웠고, 그 보람으로 외로움을 이겨내는 방법을 터득했고, 아버지 몫까지 해내며 홀로 온전한 부모가 되기 위해 노력했다. 죽음을 선고받은 남편 곁에서 마지막을 지키며 자신이 누구의 아내었다는 것을 기억하고 싶어 했고, 빨간 앵클부츠 여자를 박대하지도 않았다. 그저 자신이 여전히 호적상 안주인이란 사실을 전하고 싶어 할 뿐이었다. 인자 씨의 가슴 저린 외사랑 인생에 입맛이 쓸쓸했다.

인자 씨에게 젊은 여자가 쭈뼛쭈뼛 다가왔다.

"식사하고 오세요."

여자를 휙 쳐다보고는 아무 대답하지 않던 인자 씨, 잠시 후 힘겹게 일어나 허리를 펴고 병실 반대 방향으로 뚜벅뚜벅 걸어갔다. 나에게 꾸벅 인사하고 다시 병실로 들어가는 여자의 모습은 인자 씨 딸로 보일 만큼 젊고 아름다웠다.

"이틀에 한 번은 병간호를 저 여자분께 맡기고 집에 가서 음식을 만들어 왔어요. 일주일 전까지는 남편이 맛을 온전히 느끼진 못해도 식사가 가능했거든요. 그런데 지금은 음식을 삼킬 수 없어서 수액으로 대신하고 있죠. 인자 씨 요리를 맛볼 수 없게 됐네요."

"염 교수님도 인자 씨 요리를 드셔보셨어요?"

"네, 남편분이 좋아하던 음식을 잔뜩 해 와서 수고한다며 간호사들과 저에게 나눠주었답니다. 인자 씨 요리 솜씨는 정말 최고예요."

한 시간 뒤, 인자 씨가 양손에 보따리를 들고 병실로 돌아왔다. 병실 안으로 들어선 인자 씨는 들고 온 보자기를 말없이 풀었다. 보따리를 펼치자 남편이 상체를 일으켜 세워 침대 위에 걸터앉고 젊은 여자는 옆에 서서 구경했다. 보자기 안에는 삼단 찬합과 오래된 보온병, 그리고 포일에 둘둘 말린 무언가가 있었다.

삼단 찬합의 맨 위 뚜껑을 열자 약밥과 꽃 문양 박힌 절편이 가지

런히 놓여 있었다. 두 번째 칸에는 유부초밥, 맨 아래 칸에는 호박죽, 보온병에는 조갯살을 다져 국물을 낸 미역국이 담겨 있었다.

"좀 먹어봐요."

"……."

"다 이 양반 좋아하던 건데. 도저히 못 먹겠어요?"

"못 먹어. 넘기질 못하는데 어떻게 먹어!"

남편이 괜히 심통 내며 낮은 목소리로 대답했다.

"호박죽 조금씩 넣고 오물오물 먹어봅시다. 염 교수님이 그러셨잖아요, 위암 때문에 음식 넘길 때 속도 쓰리고 소화도 잘 못 시키지만 부드러운 건 그나마 먹을 수 있다고."

그 말에 남편이 간절한 눈빛으로 인자 씨를 쳐다보았다. 그러나 군침을 삼키는 것만으로도 통증을 느끼고는 퉁명스럽게 내뱉었다.

"사람 벌 주는 것도 아니고, 먹지도 못하는 걸 죄다 해 오면 어쩌겠다는 거야?"

"그래도 다 좋아하는 것만 만들어 왔는데……."

"저, 포일에 싸온 건 뭐예요?"

여자의 질문에 인자 씨는 겹겹이 싸인 포일을 풀었다. 병실 안에 고소한 생선 냄새가 퍼졌다. 볼락구이였다. 내가 살던 부산에서는 '뿔라구'라고 부르는 생선. 방추형의 납작하고 도톰한 볼락 세 마리가 노룻하게 구워져 포일 안에 살포시 누워 있었다.

"볼락구이, 제일 좋아하는 거잖아요. 지난주 인천 가게에 전화해서 생물 받아놓은 건데, 사람이 일주일 만에 아무것도 못 먹게 될 줄 누가 알았겠어."

남편의 눈동자가 심하게 흔들리며 인자 씨 손에 들린 볼락구이를 쳐다보았다.

"볼락이 뭐예요? 저는 한 번도 못 먹어봤어요."

볼락구이를 신기한 듯 쳐다보는 젊은 여자, 인자 씨는 남편과 자신만의 추억이 있다는 사실에 의기양양해져서는 예전 이야기 한 자락을 뚝 건넸다.

남편이 집을 완전히 나가기 전 가을철마다 가족끼리 볼락구이를 먹으러 갔던 일, 가끔 아들하고 둘이서 볼락을 먹으러 거제, 통영까지 내려갔던 일……

인자 씨는 그사이 서둘러 집으로 가 석쇠에 숯불을 피우고 냉장고에서 얼음과 함께 담아뒀던 볼락을 꺼내 굵은 소금 뿌려가며 정성스레 구웠다. 피어오르는 연기 사이로 아련한 기억을 끄집어내 한동안 혼잣말을 중얼거렸을지도 모른다.

먹지도 못할 음식을 가져와 열불 나게 만든다고 또 소리칠 것 같던 남편은, 김이 모락모락 올라오는 볼락구이를 보고는 눈물을 글썽였다. 인자 씨 한 번 쳐다보고 그 옆에 멀뚱히 서 있는 젊은 여자 한 번 쳐다보고, 눈물을 훔치며 고개를 돌렸다.

먹지 못하는 것이 한탄스러운 게 아니라 죄 많은 삶에 대한 후회, 자기 탓에 고생만 하다 외롭게 남을 두 여자에 대한 미안함, 그때는 몰랐던 인생에 대한 감사함과 그리움이 솟구쳐 오르는 것이리라. 남편이 울자 인자 씨도 눈물을 흘렸다.

"너무 억울해, 억울해" 중얼거리는 인자 씨의 말에서 이렇게 보내기 싫다는, 지지고 볶고 싸우더라도 남편이 살았으면 좋겠다는 애절함이 느껴졌다.

인자 씨가 준비해 온 요리는 고스란히 염 교수님 진료실로 옮겨졌다. 그 요리를 맛볼 주인공은 남편이 아닌, 젊은 여자와 교수님과 나 그리고 인자 씨였다.

배가 고프다고 허겁지겁 먹을 음식이 절대 아니었다. 한 입 한 입, 남편분 대신 맛을 음미하며 그의 남은 삶에 축복이 함께하길 기원했다. 더불어 그녀들이 아프고 서러웠던 기억을 이 순간만이라도 잊을 수 있기를 바랐다.

"맛있다……."

이 말이 음식을 삼키는 우리 입에서 저절로 새어 나왔다.

음식이 식도를 타고 넘어가는 순간 우리는 서로 눈을 맞추고 자연스레 웃었다. 인자 씨를 보고 미안한 듯 웃는 젊은 여자, 무뚝뚝하게 볼락구이를 한 점 떼어 그녀에게 건네는 인자 씨. 염 교수님과 나는 어느새 두 여자의 드라마 같은 삶은 잊은 채, 음식을 먹느라 바빴다.

악몽 같은 만남으로 좌절하고 상처 받았던 삶이 치유되는 식사, 실로 밥 한 끼가 부리는 마법 같은 시간이었다.

아버지와 아들의 남은 시간

"염 교수님! 아버지가 케이크를 드셔도 될까요?"

작은 키에 네모난 무테 안경을 낀 삼십 대 중반의 남자였다. 폐암 말기로 입원한 환자가 케이크를 먹을 수 있는지 나 또한 궁금해서 교수님을 쳐다보니 조금 당황스러워하는 듯했다.

"케이크에는 정제된 흰 설탕도 많이 들어가는 데다, 버터도 상당량 포함하고 있어서 암환자들은 먹고 싶어도 엄두조차 못 내는 음식입니다."

"아, 역시…… 그렇군요."

실망한 얼굴로 돌아서는 남자는 자그마한 빵집을 운영하는 파티시에라고 했다. 아들이 아버지에게, 먹지 못한다는 환자에게 한사코 케이크를 먹이고 싶어 하다니, 그 사연이 궁금해졌다.

영민 씨가 기억하는 아버지는 열심히 일만 하는 가장이었다.

"특별할 것 없는 평범한 집안의 가장이셨지만 타일 붙이는 일로 리비아와 사우디아라비아에 파견도 나가셨습니다. 가난하고 배움도 짧았지만 의지 하나만은 누구에게도 뒤지지 않았죠. 그 모든 힘의 원천은 가족 생계를 꾸리고 자식들 뒷바라지를 해야 한다는 책임감이었어요. 아버지 꿈은 자식들이 4년제 대학에 들어가서 손에 물 묻히고 신발에 뽀얀 흙먼지가 쌓이는 일을 하지 않는 거였어요. 그 간절한 바람을 제대로 꺾은 게 저랍니다."

고지식하고 가부장적이었던 아버지의 가장 큰 희망은 바로 큰아들 영민 씨였다. 영민 씨는 세 자녀 중 가장 공부를 잘했고 부모님 말씀도 잘 들어서 학창 시절 속 썩이는 일 없이 무던히 자랐다. 그런 아들이 대학 입시를 앞두고 돌연 대학을 안 가겠다 선언하고는 파티시에가 되고 싶다고 했다.

그때 아버지가 하셨던 말씀을 영민 씨는 기억하고 있었다.

"아버지는 어린 시절 먹고살기 바빠서 케이크 같은 건 별로 먹어보

　　　　　　　　　　　　　　　　　　　　　　치유의 밥상

지도 못하셨대요. '빠다'로 만든 케이크만 먹어봤다고 하시면서 빵 장사를 해서 무슨 대단한 인생이 되겠느냐고, 온종일 밀가루 만지고 고생해야 하는데 그 길을 왜 가느냐고 이해를 못하셨어요. 남한테 대우 받는 화이트칼라 대열에 아들이 당당히 들어서는 모습을 보면서 그동안 당신이 고생한 보람을 얻고 싶으셨던 거죠."

아버지의 무수한 설득과 질책이 이어졌지만 파티시에만을 고집하는 영민 씨의 의지는 대단했다. 그렇게 사이좋던 부자 관계에 단번에 금이 갔고 아버지는 큰아들과 눈조차 마주치지 않았다.

아들은 어떻게든 인정받으려고 노력하며 자신의 길을 가기 위해 아르바이트며, 학원이며 무엇이든 열심히 했지만, 아버지는 그런 아들이 내내 못마땅하기만 했다. 제빵학원에서 배워 처음으로 손수 만든 케이크를 신이 나서 집으로 갖고 갔던 날도, 아버지는 거들떠보지도 않았다. 이따위가 다 무슨 소용이냐며 아버지가 불같이 화를 내도 아들은 소중한 꿈을 접을 수 없었다. 그런 아버지에 맞서 대들고 싸우는 날들이 늘어만 갔다.

냉랭한 관계가 계속되던 어느 날, 난데없이 아버지 건강에 적신호가 켜졌다. 자꾸 잦아지는 기침에 그저 담배를 오래 피워 생긴 마른 기침이겠거니 했다. 그런데 목소리가 점점 쉬어가 검진을 받다가 폐암이란 사실을 알게 되었다.

암 덩어리가 이미 폐 전체를 휘감고 있어서 어느 한 곳을 도려낼 수 없을 지경이었고, 한 가닥 희망인 강한 항암제마저도 결과를 장담할 수 없었다. 큰 기대는 하지 않는 게 좋겠다는 병원 측의 설명을 듣고 항암제 치료에 들어갔지만, 애석하게도 기적은 일어나지 않았다. 아버지의 병세는 점점 더 악화되었다.

"아버지 소식을 듣는 순간, 아무 생각이 안 나더라구요. 가슴이 철렁 내려앉는 게 '아, 가슴이 아프다는 게 이런 거구나' 생전 처음으로 느꼈어요. 그저 제가 죄인이라는 생각에, 제 삶을 되돌려서라도 아버지 건강을 되찾고 싶다는 마음에 아버지를 붙들고 울면서 용서를 빌었죠. 정말 잘못했다는 말씀밖에 드릴 게 없더라구요. 매일이 눈물바다였어요. 그런데 얼마 전에 아버지께서 제가 만든 케이크를 드시고 싶다는 거예요. 꼭 제가 만든 케이크를 드시게 하고 싶은데…… 방법이 없을까요?"

"음……."

"재료가 문제라면, 흰 설탕을 정제하지 않은 유기농 설탕이나 메이플 시럽으로 대체하고 버터 대신 올리브유나 포도씨유를 쓰면 어떨까요? 아버지가 아프시고 나서 처음으로 뭘 드시고 싶다고 한 터라 제가 좀 흥분했습니다."

"그렇게 재료를 대체해도 케이크를 만들 수 있나요?"

　　　　　　　　　　　　　　　　　　　치유의 밥상

"아, 그럼요! 괜찮을까요?"

"그럼 괜찮을 것 같습니다."

"감사합니다, 염 교수님! 감사합니다!"

영민 씨는 기뻐서 어쩔 줄을 몰랐다. 그가 뛰어가는 모습을 보며 꿈을 이루었을 때보다 더 기뻐하는 건 아닐까 싶었다.

"아, 그리고 영민 씨!"

교수님은 달려가는 영민 씨를 불러 세워 빠른 걸음으로 다가갔다. 영문을 몰라 쳐다보는 그의 손을 붙잡고 말했다.

"영민 씨, 죄책감 갖지 마세요. 아버님이 병에 걸린 건 아드님 때문이 아니에요. 아버님도 그렇게 생각하지 않을 겁니다. 남은 시간 동안 좋은 추억 많이 만들어드리는 게 우리가 할 수 있는 최선입니다. 영민 씨가 만들어 올 케이크, 저도 기대할게요."

죄책감 갖지 말라는 염 교수님의 따뜻하면서도 단호한 말에 영민 씨는 눈시울이 붉어졌다.

그는 병실에 누워 있는 아버지 앞에서는 언제나 씩씩하고 활발하게 최선을 다했지만, 교수님을 찾아와 상담할 때면 아버지에 대한 죄책감으로 괴로워했다. 아버지의 희망을 앗아버린 미안함과 머잖아 이별을 고해야 할 것만 같은 불안감에 한숨만 쉬던 그를 교수님이 어루만져주었던 것이다.

"아버님 몸에 크게 해를 입히는 게 아니어서 허락한 거니까, 재료에 각별히 신경 써주세요. 드실 땐 입안에서 살살 녹여서 천천히 드셔야 한다는 거 잊지 마시구요."

"알겠습니다. 감사합니다, 교수님!"

"삶의 끝자락에 힘겹게 서 있는 지금, 아버님이 먹고 싶은 음식이 아직 있다는 것에 저 또한 감사할 뿐입니다."

며칠 후 최상의 재료로 만든 유기농 케이크가 병실에 등장했다. 눈이 부실 만큼 새하얀 유기농 생크림 케이크 위에 금박으로 박힌 글귀가 눈에 띄었다.

"아버지가 드실 2호 케이크도 있습니다!"

아버지의 쾌유를 바라는 아들 마음이 어떤 말보다 강렬하게 전해졌다. 아들이 떠먹여주는 케이크를 천천히 한입 먹은 아버지가 입을 열었다.

"사르르 녹네. 내가 예전에 먹었던 빠다 케이크하고 완전 다른데……."

"당연히 다르죠! 아버지 아들이 직접 만든 최고급 유기농 케이크 잖아요!"

"너무 달지도 않고, 진짜 맛있다."

"저…… 어머니한테 얘기 들었어요."

"뭘?"

"제가 처음 케이크 만들어서 집에 갖고 왔을 때 어머니가 억지로 입에 넣어드렸다면서요."

"허허, 그랬지. 진짜 먹기 싫었으니까."

"그래놓구선 나중에 세상에 이런 맛도 있나 그러시면서 가족들 몰래 혼자 다 드셨다면서요?"

아들의 말에 아무 말 없이 빙그레 미소 지으며 케이크를 또 한입 먹는 아버지의 표정은 이렇게 말하는 것 같았다. 네가 그토록 꿈꾸던 파티시에의 삶이 지금 보니 아주 근사하다고, 우리 아들 정말 장하고 자랑스럽다고. 아버지는 아들이 만들어준 케이크의 황홀한 맛을 온몸으로 느꼈으리라!

영민 씨는 아버지에게 드릴 케이크를 만들면서 염 교수님 것도 준비해 선물로 주었다.

"이런 케이크는 못 드셔보셨을 거예요. 이래 보여도 웰빙 케이크거든요. 유기농 밀가루에 가공하지 않은 유기농 설탕, 포도씨유, 어렵게 구한 유기농 생크림까지, 만들기 좀 까다로웠죠. 모양은 보잘 것 없지만 값으로 따지자면 굉장히 비싼 케이크예요."

"어떻게 값을 매기겠어요? 사랑이 듬뿍 담겼을 텐데……."

아버지는 케이크를 먹고 며칠 지나지 않아 급속도로 악화되어, 결국 보름 뒤 새벽에 조용히 숨을 거두었다. 마지막으로 아들이 만든 케이크를 먹고 싶어 했던 것은 시간이 얼마 남지 않았음을 느꼈기 때문이리라.

아버지를 사모하는 마음과 다하지 못한 효를 완성하기 위해 정성을 다해 만든 케이크. 값어치를 매길 수 없는, 세상에서 제일 귀한 케이크 맛은 실로 환상이었다.

"호스피스에서 완치되어 퇴원하신 분들을 보면 교수님은 어떤 기분이 드세요?"

"보통 이곳엔 끝을 예정하고 오시는 분들이 많아서 힘든 싸움에 지쳐 있거나, 그 끝이 언제일까 맘 졸이며 캄캄한 길을 달리는 듯 조마조마해합니다. 그래서 완치되어 퇴원하신 분들을 보면 우리가 캄캄한 길이 아니라 터널 안을 지나고 있다는 안도감이 듭니다. 정말로 가슴이 벅차고 세상이 그렇게 아름다워 보일 수가 없어요."

"터널 안이라…… 인생의 어렵고 답답한 일들이 모두 잠시 지나가는 터널과 같다는 것을 알게 된다면 누구든 그 시간을 잘 버틸 수 있을 텐데요. 염 교수님의 가슴을 벅차게 했던, 터널을 통과한 환자분이 있으신가요?"

"의지가 강하고 아름다웠던 김경희 씨가 생각납니다."

경희 씨는 미술을 전공했다. 한국에서 대학을 졸업하고 독일 유학을 다녀온 뒤 여러 차례 상을 받았을 뿐 아니라, 개인전도 꽤 많이 여는 등 협회에서 인정받는 전도유망한 화가였다. 앞길이 탄탄대로였던 그녀는 재능을 발휘하며 미술계의 샛별로 떠올랐으나, 갑작스러운 위암 진단으로 작품 활동을 접을 수밖에 없었다. 하루아침에 전도유망한 예술가에서 무기력한 암환자가 되고 만 것이다.

완치를 목표로 받았던 항암치료, 한 차례 치료하는 동안 천국과 지옥을 수백, 수천 번 오갈 만큼 끔찍하게 몸과 마음을 다쳤다. 그녀에게 항암치료라는 것은 희망이 아닌 두려움으로 각인되어 포기할 수밖에 없었다.

염 교수님이 경희 씨를 처음 본 것은 오 년 전이었다. 당시 몇 개월 전에 위암 수술을 받고 극심한 항암제 부작용으로 치료를 포기하고 교수님을 찾아왔다. 다행히도 암은 수술로 잘 제거되었지만 항암제 부작용으로 몹시 야위어 있었고, 항암치료를 제대로 받지 않아 재발

    치유의 밥상

에 대한 우려가 극에 달해 있었다.

면역력이 떨어질 대로 떨어진 암환자에게 항암치료를 중단한다는 것은 그야말로 또 다른 공포의 시작이다. 어디서 어떻게 자라 퍼져나갈지 모를 암 덩어리를 항암제로 잡아줘야 하는데, 경희 씨는 '암 재발'이라는 시한폭탄을 품에 안고 사는 셈이었다.

언제 재발할지 몰라 불안과 초조에 시달리면서도 그녀는 꼬박 오 년이라는 세월을 염 교수님과 함께 꾸준히 노력했다. 마음이 약해질 때마다 의지를 다잡으며 위기를 잘 넘겼고, 그 결과 건강이 몰라보게 호전되어 그녀는 자기 삶의 전부라고 여겼던 그림을 다시 그릴 수 있게 되었다.

"병마와 힘겹게 싸우면서도 그림을 놓지 않으려 애썼어요. 마음을 다스리면서 한 계단 한 계단 차근차근 올라갔죠. 언제 준비했는지 인사동에서 작은 개인전까지 여러 차례 열었답니다. 투병하는 동안 빈번이 찾아오는 우울증을 작품으로 아름답게 승화한 거죠. 언젠가 직접 그린 그림 한 점을 선물로 줘서 진료실 벽에 걸어두었습니다. 사실 그림에는 원체 문외한인 저로서는 선과 색채의 오묘한 조화를 이해한다는 자체가 무척이나 어려웠습니다."

어느 날부터였을까, 외래진료를 받으러 온 환자들이 교수님에게 그 그림에 관해 묻기도 하고 그림 덕에 기분이 좋아진다고 말하곤 했다.

"경희 씨 마음이 담긴 작품을 누구보다 환자들이 알아본 거죠. 어느 날 우연히 그녀의 기사를 보게 되었습니다. 한 대학병원 소아병동 로비에 여성 설치미술가의 작품이 걸렸다는 내용이었어요. 작품 제목은 〈행복한 나라〉로 어린이 환자들에게 꿈과 용기를 주고, 환우들은 그 그림을 보면서 건강하게 퇴원하는 날을 꿈꾼다고 하더군요.

전 뿌듯한 마음으로 기사를 읽고 또 읽었습니다. 의사로서 이루 말할 수 없이 행복한 순간이었죠. 제 환자가 사람들을 위해 훌륭한 일을 하고, 그 덕분에 많은 사람들이 희망을 가진다는 것은 정말 아름답고 소중한 일이니까요."

경희 씨는 처음 그림을 의뢰받았을 때 그냥 좋은 일인 것 같으니 한번 해보자, 라는 막연한 생각밖에 없었다고 한다. 그런데 작품을 완성해가면서 점점 아이들이 이 그림을 보며 행복한 꿈을 꿨으면 좋겠다는 생각을 가지게 되었다. 정성스레 선을 그리고 색을 칠하면서 '나을 거야, 나을 수 있어, 그러니까 힘내' 하는 마음을 담아 작품을 완성했다.

"경희 씨가 그렇게 오랜 시간을 투병하면서 지치지 않고 다시 힘을 얻어 새로운 삶을 살 수 있었던 이유는 그림에 있지 않나 싶습니다. 두 번 다시 그림을 그릴 수 없다는 생각에 좌절했는데, 이제는 그림 덕분에 살고 있는지도 모르겠다고 하더군요. 게다가 자기 그림이 다

　　　　　　　　　　　　　　치유의 밥상

른 이들에게 행복을 줄 수 있다니 자신은 참 행복한 사람이라면서요. 환자가 돼보면 일반인이 볼 수 없는 것을 발견할 수 있거든요."

그렇다. 병이나 아픔 따위 내 일이 아니라고 말할 수 있을 때, 몸이 건강할 때는 그림이 주는 사소한 감동이나 격려는 지나치게 된다. 그러나 건강하게 사는 것이 너무도 간절한 사람들은 모든 것에 희망을 걸고 소원을 빈다. 세상 모든 것이 의미 있게 다가오고 메시지가 될 만큼 심신이 약해졌을 때, 사소한 일에도 강한 울림을 느끼고 힘을 받기도 한다.

염 교수님은 경희 씨에게 선물받은 와인을 꺼냈다. 지난한 병과의 싸움에 든든한 동행자가 되어준 교수님에게 감사한 마음을 전한 것이리라.

"세상일이 뜻대로 되지 않아 우울할 때 한 잔씩 마시면 마음이 가라앉곤 했다는군요. 어떤 때는 그림도 술술 잘 그려졌대요. 저보고도 환자 치료하다가 잘 안 풀리거나 머리가 아프면 와인 한잔하라며 선물해줬습니다. 제가 술을 잘 못하는 걸 알고 낮은 도수로 골라서요."

"그렇게 아픈 순간에도 다른 사람을 배려하다니 정말 멋진 분이시네요"

"경희 씨가 그러더군요. 평생 자신만 알고 살아왔는데 암 투병을 하면서 변하기 시작했다고. 그저 자기가 하고 싶어서, 자신의 앞날을 위해 그림을 그리다가, 고통의 문을 넘어온 후 마침내 나만을 위한 그림이 아닌 남을 위한 그림으로 바뀐 거죠. 이러한 변화는 경희 씨가 진정한 행복을 찾게 해주었습니다."

"저도 그런 마음으로 살고 싶습니다."

"그런 의미에서 경희 씨가 선물한 와인 한잔 같이하시겠어요? 와인 잔을 따로 준비하지 못해 죄송합니다만."

작은 유리컵에 담긴 와인을 입안에 한 모금 담으니 시큼한 포도 향이 혀끝에서 단맛으로 바뀌고 묵직한 초콜릿 향이 퍼졌다. 목을 타고 내려가는 섬세하면서도 뜨거운 맛의 향연을 음미하며 진정한 행복이란 무엇일까 생각했다. 다음 걸음을 내딛기 두려울 만큼 캄캄한 길을 의지와 희망으로 통과하여 결국엔 눈부시게 아름다운 세상을 다시 보게 되는 것이 아닐까.

그 세상은 예전과 같으면서도 전혀 다른, 새롭고 행복한 감동을 주리라. 염 교수님과 와인을 마시며 그 감동을 온몸으로 겪고 다시 찾은 행복을 세상에 퍼뜨린 경희 씨의 삶에 경의를 표했다.

영주 씨는 언제나 무릎 아래로 내려오는 스커트에 단정한 셔츠나 티를 걸쳐 입었다. 호스피스 간병인치곤 흐트러짐 없이 깔끔하고 정갈한 모습이었다. 일할 때는 하얀 바지에 옅은 파스텔 톤 셔츠로 갈아입고 야무진 손길로 환자를 돌봤다.

영주 씨가 돌보는 환자는 폐암 말기로 기력이 쇠약해져 숨 쉬는 것조차 어려운 듯 가느다란 호흡을 이어갔다. 며칠을 지켜보며 간병인이라고 생각했는데 어느 날 병실로 들어선 삼십 대 중반의 남자가 영주 씨를 어머니라고 부르는 게 아닌가. 알고 보니, 환자는 그녀의 전 남편이었다.

"애들 아빠 돌보려고 호스피스 간병인 자격증을 땄어요."

"대단하시네요. 남편분을 위해 자격증까지 따시다니."

"그러지 마세요. 전 그런 말 들으면 안 되는 사람입니다. 누워 있는 애들 아빠한테는 정말 미안하지만, 자원봉사라고 생각하지 않으면 제가 할 수 없을 것 같아서 그런 것뿐이에요."

감정을 억누르며 고개를 돌리는 영주 씨, 남편과는 팔 년 전에 이혼했다고 했다.

"이 사람이랑 살면서 한 순간도 행복한 적이 없었어요. 술만 먹으면 몸에 손만 안 델 뿐이지, 물건을 집어던지고 집 안을 엉망으로 만들면서 행패를 부렸어요. 손 하나 까딱 안 하면서 몸종 부리듯 이거 해라 저거 해라 하던 남자였다구요. 사업하는 남자 만나 넉넉하게 살았으면 했던 부모님 바람 때문에 중매로 결혼했는데 애들 아빠가 경제권을 안 내줘서 용돈을 타 써야 했어요.

한 번도 넉넉하게 살림을 해본 적이 없어요. 생활비도 못 받고 필요한 게 있으면 목록을 적어서 부탁하고, 비굴할 정도로 어르고 달래서 돈을 타 써야 했거든요. 근데 사업한답시고 술에, 골프에, 명품 양복에, 그런 데는 악 소리가 날 만큼 많이 썼죠. 애들도 아빠 눈치 보느라 자기 뜻대로 뭘 해본 적이 없어요. 숨 막혀 죽을 것 같아서 이혼했죠. 내가 벌어서 입고 싶은 거 입고, 먹고 싶은 거 사 먹고 누구 허락 없이 살 수 있는 자유가 정말 좋더라구요."

그 지옥 같던 남편 손아귀에서 벗어나 가까스로 자유를 얻은 영주 씨가 팔 년 만에 되돌아온 이유가 무엇일까? 그것도 간병인 자격증까지 따서 능숙하게 남편을 돌보는 특별한 이유가 있는 것일까?

영주 씨의 대답을 곧바로 들을 수 없었던 것은 전남편이 산책하러 가고 싶다고 했기 때문이었다. 남편을 휠체어에 태우고 삼십 분 넘게 산책을 하고 돌아왔지만 병실에 들어가기 싫다는 남편의 말에 그녀는 병원 복도 이곳저곳을 가로지르며 휠체어를 밀고 또 밀었다.

그런 모습을 보고 있자면 남편 때문에 불행했다느니, 자원봉사하는 마음이라느니 하는 말이 잘 와 닿지 않았다. 병실로 돌아와 남편을 침상에 다시 눕히고, 작은 종이가방을 전해주고 돌아가는 아들을 마중하고 나서도 그녀는 병실을 떠나지 않았다.

"8시쯤 돌아갈 겁니다. 오늘은 딸애가 오기로 했거든요."

"남편분 간호에 이렇게 정성을 다하시는 모습을 보면, 예전에 남편분과 불편한 관계였다는 게 도저히 믿기지 않는데요?"

"제가 아무 군소리 없이 남편을 간호하는 게 이상해 보여요?"

"이상한 게 아니라, 너무 자연스러워 보여서요."

"그건 자식들 때문이죠."

"……네?"

"내가 돌보지 않으면 우리 아들과 딸이 돌봐야 하잖아요. 암 진단을 받고는 분풀이한다는 핑계로 자식들에게 이거 해달라, 저거 해달라 난리였더라구요. 낯선 사람 손 닿는 거 싫다고 간병인도 마다하고, 그놈의 성질에 질려서 돌봐주겠다는 친척 하나 없고. 결국 모든 뒤치다꺼리를 애들이 해야 하는데 그냥 있을 수가 있어야죠. 이렇게 까다로운 사람을 몇 개월씩 간호하려면 애들이 얼마나 고생하겠어요. 차라리 내가 하는 게 낫지. 자식들한테 그 짐을 맡길 순 없죠."

남편 병간호는 이혼으로 상처 준 자식들을 향한 속죄였던 것이다.

아직 대학교 4학년이라는 딸애가 오기 전까지 영주 씨는 남편의 불편함을 찾아 해결하느라 부산했다. 얼굴 좀 닦아달라는 남편의 말에 젖은 수건을 얼굴에 갖다 댔지만 촉감이 좋지 않다는 이유로 세 번이나 수건을 바꾸고 나서야 닦아줄 수 있었다. 침대 높낮이를 수시로 조정하는 것이며 창문을 열고 닫는 것이며 얼굴에 열이 오른다고 부채질해주는 것이며, 남편의 모든 요구에 묵묵히 응하는 영주 씨는 전문 간병인보다 더 지극정성으로 보였다.

"저는 영주 씨처럼 돌보지 못할 것 같아요."

"저도 처음엔 못할 거라고 생각했어요. 남편 얼굴 다시 보는 것도 끔찍했고, 어떻게 얻은 자유인데 또 이 남자 때문에 몇 개월을 빼앗겨야 한다고 생각하니 화도 나고 억울하기도 하더라구요. 그런데 이런 남편 만나서 결혼한 것도 내 부족함이지 싶은 거예요. 나 편하자고 이혼해서 자식들한테 이미 크게 상처 줬는데 돌볼 사람 없는 전남편 외면해서 그 죗값을 내 아들이, 내 딸이 받으면 어쩌나 싶기도 하구요.

4수해서 대학에 들어간 딸은 아직 취직도 못하고, 아들은 간신히 취직을 하긴 했는데 정착을 못하고, 이게 다 나의 강퍅하고 이기적인 마음 때문은 아닐까⋯⋯. 말기암으로 힘들어하는 전남편을 돌보면서 인내와 정성의 돌을 쌓다 보면, 자식들의 앞길이 편히 풀리지 않을까 하는 마음이에요. 제발 그렇게 됐으면 좋겠어요."

마음을 다잡고 전문 간병인 자격증을 취득해 묵묵히 전남편의 까다로운 병간호를 시작한 것은, 자식의 앞길을 위한 헌신적인 결단이었던 것이다. 부부 인연으로 만났지만 남보다 못한 인연으로 갈라 선 사람들에게 대소변도 가리지 못하는 전 배우자를 간호하라고 하는 것은 견딜 수 없을 만큼 끔찍한 일인지도 모른다. 하지만 그를 외면하지 않은 것은 부부라는 악연보다 '부모의 마음'이 더 중요했기 때문이었다.

고통으로 뒤척이며 신음하는 남편을 보다 못한 영주 씨가 염 교수님을 호출하자 한걸음에 달려온 교수님은 환자의 상태를 자세히 물어보고 모르핀 주사를 놓았다.

"영주 씨, 환자분을 위해 정성을 다해주셔서 감사합니다. 다른 간병인들이 돌봐주실 때는 굉장히 예민하셔서 통증이 더 컸는데 영주 씨가 오시고 나서 남편분께서 체감하는 통증이 줄어들었습니다."

염 교수님이 다른 병실로 가고 남편이 잠이 들자 영주 씨는 아들이 건네고 간 작은 종이가방을 들고 밖으로 나갔다. 한적한 휴게실 구석에 자리를 잡고 종이가방 안에서 포도 두 송이와 주먹밥 하나를 꺼냈다.

"제가 포도를 정말 좋아하거든요. 사실 아직도 호스피스 병동 분위기나 괴로워하는 말기 암환자를 돌보는 게 부담스러워요. 간호하는 동안은 밥도 제대로 못 먹고 속이 더부룩한 게……. 그래서 언제부터인가 아들이 포도를 두 송이씩 챙겨줘요. 이 주먹밥은 딸애가 만들어준 거구요. 오후 6시가 훨씬 넘어서야 포도라도 먹고 싶다는 생각이 든답니다."

영주 씨가 포도를 의자 위에 올려두고 함께 먹자고 불렀다. 가까이 다가가는데 쪽지가 바닥에 떨어졌다. 포도를 꺼내면서 안에 있던 쪽지가 빠져나온 듯했다. 쪽지를 읽은 영주 씨는 포도송이 옆에 쪽지를 두고 묵묵히 포도를 먹기 시작했다.

치유의 밥상

나는 쪽지 내용이 궁금해서 실례인 줄 알면서도 물어보았다.

"영주 씨, 쪽지에 뭐라고 쓰여 있는지 여쭤봐도 될까요?"

"……."

잠시 침묵이 흘렀다. 포도 몇 알을 입에 넣고 삼킨 뒤에야 그녀는 입을 열었다.

"아들이 아버지를 간호해줘서 고맙다고…… 아버지가 내 간호를 받으면서 마지막을 맞게 되어 다행이라고 하는군요."

"아, 네……."

"그리고……"

꺼내기 힘든 말인 듯 그녀는 잠시 말을 멈췄다.

"전남편이 이런 남자 만나 고생하게 해서 미안하다고 했다네요. 제가 포도를 좋아한다면서 밥 못 먹는 엄마에게 사다주라고 했다고……. 아버지가 그랬다고 하면 내가 싫어할 거라고 절대 말하지 말라면서요."

포도 씨도 뱉지 않고 맛있게 한 송이를 다 먹은 영주 씨는 전남편이 깰지 모른다며 병실로 돌아갔다.

가족이라고 해서 당연히 희생하거나 헌신해야 하는 건 아니다. 작은 희생과 헌신에도 마음을 표현하고 고마움을 전할 수 있어야 진정한 가족이라 할 수 있지 않을까? 영주 씨의 허기를 달래주었던 포도는 남편이 전하는 사과의 말이었고 오랫동안 엄마를 그리워해온 아들의 사랑 고백이었다.

가족 사이에 극적인 화해나 용서, 눈물 따윈 없을지 모른다. 하지만 영주 씨는 용서를 구하는 남편의 마음을 받아들이고 스스로 선택한 간병인으로서의 삶에 최선을 다할 것이다.

영주 씨가 남기고 간 포도를 입안에 넣고 터뜨려 먹었다. 한 송이를 다 먹을 동안 깊고 단 포도 향에 흠뻑 취해 있었다.

영숙 씨는 가벼운 운동복을 입고 검은색 바탕에 흰색 로고가 새겨진 마라톤화를 신고 있었다. 항암치료를 마치고 돌아가기 전 그녀는 책상 위에 초코파이를 세 개 올려놓으며 염 교수님에게 물었다.

"교수님, 이번에도 마라톤 나가시나요?"

"영숙 씨 완치되고 나서 출전하시면 저도 같이 뛰겠습니다."

"송 피디님은 마라톤 좋아하세요?"

"마라톤이요? 초등학교 때 육상 릴레이에 나간 것 외에는 해본 적 없습니다."

"저는 딱 한 번 해봤어요. 영숙 씨 아드님 도움으로 완주할 수 있었죠."

염 교수님은 어렸을 때 육상을 해서 달리기는 어느 정도 한다고 자부했지만 마라톤만큼은 엄두를 내지 못했다. 그러다 영숙 씨 아들과의 약속 때문에 난생처음 마라톤에 도전했는데, 그의 도움으로 포기하지 않고 완주할 수 있었다.

"영숙 씨 아들이 말기암으로 우리 병원에 입원해 있을 때, 사실 영숙 씨도 유방암에 걸려 치료를 받던 중이었어요. 공교롭게도 모자가 같이 우리 병원에 입원해서 저에게 암치료를 받게 된 거죠. 집안에 환자가 한 사람만 있어도 받아들이기 힘든데, 어머니와 아들이 동시에 중한 병에 걸렸다는 게 참 안타까웠죠.

오랫동안 투병한 사람들은 살아 있으나 정지되어 있다는 느낌과 남들처럼 살 수 없다는 열등감, 소외감으로 지레 삶을 포기하는 경우가 많거든요. 근데 영숙 씨는 아들을 위해 힘을 내야겠다고 느끼고 병을 이기기 위해 정신 무장하려고 달리기를 선택했어요. 처음 마라톤에 나가자는 영숙 씨의 제안에 아들은 말도 안 되는 일이라고 했어요. 저 또한 그랬거든요. 환자에게 무리가 갈지도 모른다구요. 그래도 한번 해보자는 영숙 씨 말에 아들은 주치의인 저와 함께 달린다

                                   치유의 밥상

면 용기를 내보겠다고 했죠.

그렇게 영숙 씨가 아들을, 그리고 아들이 저를 설득해 마라톤에 나가게 됐어요. 환자를 위해 저는 선택의 여지가 없었죠. 출발선에서 '탕!' 하는 총소리와 함께 뛰기 시작했는데 숨이 턱 끝까지 차올라 당장이라도 주저앉고 싶더라구요. 그때마다 영숙 씨 아들이 내 손을 잡고 함께 뛰어줬어요. 따뜻한 말로 용기를 주고 초코파이와 음료수를 건네며 저를 오히려 응원해주었죠. 아픈 사람과 건강한 사람의 상황이 역전된 거예요. 마라톤을 마쳤을 때 영숙 씨 아들이 환하게 웃던 모습을 잊지 못합니다. 그날의 마라톤이 나를 한 걸음 더 성장하게 하지 않았나 합니다."

그때의 기억을 떠올리는지 염 교수님은 책상 위에 놓인 초코파이를 만지작거렸다. 환자와 함께한 마라톤, 그것도 환자 손에 이끌려 완주한 교수님의 모습이 그려졌다. 아프고 약하다고 해서 누구에게 도움을 받아야만 하는 건 아닐 것이다. 인간은 때로 모든 환경과 체력 조건을 뛰어넘는 강한 정신력을 발휘하기도 하기 때문이다.

영숙 씨 아들은 키도 훤칠하고 얼굴도 잘생겨서 학교 다닐 때 여학생들의 인기를 한 몸에 받았다고 한다. 다만 간염 보균자로 어려서부터 간이 좋지 않아 항상 주의해야 했다. 그런데 대학 시절 친구들과 어울리다 보니 술 마시며 밤새 노느라 몸을 제대로 관리하지 않아간이 더 나빠졌다. 간 때문에 군대까지 면제받은 그는 그때부터라도 건강을 챙겼어야 했는데, 여느 때처럼 생활한 탓에 병은 점점 깊어만 갔다.

그러던 어느 날 부쩍 피곤하고 몸이 좋지 않아 병원에 가서 정밀검사를 한 결과, 간암 판정을 받았다. 암세포가 벌써 간 전체에 퍼진 터라 생명을 살리는 조치를 취하기에는 이미 늦었다고 했다. 그러나 영숙 씨는 포기하지 않고 백방으로 알아보며 아들을 살리려고 노력했다. 사실 영숙 씨도 유방암 수술을 받고 항암치료 중이었지만, 아들의 병 때문에 정작 본인의 치료는 잠시 중단하고 있었다.

"누구를 원망해야 할지조차 몰랐던 시간들이었어요. 잔혹한 현실에 눈앞이 깜깜해서 눈물이 마를 날이 없었죠. 진료를 받으러 들를 때마다 먹먹해지는 제 가슴을 주먹으로 내려치면서 염 교수님께 탄식과도 같은 푸념을 늘어놨어요. 그래도 늘 다 받아주시고, 교수님께 항상 감사하게 생각하고 있습니다."

영숙 씨는 마라톤을 좋아했다. 언젠가는 마라톤 때문에 수술까지 연기하고 완주한 적이 있다고 했다. 마라톤은 쉬운 운동이 아니다. 재미있는 운동은 더더욱 아니다. 마라톤은 환자가 아닌 평범한 사람들에게도 어려운 일, 42.195킬로미터라는 엄청난 거리를 완주하는 동안 끊임없는 자기와의 싸움을 하게 된다.

치유의 밥상

사람들은 영숙 씨가 유방암 수술을 미루고 마라톤을 뛴다고 했을 때 한사코 말렸고 행여 뛰다가 잘못될까 걱정이 이만저만이 아니었다. 주치의도 어떻게든 그녀를 말리려고 애썼고, 만에 하나 뛰다가 잘못되면 그대로 죽을 수도 있다고 경고했다. 그러나 영숙 씨는 모든 것을 뒤로한 채 의지만으로 참가했고, 이것이 마지막 마라톤이 아니길 빌고 또 빌면서 뛰었다.

그녀는 무엇보다 달리기를 하면서 살아가는 데 필요한 자신감을 얻는다고 했다. 어쩌면 육체적인 고통보다도 번번이 찾아오는, 삶을 포기하고 싶은 좌절의 순간을 마라톤이라는 극한의 도전으로 극복하려 했는지도 모른다. "그래도 너무 힘드실 텐데요, 더구나 몸도 성치 않으신데" 염 교수님이 조심스레 꺼낸 말에 가만히 눈을 빛내던 그녀가 단호한 목소리로 말했다고 한다.

"좌절은 없습니다. 꼭 다시 일어설 거니까요. 42.195킬로미터를 완주했듯이 앞으로 주어질 시련 속으로 주저 없이 달려갈 거예요. 지금 저처럼 병마와 싸우고 계신 분들도 제발 포기하지 말고 끝까지 버텨 주셨으면 좋겠어요.

마라톤이 그렇듯이 암이라는 것도 결국 자기 자신과의 싸움입니다. 달리다 보면 숨이 턱까지 차고 죽을 듯한 고통이 밀려오는 순간이 오지만, 그 고비를 사력을 다해 넘기고 나면 어느새 몸이 깃털처럼 가벼워져 몸도, 마음도 텅 빈 느낌이 들거든요. 그러다 곧 결승점에 와 있는 자신을 발견하게 되죠.

지금 우리가 겪고 있는 일도 비슷한 거 같아요. 죽어라 버티면 어느새 완치된 자기 모습을 발견하게 될 거예요. 그러니까 다 같이 힘냈으면 좋겠어요."

그렇게 매 순간 당당하고 강한 그녀였지만 자식의 죽음 앞에선 속수무책이었다. 병이 너무 급속하게 진행되어 아들이 원하는 대로 부산으로 내려갔고, 얼마 후 아들은 눈을 감았다. 하나뿐인 아들을 잃은 영숙 씨는 한동안 넋이 나간 채 힘든 나날을 보냈다. 통증으로 괴로워하던 아들이 이제는 편안해졌을 거라고 생각하며 스스로를 다잡으려 애썼지만 아들이 더는 곁에 없다는 사실을 받아들이기가 쉽지 않았다.

화창한 어느 봄날, 하염없이 주저앉아 있던 그녀가 무슨 마음이 들었는지 긴 머리를 싹둑 자르고 마라톤화와 운동복을 샀다. 마침내 어둡고 긴 터널을 빠져나와 한없이 절망적이었던 생각과 행동을 바꾸기 시작한 것이다. 즐겁게, 행복하게 웃으면서 살아가는 엄마 모습을 아들이 더 좋아할 거라는 생각에 마음을 고쳐먹었다고 했다. 그러고는 건강을 회복하면 하늘에서 자신을 지켜볼 아들을 위해 42.195킬로미터를 다시 달릴 거라고 다짐했다.

   치유의 밥상

영숙 씨가 건네고 간 초코파이를 손바닥 위에 올려놓고 가만히 바라보다 그녀와 먼저 세상을 떠난 아들을 위해 기도했다. 간절한 바람을 품은 그녀가 완치되도록, 아들을 잃은 아프고 슬픈 마음을 위로받을 수 있도록.

언젠가 영숙 씨가 완치되어 마라톤 경기에 나갈 때 염 교수님과 함께 나도 출발선에 서 있기를 바란다. 달리기에 서툰 내가 완주하려고 이 악물고 허덕이며 달려갈 때, 오늘처럼 영숙 씨가 내민 초코파이로 격려받을 수 있기를 간절히 바란다.

아름다운

마무리

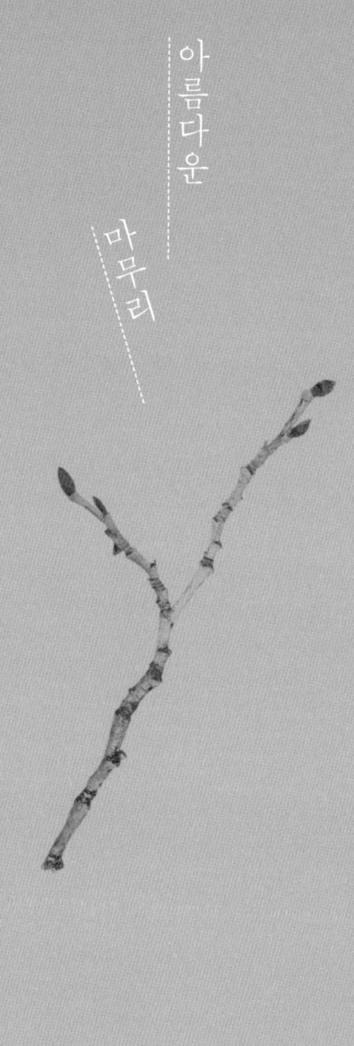

호스피스 병동에 있는 분들은
무엇을 전해주려고 하지 않아요.
'죽음까지 인생'이라는 것을 깨닫게 되는 이곳에서,
덜 고통 받고 싶다 소리치면서도 말이죠.

나른한 토요일 오전, 휴대폰이 울렸다. 염 교수님이었다.

"송 피디님, 주말에 죄송하지만 환자분에게 긴히 연락이 와서요. 피디님을 꼭 인터뷰하고 싶다는 여고생이 있답니다. 괜찮으시면 함께 가시겠어요?"

"여고생이요?"

"네, 열일곱 살인데 백혈병으로 투병하고 있는 학생입니다."

죽음과 거리가 멀 것만 같은 어린 학생과의 인터뷰라, 허둥지둥 집을 나서 지하철을 타러 가는데 맑은 하늘이 어두워지면서 갑자기 소나기가 쏟아졌다.

비를 피해 편의점 처마 밑으로 들어가 우산을 살까 고민하는데 이내 비가 그치고, 언제 비가 왔냐는 듯 하늘은 강렬한 태양 빛을 토해냈다. 더위를 한풀 꺾은 소나기 덕분에 기분이 상쾌해지고 시야가 맑아졌다.

싱그러운 오후, 미승이를 만난 날이었다.

대문이 열리자마자 작은 검은색 캠코더의 깜빡이는 붉은빛이 눈에 들어왔다. 캠코더 뒤에 숨은 소녀는 유난히 크고 하얀 앞니에 얼굴이 아주 작았고, 삭발한 둥근 머리 위로 막 자라기 시작한 머리카락이 밤송이처럼 하늘로 솟아 있었다. 깡마른 여자아이가 보여주는 미소는 소나기가 그치고 맑게 갠 하늘처럼 싱그러웠다.

열일곱 살 미승이는 백혈병이었다.

삼 년 걸린다던 완치 기간은 오 년으로 늘어났고 그사이 이식수술을 한 번 받았지만 올해 초 병이 재발했다. 미승이의 부모님은 아이의 몸이 골수 이식수술을 받을 수 있을 만큼 회복될 때까지 병원 치료와 한방 치료를 겸하고 있다고 했다.

"세 번째 재발하고 나서 미승이가 변했어요. 예전엔 아프다고 신경질도 부리고 코피라도 쏟아지면 당장 죽을 것처럼 벌벌 떨고 무서워

　치유의 밥상

했거든요. 실은 두 번째 항암치료랑 이식수술 받고 나서 그림을 배우기 시작했어요. 미대 가고 싶다고 열심히 학원도 다니고 뒤처진 공부 따라가려고 과외도 받았죠. 애가 건강하기만 하다면야 뭐든 해주려고 했는데 여덟 달 만에 또 재발한 거예요.

재발하고 애 아빠랑 난 좌절했는데 미승이가 달라졌어요. 병원 치료도 편하게 받고, 떼쓰거나 짜증도 부리지 않아요. 지긋지긋하게 완치 안 되는 병이란 걸 알고 포기한 건지……. 염 교수님께서 송 피디님 얘기를 해줬더니 자기도 인터뷰하고 싶다고 적극적이었어요. 쉬는 날 이렇게 오시게 해서 죄송합니다."

미승이의 안내를 받으며 방으로 들어갔다. 새로 깐 초록색 침대 시트, 미승이 돌 사진으로 만든 블라인드, 영화 시디와 잡지들이 가득 꽂힌 이중 책장, 이젤 위의 그리다 만 그림들……. 꿈 많은 여느 십대 소녀의 방과 다름없는 분위기였다. 방을 찬찬히 둘러보는데 미승이가 캠코더와 마이크를 건넸다.

"저 인터뷰해주세요, 피디 언니."

"마이크랑 캠코더 필요 없는데, 보이스 레코더 들고 다니거든."

"아뇨, 제 영상 노트에 남길 거예요. 오늘 일기는 피디 언니한테 인터뷰받은 거!"

순간 낯선 사람의 방문이 미승이에게 특별한 일상이 될 수 있겠구나 싶었다. 뭔가 잔뜩 기대하고 있는 미승이의 얼굴을 보자 어쩌면 난 미승이에게 선택받은 것일지도 모른다는 생각이 들었다. 논리적인 판단이나 그럴싸한 이유 따위는 잠시 잊기로 했다. 작은 소녀를 위해 무언가 해줄 수 있다면 그것만으로도 감사한 일이었다.

캠코더를 받아 들고 마치 보도 인터뷰를 하듯 마이크를 미승이에게 내밀었다.

"빙빙 돌려서 하지 말고, 솔직하게 대답할 수 있도록 질문 팍팍 해 주셔야 해요!"

"좋아. 세 번째로 백혈병 재발하고 나서 미승이가 변했다고 엄마가 그러시던데, 정말이니?"

"네!"

"이유는? 엄마는 네가 혹시나 병과 싸우는 걸 포기한 건 아닐까 걱정하시는 눈치던데?"

"아, 그게요. 병이 재발하고 입원했을 때 병실이 없어서 며칠 기다 리다가 4인 병실에 입원했거든요. 그때 제 옆 침대에 계시던 분이 일 흔이 넘은 할머니셨어요. 제가 열여덟이니까 할머니가 저보다 나이가 네 배나 더 많으신 거잖아요? 근데 할머니랑 저랑 대화가 통하는 거 예요. 그 할머니도 백혈병이었고 저랑 똑같이 세 번이나 재발한 거였 거든요.

할머니도 죽는 게 똑같이 무섭다고 했어요. 죽으면 어떤 느낌일까 한참을 얘기했다니까요. 되게 신기한 거 있죠. 저보다 훨씬 더 오래 산 할머니랑 말이 통한다는 게요. 되게 어른이 된 것 같았어요. 그래서 이렇게 아프고 일찍 죽는다는 걸 불평하지 않기로 했어요. 죽는 순간엔 모두 같은 느낌일 테니까요. 그 느낌을 또래 애들보다 먼저 알고 잘 버티고 있는 제가 대견하다는 생각이 들었어요."

대체 어느 지점에서, 어떻게 미승이는 그런 깨달음을 얻은 것일까?

아무도 상상할 수 없는, 상상하기 싫은 상황에서 만난 할머니와의 대화에서 스스로 깨닫고 자신의 삶을 자랑스럽게 여긴다는 말에 왠지 숙연해졌다. 미승이가 말을 계속 이어갔다.

"아프기 시작했을 때 아빠랑 엄마한테 물었거든요, 어린데 왜 아파야 하느냐고. 나을 테니 걱정 말라고 하더라구요. 두 번째 재발하고 병원에서 위험하단 말을 듣고 또 물었어요. 전 어린데 왜 이렇게 아프고 일찍 죽어야 하느냐고. 부모님도, 의사 선생님도, 목사님도, 친구들도 아무도 이유를 모르더라구요.

근데 같이 입원했던 할머니가 그랬어요. 왜 이런 일이 나한테 일어났는지, 하나님이 정말 있다면 왜 낫게 해달라는 기도를 들어주지 않는지, 왜 하필 나인지, 이런 질문에 대한 답은 때론 모르는 게 더 맘 편하다고, 모르는 게 정답이라고. 정말 아무도 모르는 게 답이라고 생각하니까 그냥 편하게 받아들여지는 거예요. 그래서 아무 생각 없이 재미나게 살기로 했어요.

내일을 살기 위해 치료받는 게 아니라 '오늘'을 남기기 위해 열심히 살아가기로 했어요. 피디 언니 인터뷰도 재밌을 것 같아서 해달라고 했구요."

"미승아, 네가 인터뷰해달라고 한 이유를 지금도 잘은 모르겠고 어떻게 해야 할지도 모르겠지만, 그냥 너 인터뷰하니까 참 좋다. 너 되게 멋지다, 미승아."

"하하하, 그래요? 제 인터뷰가 피디 언니 책 쓰는 데 도움되겠죠? 제 이야기도 담기는 거죠?"

"그럼, 당연히 네 얘기 할 거야. 꼭 그럴 거야."

꽃 같은 열여덟, 백혈병은 소녀의 육체를 덮쳤지만 영혼까지 좌절에 빠뜨리지는 못했다. 예기치 못한 세찬 소나기에 온몸이 흠뻑 젖은 듯 세 번이나 재발한 병과 싸우느라 축 처져 있을 만도 한데, 소녀는 얼마 남지 않은 자신의 삶에서 찬란한 빛을 찾아냈다.

미승이는 매일매일 일기를 쓰고, 스스로 변화하는 모습을 영상으로 기록하고 있었다.

백혈병은 '하얀 피'라는 뜻을 가진 그리스어에서 유래한 말이란다. 백혈

 치유의 밥상

병 환자의 혈액은 정상인에 비해 다량의 백혈구를 포함하고 있어서 상
대적으로 하얗게 보여 그렇다고 하는데, 피가 하얗게 보일 수 있다니
놀라움 그 자체! 정말 특별한 거 아닌가?!

백혈병 걸리고 나서 나타난 증상은 자주, 엄청 많이 피곤하다는 거다.
살이 빠져서 처음엔 좋았는데 너무 빠지니까 옷을 입었을 때 전혀 폼이
안 난다. 식욕이 떨어진 게 가장 큰 충격이다. 그렇게 맛있게 먹었던 음
식을 봐도 먹고 싶지 않고, 보이는 것만큼 맛이 없다는 건 얼마나 슬픈
현실인가!

팔과 다리, 배에 쉽게 멍이 들고 어느 날은 머리가 깨질 것처럼 아프다.
처음엔 머리가 아픈 그 다음 날 시험을 잘 봐서, 키가 크느라 아픈 성장
통처럼 머리가 좋아지는 통증이라고 생각했는데, 내 생각이 틀렸다.

솔직 담백하면서도 엉뚱하고 재치 있는 미승이의 영상 일기는 어
린 딸의 투병에 지친 가족의 삶에 작은 웃음을 주었다. 그뿐이 아니
었다. 미승이는 끝없이 재발하는 암과의 싸움에서 이길 수 있는 또
하나의 재미난 방법을 찾아냈다.

바로 자신이 살지 못할 미래 때문에 한탄하며 슬퍼하는 대신, 자신
의 십칠 년 삶에 관해 세세한 기록을 남기는 것.

"언니는 세 살 때 모습 기억해요?"

"아니, 미승이는 기억하니?"

"당연히 못하죠. 그래서 요즘 제가 하는 일이 제가 알지 못하는 시절의 제가 어땠는지 친척들이나 부모님께 물어보는 거예요. 친구들만 아는 제 모습을 알아보려고 친구들과 카톡도 하구요. 완벽하게 십칠 년 인생 전부를 기록해서 남겨두려구요. 제대로 하면 웬만한 위인전 두께만큼 될지도 몰라요."

"넌 어떻게 그런 생각을 하게 됐니?"

"원래 재미난 걸 좋아하는 성격이긴 한데, 쿨한 염 교수님 덕분에 생각해냈어요."

"쿨한 염 교수님?"

"정말 솔직하게 저한테 말씀해주시던데요. 생명을 연장해준다는 말은 못하지만, 순간을 소중하게 여길 수 있는 방법 찾는 걸 도와주 겠다구요. 오래 살지 못한다는 말에 슬펐어요. 하루 정도? 그러고 바로 다음 날 교수님께 방법을 알려달라고 졸랐어요.

교수님은 누가 먼저 가고 누가 나중에 가는지가 중요한 게 아니라고 하셨어요. 제 마음에, 제 주변 사람들 마음에 오래 남을 추억을 많이 만드는 게 더 중요하다면서요. 그때 번쩍 생각이 떠올랐어요. 내 위인전을 만들어야겠다!"

미승이는 강하고 아름다운 아이였다.

삼 년 전에 그리기 시작했다는 그림은 예사롭지 않았다. 그중에는 코피가 쏟아진 어느 날 붉은 코피로 색을 입힌 그림도 있었고, 항암 치료 때문에 머리를 밀었을 때 그린 자화상 스케치도 있었다. 자신을 사랑하고 지금의 제 모습을 받아들이지 않았다면 그릴 수 없었을 그림이었다.

미승이의 기특하고 대견한 모습은 이것으로 끝나지 않았다. 아파서 좋아하는 음식을 먹지 못한다고 투정하는 대신, 스스로 '채식주의자'로 명명하고 몸에 좋은 채소와 과일에 관해 일기에 자세히 설명해두었다. 그리고 아플 때마다 몸의 증상을 상세히 적어, 이 모든 기록이 백혈병 약 개발에 도움이 될지도 모른다는 설명도 달아두었다.

미승이가 오래 산다면, 그림 실력이 뛰어난 의학박사나 식물학자가 될 것이 분명했다.(네 꿈을 마음대로 단정 지어서 미안해, 미승아! 하지만 너의 사랑스럽고 무한한 삶의 에너지를 느낀 사람이라면 누구나 너의 꿈을 위해 기도했을 거야.)

혹시라도 미승이가 우울할까 봐 입 밖에 낼 수는 없었지만 미승이를 보면서 나는 마음껏 그녀의 꿈을 상상하고 있었다.

"언니, 진짜진짜 기억하고 싶은 친구랑 어떤 일이 생기면 어떻게 하는 줄 아세요?"

"어떻게 하는데?"

"하룻밤을 꼴딱 새워요."

"왜?"

"제 하루는 남들의 하루와 다르잖아요. 그 소중한 하루를 꼬박 새우면서 생각하고 또 생각한다는 건 엄청나게 중요하다는 거죠. 그리고 그 사실을 반드시 일기에 적어둬요."

"와, 그거 아무나 못하는 일이겠다. 하루의 가치를 아는 사람이 별로 없거든."

"언니는 꿈 자주 꿔요?"

"아니."

"전 자주 꿔요. 몇 번이나 반복해서 꾼 꿈은 기억에 생생한데요, 얼굴도 모르는 제 친엄마랑 친아빠 같은 분들이 날 위해 기도하고 있었어요. 그 꿈을 생각하면 죽는다는 게 덜 무서워요. 죽으면 그분들을 볼 수 있잖아요. 절 낳았지만 키우지는 못했던 부모님을 말이에요."

한 사람의 깊은 깨달음과 성숙에는 깊은 외로움이 스며 있기 마련이다. 홀로 상처를 품고 끈질기게 뒹굴고 아파하는 시간을 지나고 나서야 사람은 성숙해진다. 그 외로움이 기막히게 처절한 삶의 숙명일수록, 소리 낼 수 없는 고독한 상처일수록 사람은 성찰의 행보를 걷게 된다.

그림을 그리고 싶었던 한 소녀가 백혈병에 걸려 희망의 날개가 꺾이고, 어느 날 자신을 눈물로 간호해주는 부모가 양부모라는 사실을 알게 되었다. 그럼에도 이 모든 것을 꿋꿋하게 받아들이고 완치되면 자신을 키워준 은혜를 갚고 싶다는 소망을 품었다. 그러나 병은 세 번이나 재발했고, 이제는 마지막을 준비해야 했다.

미승이에게 삶은 불공평했고, '살아 있다'라는 말은 여느 사람들과는 다른 의미로 다가왔다. 한 소녀에게 주어진 삶의 무게가 참으로 무거울 텐데, 소녀는 까르르 웃고 즐거워하며 마주 보고 있는 나에게 엄청난 질문을 던지고 있었다.

'힘들다, 죽고 싶다, 불공평한 세상 때문에 뭉개졌다 불평하는 당신의 삶이 내가 대신 살고픈 소중한 삶이란 걸 알고 있나요?'

'마음대로 할 수 있는 게 없다고 심통 부리는 당신의 삶을 나에게 떼어준다면 내가 당신보다 더 행복하게 살 수 있다는 걸 아나요?'

'지금의 당신은 정말 행복하다는 걸, 그저 익숙해서 그 사실을 모르고 있다는 걸 아나요?'

미승이는 그저 웃고 있을 뿐인데, 나에게 그렇게 질문을 던지는 것 같았다.

집으로 돌아오는 길에, 염 교수님에게 이런 마음을 털어놓았다.

"교수님, 지금껏 제 나이만큼 세상에 관해 치열하게 고민하지 못했던 것 같아요. 남을 위해 뜨겁게 눈물을 흘린 적도 없을 만큼 이기적이지는 않지만 참 넓지 못한 삶을 살았던 것 같아요."

"송 피디님, 저도 환자를 치료할 수 있는 작은 기술 하나 가지고 있을 뿐 매 순간 겸손하게 배워야 하는 사람입니다."

"그래도 의술은 생명을 구하고 사람을 치유할 수 있으니, 얼마나 귀한 직업인가요?"

"왜요? 사람을 행복하게 하는 드라마, 웃게 하는 드라마를 만드는 일이 얼마나 대단한데요. 환자들은 하루 대부분을 텔레비전만 보면서 보내기도 해요. 그 무료한 시간을 책임지는 드라마를 만드는 일도 귀한 직업이죠."

"제가 염 교수님을 만나지 못했다면, 호스피스 병동에 오지 않았다면, 절대 제가 하는 일에 그런 가치가 담겨 있다고 뼛속 깊이 느끼지 못했을 겁니다."

"오늘 미승이와의 만남은 우리 모두에게 감사의 선물이었습니다. 그렇죠?"

"네."

인터뷰가 끝나고 원고를 쓰던 가을 어느 날, 미승이에게서 작은 소포가 왔다. 네모난 상자 안에는 사탕, 쿠키, '쫀드기' 같은 불량식품, 잡지에서 오려놓은 먹음직한 케이크와 아이스크림 사진들이 가득했다. 함께 담긴 편지를 펼쳐보았다.

　　　　　　　　　　　　　　　　　　　　치유의 밥상

일주일 전에 미승이가 세상을 떠나고, 그녀의 유언에 따라 먹고 싶었지만 먹을 수 없어 몰래 숨겨두었던 과자 상자를 '피디 언니'에게 보낸다고 했다. 편지 봉투 안에는 미승이가 언젠가 혼자 찍은 중학교 졸업사진과 내가 찍어준 영상을 편집해서 담은 인터뷰 시디도 들어 있었다.

눈물이 너무 많이 흘러 차마 다 읽을 수 없었던 편지에 대한 답장을 이 지면을 빌려 써보려고 한다.

미승아,

넌 어느 위인보다 많은 이야기를 나에게 해줬단다.

환경과 조건을 뛰어넘어 웃을 수 있었던 넌

나의 삶을 변화하게 하고 새롭게 살게 했단다.

먹지 못한 과자들을 모아두었던 소망의 과자 상자엔

장난기 가득한 너의 미소,

언젠가 병이 나으면 꼭 먹고 말겠다는 희망의 다짐,

매일 밤 기도하며 빌었던 소원들,

짧지만 너에게 주어진 십칠 년이라는 삶에

감사하는 마음도 함께 들어 있겠지.

난 이것들을 하나도 남김없이 맛있게 먹을 거야.

그러고 나서 나도 이 과자 상자에 내 소망을 하나씩 채워 넣을게,

너를 생각하면서.

이 상자 안에 손을 넣는 건

그 무엇보다 멋지고 설레는 일이 될 거야.

너를 기억하는 언니가

/그날의 바비큐 파티/

어디선가 웃음소리가 새어 나왔다. 그 위로 경상도 사투리에 서울 말투가 밴 남자의 목소리가 들려왔다. 그는 의료 잡지 한 페이지를 펼쳐 보이며 휴게실에 모인 사람들에게 소정의 원고료를 받고 기고한 '투병 여행기'를 읽어주고 있었다.

투병 여행기? 나만 가진 의문이 아니었다. 투병 여행이란 말에 솔깃해진 몇 사람이 물었다. 투병을 하면서 여행을 했다는 말인지, 병원을 이곳저곳 돌아다니며 투병해왔다는 것인지. 여기저기서 던지는 질문에 박인수 씨는 빙긋 웃으며 자신의 이야기를 들려주었다.

육체노동으로 가난한 삶을 이어가는 부모님에게 반항하듯 인수 씨는 스물둘, 어린 나이에 결혼해 아내와 함께 외국으로 떠났다. 워킹 홀리데이를 자청하고 일본, 캐나다, 호주 등지를 종횡무진 누비며 오랫동안 떠돌아다녔다. 가난해서 비행기 한번 타보지 못한 부모님을 대신해 견문을 넓히며 돈도 벌겠다고 호기롭게 결심한 뒤 그가 경험했던 일은 참으로 다양했다.

직영점이 사백 개가 넘는 미용실 인턴부터 건설 현장 일용직, 채소주의 레스토랑 계산원, 주방 청소부, 운전수까지 그야말로 변화무쌍했다. 화려한 특권처럼 보이는 시간 속에는 왕따, 하염없는 기다림, 무임금 노동 착취 등의 기억도 있었다. 그러는 동안 종종 부상을 입었고, 몇몇 외국 병원에 입원했던 경험을 모아 '투병 여행기'를 썼다고 했다.

인수 씨가 외국으로 떠돌며 살았던 이유는 잔병 없이 건강하게 살다 예순이 되기 전에 단명하는 집안 내력 때문이라고 했다. 그의 아버지는 쉰여덟에 폐암에 걸리고 특별한 증상 없이 석 달 만에 목숨을 잃었다. 집안 어른들에게 말로만 듣다가 족보를 거슬러 올라가 집안 내력을 연구한 끝에 얻은 결론은 할아버지도, 그 할아버지도, 그 할아버지의 할아버지도 건강하게 살다가 병이든 사고든 예순 살이

치유의 밥상

되기 전에 돌아가셨다는 것이었다. 그 사실을 알게 된 인수 씨는 스스로 수명을 쉰아홉으로 정했다. 더 살 수 있다면 덤으로 사는 인생이니 그때부터는 봉사나 실컷 하자고, 그 전엔 원 없이, 쉼 없이 경험하며 돌아다니자고 결심했다. 그는 단순 명쾌한 삶을 선택했고 실현했다.

인수 씨가 호스피스 병동에 온 것은 한 달 전이었다. 그의 나이 쉰아홉, 행운인지 불행인지 예측은 맞았다. 그래서일까, 다른 사람과 달리 어떠한 미련도, 두려움도 없는 그의 표정은 담담하다 못해 실로 평온했다. 인생에 허락된 마지막 순간까지 살아 있음을 증명하고 경험하고 노력해왔던 인수 씨였다. 호스피스 병동에서 꿈의 한 자락이었던 작가 데뷔까지 한 셈이니, 남들이 우러러보는 명예나 돈을 움켜쥐고 살지는 못했어도 누구보다 성공한, 후회 없는 인생이리라.

인수 씨가 자랑하듯 서류를 몇 개 보여줬다. 다섯 개가 넘는 보험 증서. 일하다 다친 타박상을 빼고는 크게 아픈 적이 없었다. 정해진 수명, 끝이 보이긴 했으나 덕분에 준비할 수 있었다. 돈을 벌 때마다 들어둔 보험이 사랑하는 마누라와 세 명의 자식들에게 자신이 없어도 인생을 버틸 수 있는 작은 힘이 되길 바란다고 했다. 그 흔한 보험이 가족을 향한 독특한 사랑 고백으로 느껴졌다.

"그래도 더 살고 싶지 않으세요?"

어리석은 질문을 던졌다.

"후회 없이 산 인생이라 길지 않아도 괜찮습니다. 어릴 땐 일찍 돌아가신 아버지, 할아버지 때문에 고생하시는 어머니와 할머니를 보면서 괜히 미안했죠. 아내에게는 미안해하지 않으려고 더 많은 것을 함께 경험하고 솔직하게 살았습니다. 넉넉하지는 못했지만 번 만큼 잘 쓰고 살았다고 자부합니다."

인수 씨는 또 해외에서 틈틈이 찍은 사진들을 보여줬다. 우연히 발견한 이름 모를 곤충, 여행 때 머무른 마을 어귀에 세워져 있던 긴 트럭, 즐겨 가던 가게나 특이한 모양의 건축물, 언젠가 먹었던 음식 그리고 낯선 외국에서 만나 친해진 사람들. 그 사진들을 보면서 한 번도 가보지 못한 외국 어딘가의 풍경이 선명하게 그려졌다. 그의 삶은 누구보다 풍요로웠으리라는 확신이 들었다.

일에 미쳐 현재, 오늘을 누리지 못한 채 내일 해야 할 일을 하느라 허덕거리며 살았던 나의 지난날을 돌아보았다. 휴가도 제대로 가지 못하고 일만 하다 워커홀릭이라 불리며 살아온 나날. 그 때문에 모르고 흘려보낸 계절이 바뀌는 풍경, 집 앞마당 나무에 붙어 사는 곤충 생김새, 동네와 회사 주변 거리와 골목, 자주 가는 음식점의 지붕 모양, 대화거리가 사라져 소원해진 학창 시절 친구들⋯⋯. 하루하루 살아가고는 있지만 바쁘다는 핑계로 습관처럼 무시해온 그 많은 풍요

　　　　　　　　　　　　　　　치유의 밥상

로운 일상을 돌아보라는 강렬한 메시지가 파고들었다.

"염 교수님, 왜 저는 죽어가는 아픈 사람들의 이야기를 들으면서 제가 살아 있음을 소중하게 느끼게 되는 걸까요? 왜 그런 교만을 떨고 있을까요? 죽어가는 사람들 앞에서 제가 살아 있다는 게 값지다는 교훈을 깨닫다니, 그 사람들에게 차마 말할 수 없는 잔인한 깨달음 아닐까요?"

"왜 그렇게 생각하시죠? 누구에게 강요받지도 않고 스스로 느낀 걸 왜 부끄러워하세요? 호스피스 병동에 있는 분들은 무엇을 전해주려고 하지 않아요. '죽음까지 인생'이라는 것을 깨닫게 되는 이곳에서, 덜 고통 받고 싶다 소리치면서도 말이죠. 자기가 살아온 삶을 나누고 싶어 입이 근질근질한 분들이 얼마나 많은지 아세요? 내 삶 참 근사하지, 라고 자랑하는 데 조금도 망설이지 않는 분들이에요. 절망의 끝자락에 서보지 않으면 모르는 것들이 얼마나 많은데요. 이곳에 있는 분들은 모두 엄청난 인생 선배예요. 그저 감사히 여기세요. 우리가 만난 것, 그들의 삶 이야기를 들을 수 있다는 것, 자기 삶을 소중히 여기는 반추의 시간을 가질 수 있다는 것을요. 우리는 그저 감사해야 할 뿐이죠."

오랜만에 많은 이야기를 쏟아내 숨이 찬지 인수 씨가 숨을 깊이 들이마시고 내뱉자 염 교수님의 관심은 곧 그에게로 향했다.

"인수 씨, 숨이 차세요? 폐에 암 덩어리가 있어서 숨이 자주 찰 겁니다. 그때마다 산소 치료를 받으세요. 한결 편안해질 겁니다."

"오늘은 기분이 좋아서 그런지 견딜 만합니다."

"저도 오늘 인수 씨 이야기 들으면서 참 즐거웠습니다."

병원을 나서면서 인수 씨에게 선물받은 사진 한 장을 꺼내 보았다. 호주에서 방을 함께 썼던 친구들과 바비큐 파티를 한 사진이었다.

인수 씨는 첫 월급을 받아 호주 어느 정원에서 아내와 함께 먹었던 바비큐 맛을 잊지 못한다고 했다. 뒤로는 한국에서는 누릴 수 없는 사막 풍경이 펼쳐져 있었고, 그날의 분위기와 어우러져 바비큐 맛은 무엇에도 비할 수 없이 환상적이었다. 부풀어 오른 암 덩이 때문에 언제 다시 맛볼 수 있을지 모르지만, 그 기억만으로도 행복하다면서 바비큐를 해 먹어보라고 거듭 추천했다.

인수 씨 말에 문득 예전 회사 동료들에게 전화를 걸었다. 일 년 전인가 옥상에서 바비큐 파티를 하자고 했던 기억이 떠올랐던 것이다. 더 이상 미룰 수 없었다.

느닷없는 전화에 의아해하면서도 무료한 저녁 시간에 생긴 이벤트가 은근히 반가운 눈치였다. 사람들을 마트로 무작정 불러 모아 휴대용 그릴에 숯, 석쇠, 장작 그리고 고기와 채소를 잔뜩 사 들고 동료 오피스텔로 향했다.

 치유의 밥상

당연히 옥상 위로 올라가는 과정은 쉽지 않았다. 수위 아저씨에게 허락을 받고, 또 건물주에게 연락해 옥상에서 바비큐를 해도 되는지 허락받아야 했다. 그렇게 사십 분이 지나서야 옥상 문을 열고 손에 든 짐을 내려놓을 수 있었다.

해는 저물고 있었고, 허기진 우리는 랜턴을 켜고 숯을 피우고 장작에 불을 붙여 고기를 구우며 요란스럽게 떠들어댔다. 그리고 빠뜨릴 수 없는 얘기, 오늘 이 자리를 만들어준 인수 씨의 인생 이야기를 들려주자 여기저기서 부러움의 탄성이 터져 나왔다.

뜨겁게 일한 뒤 사막을 배경 삼아, 사랑하는 아내와 함께 맛본 인수 씨 인생 최고의 맛을 알 듯했다. 그날 우리는 노릇노릇 잘 구워진 삼겹살을 너도나도 입에 넣고서, 인수 씨와 버금가는 멋진 인생 계획을 세우느라 새벽 늦게까지 잠들지 못했다.

"송 피디님, 산수화 좋아하십니까?"

염 교수님이 지금껏 돌봐온 환자 중 기억에 남는 분들의 이야기를 하다가 갑자기 질문을 던졌다.

"좋아합니다. 하지만 그림엔 문외한이라……."

"한국의 산과 강을 담은 전통 수묵담채화를 그리며 수십 년을 살아오신 소남 서동관 화백에 대해 이야기해드리려고 합니다. 몇 년 전 5월인가, 부인과 함께 한 육십 대 남자분이 내원하셨어요. 왜소한 체격 탓인지 첫인상은 한없이 약해 보였는데 왠지 모르게 눈빛이 살아 있었던 걸로 기억합니다. 잘은 몰라도 예사롭지 않은 분이라는 느낌을 받았죠. 저는 사실 고유문화라든지 역사관 같은 건 잘 몰랐는데요, 그런 저에게 선생님은 역사의식을 일깨워주셨습니다.”

서동관 화백은 조선시대 마지막 어진화가_{임금의 초상을 그리는 화가}였던 이당 김은호1892~1979 화백의 제자인 규당 한유동1913~2002 선생을 사사한 분으로, 관전산수의 대가로 불렸다. 우리 자연을 전통 산수화풍으로 그리면서도 자신만의 특유한 현대적 필법을 구사하는 그는 국내보다 해외에서 훨씬 더 많이 알려진 화가다.

소남 선생은 일본과 독일을 비롯한 유럽에서 주로 명성을 쌓아왔고, 1991년 이후에는 국내에서 개인전을 열 틈도 없이 계속 해외에서 바쁘게 지냈다. 그런 그가 갑작스레 암을 발견해 치료하기 위해 고국으로 돌아왔고 일주일에 두 번씩 염 교수님 병원에 내원해 비타민 주사와 영양제를 맞고 갔다고 했다.

“선생님은 집안이 너무 엄해서 서울로 도망쳐 와서 심심풀이로 그림을 그리기 시작했는데 그림만 그렸다 하면 너무 잘 팔렸다고 합니다. 전국 방방곡곡을 돌며 현장에서 그림을 그려 바로 전시하기도 했구요. 1980년대 말에는 독일에서 통일 기념 순회전을 열었는데, 그때 당시 교황 요한 바오로 2세가 소남 선생님 그림을 보고 홀딱 반해서 다짜고짜 후원자를 자처하기도 했대요.

선생님의 명성은 일본에서도 정말 놀라울 정도여서 국회의원, 기업 총수 등 누구랄 것 없이 다양한 사람들이 후원을 해주었다고 하더군요. 웬만한 일본 작가보다 인기가 더 좋았다구요. 선생님 인생의 황금기였겠죠?

이야기를 들으면서 기억에 남았던 것은 자신의 화려한 예술가 인생사에 묵묵히 함께해준 부인에 대한 고마움과 연민이었습니다. 또 하나는 그동안 제자를 키우지 못한 것에 대한 아쉬움이었죠. 후배를 양성해야 하니 조금이라도 더 버틸 수 있게 도와달라고 하셨어요.

한국에서는 찬밥 신세인 전통화가 오히려 외국에서 인정받고 있다고 하셨죠. 모두들 추상이다, 현대다 하면서 유행만 좇다 보니 막상 우리 전통의 뿌리는 사라지고 있는데, 참 안타까운 일이 아닐 수 없다 하시면서요."

앙상하게 뼈가 드러난 작은 어깨가 당장이라도 으스러질 것처럼 보였지만, 못다 한 일들을 떠나기 전까지 해내야 한다는 의지로 가능한 한 조금이라도 더 생명을 연장하기 위해 최선을 다하는 모습이 감동이었다고 했다.

"대개 화가들이 제자를 키운다고 하면 사실상 은퇴를 말하는 거라고 하더군요. 소남 선생님도 암을 발견하기 전까지는 은퇴할 생각을 한 번도 하지 않았고, 그렇기 때문에 제자를 키울 생각은 더더구나 못했다고 합니다. 하지만 후회만 하며 시간을 보낼 순 없었던 거죠. 치료를 받으면서도 주말마다 배우러 오는 사람들을 가르치셨어요. 저에게도 그림에 재능이 있을 수 있다면서 꼭 들러달라고 하셨죠."

마지막까지 해야 할 일이 있는 자의 발걸음은 실로 아름답고 장엄하다. 직접 뵙지는 못했지만 한 예술 대가의 발자취를 듣고 있자니 숙연해졌다.

염 교수님은 긴 이야기를 끝내고는 출근하면서 사 왔다며 인절미를 건넸다. 소남 선생이 생전에 정말 좋아했던 음식이라면서 나와 함께 먹으려고 시장에 들러 사 왔다고 했다.

"인절미에 우리 한국인의 얼과 한이 서려 있다는 거 아세요? 저도 소남 선생님을 통해 인절미의 역사적 내막을 알게 됐는데, 마치 당시 현장에 있었던 것처럼 생생하게 이야기를 들려주셨죠.

조선 인조 때 이괄이라는 자가 난을 일으켜 수도 한양을 점령했는데 당시 인조는 한양을 피해서 공주의 공산성으로 피난을 갔대요. 그때 임금님이 공주로 피난 왔다는 소식을 들은 임씨 성을 가진 백성 하나가 조그만 음식 보따리를 가지고 임금님을 찾아갔습니다. 인조는 백성의 정성을 봐서 대수롭지 않게 음식을 입에 넣었는데, 어찌나 쫄깃쫄깃하고 맛있던지 생전 처음 먹어본 맛에 놀라며 신하들에게 이름을 물어보았답니다.

한데 음식을 전한 병사가 '그 떡의 이름은 모르옵고 다만 임씨 성을 가진 백성이 만들어 온 떡인 줄 아뢰오' 하고 대답을 했죠. 그 말을 들은 인조는 고개를 끄덕이며 '허허, 임 서방이 절미한 떡이라, 그렇다면 임절미라 하면 되겠구나'라고 말했다고 합니다. 그날부터 그 떡의 이름은 '임절미'가 되었는데 세월이 흐르면서 '임'이 '인'으로 변해 인절미로 불리게 되었대요. 어떠세요? 재미있지 않나요?"

"하하하. 이곳에 와서 눈물을 배우고 삶을 배웠는데, 이제는 인절미와 관련된 재미난 옛이야기도 듣고 한국 전통을 지켜야 한다는 사명감까지 가지게 되네요."

인절미를 한입 베어 물자 콩가루의 고소한 향이 입안 가득 퍼졌다. 쫄깃한 식감과 함께 한 화가의 인생이 머릿속에 펼쳐지며 전통 미술에 대한 호기심이 일었다.

/ 엄마표 김밥 /

어느 날, 염 교수님이 환자들에게 작은 선물을 주고 싶다며 소풍을 가자고 제안했다.

"소풍이 얼마나 파급 효과가 큰지 안 가본 사람은 모를 겁니다. 때론 '사서 고생이다' '괜히 일 생기면 어쩌느냐' 등 걱정 어린 잔소리와 핀잔을 들어야 하지만, 그런 말들을 뒤로하고 환자들과 함께 가는 소풍을 감행하곤 합니다. 안타깝게도 소풍의 멤버는 항상 바뀌어서 가슴 아프지만, 다음을 기약할 수 없는 사람들이기에 그날을 최대한 만끽하고 돌아오려고 합니다.”

그 소풍에서 스물일곱의 한 청년을 만났다. 진성 씨는 건장한 체구에 늘 표정이 밝았고 생김새도 준수했다.

“제 빡빡머리, 요즘 유행하는 스타일 같지 않나요?”

“유행을 따르신 건가요?”

사실, 진성 씨 머리카락은 독한 치료제와 방사선을 견디지 못하고 빠져버린 것이었다.

진성 씨 병명은 ‘슈바노마’라고 했다. 신경을 재생하는 세포인 슈반 세포에 생기는 암을 슈바노마라고 하는데, 희귀한 암종에 속해 딱히 치료 방법이 없으며, 따라서 치사율도 매우 높다. 암세포가 척추 속에서 세력을 확장할수록 신경은 점점 그의 의지와는 상관없이 아무런 반응을 보이지 못하기 때문에 수일 내에 걸을 수 없게 될지도 몰랐다.

진성 씨는 지금껏 항암치료와 방사선치료를 해왔으나 별다른 효과를 볼 수 없었다. 빠르게 자라나는 암세포는 이제 그의 몸이 감당하기 힘든 지경이 되어 할 수 없이 마지막 선택으로 호스피스 병동에 오게 되었다고 했다.

염 교수님은 처음에 진성 씨를 봤을 때 남의 환자복을 재미 삼아 잠깐 입어본, 평범하고 건강한 청년 같았다고 했다. 누가 보더라도 그

                                                치유의 밥상

의 얼굴과 몸은 남은 삶이 삼 주밖에 안 된다는 생각을 할 수 없는 모습이었다.

진성 씨는 가정 형편이 그리 좋지 못했다. 구멍가게를 운영하며 어렵게 생활을 이어가던 부모님은 젊지 않은 나이에 두 아들을 얻었으나 애석하게도 큰아들이 정신지체장애인이었다. 힘든 가정 형편 탓에 둘째 아들인 진성 씨는 대학을 포기해야만 했고, 몸이 불편한 형을 대신해 장남 역할을 하며 일찌감치 삶의 현장에 뛰어들었다.

구멍가게 수입으론 전혀 생활이 안 되었기에 실질적인 생활비는 그가 모두 충당해야 했다. 버거운 책임감을 등에 짊어진 채로 어떤 일이든 가리지 않고 닥치는 대로 하며 가족을 위해 하루하루 살아갔다. 그러던 어느 날, 평소 조금씩 아프던 다리가 유난히 더 힘이 빠지는 것 같아 병원에 갔다가 엄청난 소식을 듣게 되었다. 단순히 피로 때문일 거라 생각했을 뿐 그런 중병에 걸렸으리라고는 상상도 하지 못했다.

수많은 종류의 검사가 이어졌고, 병원에 있는 시간이 길어지면서 점차 마음이 불안해졌다. 드디어 검사 결과가 나오던 날, 그의 청춘은 날개를 펴기도 전에 접어야 했다.

진성 씨는 죽어라 고생만 하시는 부모님을 두고 이대로 갈 수는 없다는 생각에 항암치료를 하기로 했다. 그의 부모님도 하루도 빠지지 않고 곁을 지키며 응원했지만 치료는 결코 쉽지 않았다. 결국 통증을 견딜 수 없어 호스피스로 온 진성 씨는 수시로 진통제를 맞아야 했고 사나흘 뒤에야 통증이 조금 조절되었다. 그제야 그의 얼굴도, 부모님의 얼굴도 희미하게나마 밝아졌다. 하지만 이별의 시간은 다가오고 있었다.

염 교수님은 그런 진성 씨 가족에게 작은 선물을 해주고 싶었던 것이다. 진성 씨는 함께 소풍을 가자는 교수님의 제안을 무척이나 반가워했고, 다른 환자들도 소풍이란 말에 좀처럼 들뜬 기분을 가라앉히지 못했다.

꽃이 한창 만개하여 총천연색으로 세상을 장식하던 5월 어느 날, 환자와 가족들, 의사, 간호사, 사회사업가, 자원봉사자 등 서른 명 정도가 함께 나들이에 나섰다. 만일에 대비하여 앰뷸런스도 한 대 준비하고, 조심스러운 소풍은 그렇게 시작되었다.

소풍의 백미는 점심시간, 옹기종기 둘러앉아 각자의 도시락을 열었다. 어느새 모두들 초등학생으로 돌아가 눈을 반짝이며 남의 도시락을 힐긋거렸다. 자신의 먹음직스러운 도시락을 뿌듯해하면서도 다른 사람들 도시락을 살펴보느라 눈이 바쁘게 돌아가는 모습이 정겹기까지 했다.

"우리 소풍에선 큰 단무지가 들어간 분식집 김밥은 찾아볼 수 없

     치유의 밥상

습니다. 말할 수 없는 정성과 노력, 사랑을 담뿍 담아 만든 개성 만점 도시락들이죠.”

염 교수님 말대로 각자 싸 온 도시락을 살펴보니 그 모양이 실로 다양했다. 어느 환자의 김밥은 애기가 먹는 김밥처럼 엄지손가락 굵기 정도로 작고, 어느 환자는 멸치, 소고기, 당근, 호박 등으로 색을 달리한 작고 동글동글한 경단 모양의 주먹밥을 만들어 왔고, 또 다른 환자는 김밥 재료를 모두 다져 밥에 비빈 뒤 김에 돌돌 말아 김밥처럼 썰어 왔다.

“사실 이분들이 김밥 한 줄을 다 먹기란 쉬운 일이 아니거든요. 김밥은 꼭꼭 눌러 편 밥 안에 각종 채소와 계란 등이 들어가 완벽한 음식이긴 하지만 소화력이 좋지 않은 환자는 체하기 십상입니다. 하지만 오늘은 각자에게 맞는 김밥을 싸 왔으니 맛있게 먹기만 하면 되겠네요.”

김밥은 고슬고슬한 밥으로 만들어야 썰었을 때 모양도 살고 씹는 맛도 좋지만, 환자들의 김밥은 그럴 수가 없었다. 김밥 모양은 제각각이었지만 밥만큼은 모두 조금 질었다. 제 식구가 아무 탈 없이 맛있게 먹기를 간절히 바라는 공통된 마음이 느껴져 흐뭇하면서도 가슴 한구석이 뭉클했다.

진성 씨 어머니도 아들을 위해 세상에서 제일 맛있는 ‘엄마표 김밥'을 정성스럽게 준비해 왔다. 정말 먹음직스럽게 생긴 김밥이었다. 더 맛있고, 더 몸에 좋은 재료를 넣으려 고심하고 노력한 흔적이 고스란히 담겨 있었다.

"교수님, 저희 엄마표 김밥 좀 보세요. 김에다 밥과 깻잎을 얹고 소고기, 당근, 시금치, 계란, 우엉에 맛있게 버무려진 김치까지 들어 있어요. 어떻게 하면 우리 아들이 맛있게 먹을까 고민하면서 만드신 어머니의 사랑이 그대로 담겨 있는 거 보이시죠?"

으스대듯 엄마표 김밥을 자랑하던 진성 씨가 염 교수님 입에 김밥을 하나 넣어주었다. 김밥을 씹던 교수님은 엄지손가락을 세워 보였다. 그 모습에 진성 씨는 어머니가 정말 자랑스러운 듯 환하게 웃으며 바라보았다. 어머니는 천천히 먹으라며 그의 머리를 쓰다듬고는 아들이 먹는 모습을 한참이나 보고 또 보았다.

환자들은 누구랄 것도 없이 먹는 데 적극적이었다. 즐겁게 도시락을 먹는 환자들을 혹시 체하지는 않을까 걱정스러운 눈으로 바라보는 보호자들의 모습은 여느 소풍에서 볼 수 없는 간절하고 애틋한 광경이었다. 모두가 참 행복해했고 간혹 눈물을 보이는 어르신도 있었다.

식사를 여유롭게 마친 후 한 시간 정도 오락 시간을 가졌다. 주로 자원봉사자와 의료진들이 노래를 부르고 준비해 온 율동을 보여주었

　　　　　　　　　　　　　　　　　　　치유의 밥상

다. 그런데 진성 씨가 자청해 노래를 부르겠다고 손을 들었다.

"엄마가 섬 그늘에 굴 따러 가면, 아기는 혼자 남아 집을 보다가, 바다가 들려주는 자장노래에 팔 베고 스르르르 잠이 듭니다……."

지그시 눈을 감은 그가 나지막한 목소리로 〈섬집 아기〉를 불렀다. 슬프고도 아름다운 그의 노래가 끝나자 여기저기서 힘찬 박수가 터져 나왔다.

"제가 어릴 때는 원망도 많이 했거든요. 왜 나를 낳았느냐고, 왜 우리는 가난하냐고 가슴 아픈 말도 많이 했는데, 그땐 제가 너무 철이 없어 그랬던 것 같아요. 절 낳아주시고 세상 구경하게 해주신 것만으로도 감사한 일인 줄 모르고 말입니다."

아픔의 한가운데서 죽음을 바라보며 아들은 어느새 성숙해져 있었다.

얼마 있지 않아 진성 씨는 암세포가 퍼져 하반신이 마비되었다. 일주일의 시간을 남겨두고 있었지만 달라진 것은 아무것도 없었다. 오직 몸만 달라졌을 뿐 그의 밝은 미소도, 부모님의 애틋한 웃음도 여전했다.

"엄마, 지난번 소풍 때 엄마가 싸줬던 김밥 또 먹고 싶다……. 이젠 못 먹겠지?"

"못 먹긴, 또 싸줄게. 걱정 마."

"정말? 고마워요, 엄마. 고마워……."

이룰 수 없는 소망이자 지키지 못할 약속임을 알기에 그들의 대화는 애잔했고 계속해서 서로가 서로에게 고마워했다. 진성 씨는 어머니, 아버지 자식으로 태어난 것에 감사하다고 말하며, 눈을 감는 순간까지 어머니와 아버지를 끌어안은 팔을 풀지 않았다.

소풍 가던 날, 햇살은 따사로웠고 바람은 무척이나 부드럽게 살랑거렸다. 진성 씨의 엄마표 김밥을 비롯해 어디서도 맛볼 수 없는 도시락들을 맛보았던 그날은 모든 것이 평화롭고 완벽한 소풍날이었다.

 치유의 밥상

우아한 신정 씨의 마지막 청소

"이렇게 무리하시면 안 돼요, 백신정 씨! 제발, 이러지 마세요!"

화들짝 놀란 간호사 목소리에 이끌려 화장실 안으로 들어갔다. 화장실 바닥과 변기를 닦고 있던 신정 씨를 간호사가 간신히 말려 손을 꼭 잡고 침내로 데려갔다.

신정 씨가 청소한 화장실의 작은 정사각형 타일 바닥은 다른 쪽에 비해 확연히 윤이 나고 반짝였다.

"가만히 있으면 더 아픈 것 같아. 평생 몸 움직이면서 닦고 쓸고 했는데……. 나보고 가만히 누워만 있으라 그러면 오늘 당장 죽으라고 하는 것 같단 말이야."

"적당한 운동은 좋아요. 몸에 무리 가지 않게 움직이는 정도면요. 운동은 면역력을 올려줄 뿐만 아니라 엔도르핀도 분비해 여러모로 환자들에게 도움이 됩니다."

일흔다섯의 신정 씨는 사 년 전에 자궁경부암 진단을 받고 수술과 항암제 치료, 방사선치료까지 받았으나 암이 계속 진행되었다. 더구나 지금은 방광에마저 암이 전이되어 극심한 통증에다 출혈까지 생겼다. 결국 최후 수단으로 마약성 진통제와 더불어 수혈을 받고 있었다. 이러한 참담한 상황에서도 신정 씨는 몸을 조금이라도 움직일 수 있으면 침대 주변을 깨끗이 정리하고 화장실을 청소하고 청소 봉사를 하는 자원봉사자들을 돕기도 했다.

"내 평생, 남이 더럽힌 곳을 깨끗하게 치우며 살았어. 내 집 구석은 딱 누워 잘 공간밖에 없이 초라했지만, 돈 받고 하는 청소는 얼마나 깔끔하게 했는지 몰라. 고시원, 빌딩, 우리 집보다 넓은 회장님 화장실도 닦았지. 다들 무시하던 청소업을 요즘 젊은이들은 사업으로 한다대?"

"그렇게 열심히 일하셔서 돈 많이 버셨어요?"

"돈? 깨진 장독대에 물 붓기였지. 화투 친다고 남편 놈이 훔쳐가,

　　　　　　　　　　　　　　　　　　　　　　　　　　치유의 밥상

아들놈은 카드가 빚인 줄 모르고 쓰고 다녀, 동생 년은 살기 어렵다
고 제 돈처럼 집어 가. 나만 보면 돈 달라고 손 벌리는 년놈들한테 거
있잖아, 어미가 새끼 새들한테 먹이 물어다 먹이는 거, 딱 그 모양으
로 갖다 바쳤지.”

“그래서 다들 잘 사세요?”

“일 안 하고 남이 번 돈 가져다 쓰는 사람이 잘 사는 거 봤어? 자
기가 번 돈 아니면 아까운 줄 모르고 쉽게 쓰지. 영감 일찌감치 가고
내가 아파서 누워 있는데도 다들 자기 산다고 바빠. 잊을 만하면 한
번 얼굴 비치고.”

평생 한없이 퍼주기만 한 인생에 허기를 느끼지 않았을까? 그녀에
게 삶이란 고행의 연속 아니었을까? 빈손으로 왔다가 빈손으로 가는
게 인생이라고 하지만, 평생 수고로이 일만 하며 살아오다 중병에 걸
린 신정 씨 몸은 지방이 다 빠져나가 앙상했다.

어떤 말을 건네야 할까 고민하고 있는데 그녀가 이런 말을 했다.

“교수님, 청소 인생 살면서 얻은 게 뭔 줄 아세요? 술입니다. 가끔
맨 정신으로 못할 때가 있거든. 더러워서 비위 상하는 게 아니라, 이
렇게 살 수밖에 없는 현실에 비위가 상해서 구역질 날 때가 있다고.
그럴 때 술을 홀짝홀짝 마시면서 청소를 해요. 그러면 노래까지 흥얼
거리면서 청소를 무사히 잘 끝낼 수 있지. 그렇게 마신 술 때문에 병

이 났겠지요?"

"그럼, 얻은 게 아니라 잃은 거라고 해야겠네요. 항암치료할 때도 가끔씩 몰래 술 드시고 그러셨죠? 이제 그러시면 안 돼요. 꼭 드시고 싶으면 저한테 말씀하세요. 술보다 더 재미난 이야기 해드릴 테니까요. 그리고 청소한다고 너무 무리하시면 안 돼요. 아셨죠?"

교수님이 병실을 나가자 신정 씨가 속삭이듯 말했다.

"청소해서 는 게 또 있어요, 피디님."

"뭔데요?"

"나를 예쁘게 꾸미는 재주가 늘었어. 다른 사람에게 보여주기 위해서가 아니라 날 위해서. 내 모습이 내가 봐도 예뻐야 계속 일하러 갈 맛이 나거든. 그래서 곱게 화장을 하고 비싼 옷은 아니어도 제일 깨끗하고 예쁜 옷을 입어. 좁고 구질구질한 집을 나와서 빌딩 화장실로 들어서기 직전까지 최대한 아름답게 입고 걸어가는 거야. 이렇게, 이렇게."

갑자기 우아한 걸음걸이를 흉내 내며 걷는 신정 씨 덕분에 웃음이 터지며 무거웠던 마음이 조금 가벼워졌다. 그 순간만큼은 누구보다 건강하고 도도한 여인의 모습이었다.

자기 삶의 수준은 스스로 결정한다고 했던가. 내가 나를 포기하지 않는 한, 어느 누구도 내 삶을 함부로 평가할 수 없다. 신정 씨는 지

　　　　　　　　　　　　　　　　　　　치유의 밥상

푸라기 하나 잡을 것 없는 외롭고 가난한 삶 속에서 자존감과 자신감을 잃지 않고 자기만의 방법으로 살아왔는지도 모른다.

"정말 예쁘셨을 거 같아요."

"그렇지? 그리고 나 정말 청소 잘해. 내가 청소해주지 않으면 못 미덥다는 빌딩 주인도 있었다니까?"

"조금 전 화장실에서 확인했어요. 정말 반짝반짝 윤이 나던데요?"

"그 빌딩 주인은 참 특별했어. 나보다 열 살이나 어린 사모님이었거든? 보통은 돈 주고 청소시키고 나면 청소 잘했나, 쓰레기 잘 치웠나, 돈값 했나만 따지잖아? 근데 그 사모님은 달랐어. 언제는 따끔하게 야단을 치는 거야."

"야단을 쳐요?"

"허구한 날 바닥만 쳐다보고 사는 인생이다 싶어서 한숨을 폭 쉬고 있는데 그 사모님이 그러는 거야. '청소가 남 뒤치다꺼리만 하는 거 같죠? 아줌마가 청소하고 서 있는 곳 좀 둘러보세요!' 무슨 말인가 싶어서 멍하니 쳐다보고 있는데 이러더라고. '청소한 바닥도 누군가 들어오면 금방 더러워지잖이요. 한데 청소하고 서 계신 곳은 항상 어떤 곳보다 깨끗하다는 거 아세요?' 그러고 나서 내 주변을 둘러보니 정말 깨끗하더라고. 청소를 마치고 서 있는 내 자리가 젤 깨끗한 거 있지."

사모님의 말은 한탄만 하던 신정 씨에게 생각의 틀을 바꿔준 혁명과도 같았다. 한 사람의 인생을 송두리째 바꾸는 그런 혁명 말이다. 그 말을 들은 뒤로 그녀는 매 순간 즐겁게 청소할 수 있었다고 한다. 자신이 눕는 곳은 물론, 아무리 누추하고 더러운 곳이라고 해도. 죽기 직전에 찾아온 호스피스였지만 자신이 있는 곳을 세상 어느 곳보다 깨끗하게 닦고 쓸면서 빛나게 만들었다.

그 빛나는 순간에, 신정 씨는 '내 삶은 초라하지 않아. 남보다 더 나은 삶일지도 몰라'라는 생각을 했을 것이다.

"사모님은 내가 청소를 깨끗이 하고 나면 와서 쓱 한번 둘러보고는 꼭 칭찬을 했어. '어쩜 이렇게 청소를 잘하세요' '정말 먼지 하나 없네요' 돈 받고 하는 일인데도 그런 말을 들으면 어찌나 기분이 좋아지던지. 내가 하는 일이 근사하게 느껴지고 내가 대견하기까지 하더라니까. 그럼 다음 날 더 깨끗하게, 더 정성스레 청소를 하지. 그런 걸 또 귀신같이 알아채. 그럴 땐 칭찬만 하는 게 아니라 간식을 덤으로 얹어줘. 감자를 삶아주기도 하고, 고구마를 주기도 하고. 그중에 제일 맛있게 먹었던 게 뭔 줄 알아?"

"뭐였는데요?"

"콩국."

"콩국이요? 정말 오랜만에 들어보네요. 저도 되게 좋아하는데."

                                              치유의 밥상

"여름이었을 거야, 청소 끝내고 집에 가는데 플라스틱 병에 콩국을 잔뜩 담아 주더라구. 너무 맛있어서 집에 가는 길에 다 먹어버렸지. 진한 콩국물에 안 씹어도 술술 넘어가는 우뭇가사리 맛이 어찌나 기가 막히던지. 그 후에도 내가 콩국 좋아하는 걸 알고는 미국으로 이민 갈 때까지 몇 번이나 더 만들어줬어. 아, 그 콩국 한 사발을 쭉 들이켜면 소원이 없겠네."

콩국 이야기를 하며 입맛을 다시는 신정 씨를 보며 나도 모르게 군침이 넘어갔다. 당연한 노동에 칭찬이란 보너스를 받고 덤으로 콩국까지 대접받다니.

초라한 듯했던 신정 씨의 인생 이야기는 끝끝내 지키고 싶었던 자존심을 지나 누군가의 따뜻한 배려로 끝을 맺었다. 고생스럽던 삶에 덤으로 주어진 칭찬이 위로가 되었기에, 지금 이 순간에도 그 맛이 그리워지는 게 아닐까.

그래, 지옥 같은 삶에 절망하면서도 혀끝에 떨어지는 물 한 방울에 행복할 수 있는, 나약하고도 단순한 인간의 본성을 안다면, 우리는 만나는 모든 이에게 관대하고 칭찬을 아끼지 않아야 한다.

죽음을 기다리며 하루하루를 보내는 이 호스피스 안에서도, 신정 씨가 걸레질하며 지나치는 곳곳은 아직 살아 있다는 증거를 보여주는 것이자 누군가에게 덤으로 건네는 상쾌한 선물일 것이다.

병원 복도 입구에 놓인 네모난 수족관 너머로 한 남자가 벽을 향해
삿대질을 하고 있었다. 이내 허리에 양손을 갖다 대고 왔다 갔다 하
다가 다시 검지를 바짝 세우고 허공을 찌르며 삿대질하는 남자의 몸
짓은, 수족관 안에서 활발하게 헤엄치는 물고기들의 움직임과 어우
러져 묘하게 조화를 이루었다.

벽을 마주 보고 선 그는 상대를 알 수 없는 분노를 내뱉고 있었고,
쏟아내는 말 중 가장 많이 하는 말은 "뭘 했어?"라는 것이었다. 뭘 했

느냐고 따져 묻는 대상이 병을 고치지 못한 의사나 병을 주고 방관한 신이 아니라, 자기 자신이란 것을 염 교수님께 듣고 알게 되었다.

권도영 씨는 직업도 없이 오십삼 년을 살아온 이른바 백수 인생이었다. 대학 졸업 후 더 나은 인생을 준비한다는 핑계로 집과 도서관을 오갔다. 특별히 만나는 사람 없이도 심심하지 않았다. 텔레비전이나 컴퓨터를 들여다보면서 시간을 보내고 고급한 식당이 아니어도 라면이나 분식, 집밥만으로 충분히 만족했던 그는 눈 깜짝할 사이에 마흔 살이 되었고 어느새 쉰을 훌쩍 넘었다.

"내 이름으로 된 집도 없고 결혼을 한 것도 아니고, 딱히 잘하는 것도 없이 그럭저럭 살았죠. 이삼십 대에는 몰랐어요, 젊었으니까. 여행도 다니고 쉬엄쉬엄 살면서 난 좀 다르게 산다고 생각했지. 정신없이 바쁘게 사는 사람들 욕하면서 조금 앞서 가는 사람쯤은 맘만 먹으면 따라잡을 수 있다고 자신했던 것 같아.

뭘 좀 시작해보려고 정신을 차린 게 삼십 대 후반이었지. 막상 하려고 보니 취직할 데도 없고 자격증 따기도 어렵고, 부모님은 늙고 장사할 만한 돈도 없고……. 참, 인생 만만하게 봤지. 기분대로 살다가 나이만 들고, 내 인생의 가장 특별한 순간이 대장암 말기 진단을 받은 거라니 얼마나 기가 막히던지. 도대체 내가 지금껏 뭘 했는지 모르겠어.

내가 가장 슬픈 게 뭔 줄 알아요? 죽는 거? 아니야. 아픈 거? 아니라구. 나란 존재가 세상에 왔다가 그냥 사라지는 게 너무 슬퍼. 물론 사람은 다 죽지. 그렇지만 내가 죽는 순간에 날 위해 울어줄 사람이 부모 말고 아무도 없다는 게 얼마나 허망한지 압니까? 난 왜 이딴 식으로 살아왔지? 뭘 했는데 도대체? 휘황찬란하고 화려한 남의 인생이 그저 그림의 떡 같아요.”

“찾아보면 있지 않을까요? 살아온 시간 속에 분명 아저씨를 기억하고 아저씨의 지금 처지를 알고 슬퍼할 사람들이 있을 거예요.”

“아뇨, 그 누구에게도 특별한 사람이 되려고 노력해본 적이 없어요. 무엇을 위해 열심히 애쓴 적도 없고. 그러니 답답할 노릇이지.”

그래서 벽을 향해 삿대질을 할 수밖에 없었을까? 죽음을 앞두고 자신이 살아온 삶이 무가치하다는 절망감이 도영 씨의 건강을 더욱 악화시켰다. 남들만큼 이루지도, 가지지도 못한 수만 가지 것들에 대한 뒤늦은 열망이 한이 되어 그의 마음속에 퍼져갔다.

칠순 넘은 도영 씨 부모님은 그런 아들이 위험하다고 느꼈고 염 교수님에게 상담을 요청했다. 교수님은 도영 씨를 위한 특별 심리 치료를 계획했다.

“아드님이 뭘 하고 싶어 하는지 끊임없이 물어보세요. 아무것도 할 수 없다고, 늦었다고 생각하는 선입견을 버리게 하는 것이 중요합니

치유의 밥상

다. 좋았던 기억을 하나하나 끄집어내는 것도 효과가 있습니다. 안 좋았던 기억은 물론이구요. 이렇게 해서 아드님이 삶의 의미에 관한 해답을 직접 찾을 수 있도록 해야 합니다.

원하는 일이 있다면 이곳 호스피스에서도 할 수 있다는 것을 알려주세요. 호스피스는 끝이 아니라, 통증을 완화하며 환자가 삶의 여유를 찾는 곳이고 마지막 순간까지 인생의 목표를 향해 달려갈 수 있도록 도와주는 곳입니다. 그리고 필요에 따라서는 약물치료도 병행할 수 있습니다."

도영 씨는 딱히 하고 싶은 일이 없었다. 아니, 스스로가 무엇을 하고 싶은지 모르겠다고 했다. 그동안 못 봤던 영화나 책을 보고 싶어 했지만, 영화나 책 속 세계는 현실과의 괴리감만 더 느끼게 했다. 병상에 누워 있는 도영 씨에게 한없이 초라한 현재의 모습을 뚜렷하게 자각케 했던 것이다.

그럼에도 도영 씨 부모님의 노력은 대단했다. 여행 좋아하는 아들을 위해 해외여행을 계획하기도 하고, 스테이크나 이탈리아식 피자, 참치회 등 아들이 먹고 싶다고 하면 수소문 끝에 가장 맛있다는 집에서 사 왔다.

그러나 아무리 맛있는 음식을 가져와도 한두 숟가락 뜨다 수저를 놓기 일쑤였고 어떤 때는 한 숟가락도 입에 대지 못하고 버리기도 했다. 설상가상으로 건강까지 더 나빠져 도영 씨는 자주 의식을 잃었고, 자신에 대한 원망을 쏟아내며 주변 사람들을 안타깝게 했다.

내가 방문했을 때 도영 씨 부모님이 아들을 위해 마련한 다섯 번째 음식이 준비되어 있었다. 검은 비닐봉지에 작고 초라하게 포장된 것은 단팥죽이었다. 아들이 음식을 잘 삼키지 못해서 죽을 사 왔나 보다 생각했다.

부모님은 병실 침대 옆에 부착된 식탁을 펼치고 아들을 일으켜 세웠다. 포장을 벗기자 계피 향이 퍼지면서 단팥죽의 검붉은 빛이 드러났다. 하얀 용기에 담긴 단팥죽에는 동글한 찹쌀 새알심에 작은 밤과 잣 몇 개가 고명으로 올라가 있었다.

도영 씨는 단팥죽을 보고 멍하니 있다가 부모님 이마에 송골송골 맺힌 땀방울을 보았다. 억지로 먹는 시늉이라도 하려는지 숟가락 끝에 아주 조금 죽을 떠서 입안에 넣더니 이내 입맛을 쩝쩝 다시며 꿀꺽 삼켰다. 그다음에는 조금 빠른 동작으로 한 숟가락 가득 단팥죽을 떠서 입안에 넣고 씹으면서 눈동자가 커졌다.

동작은 더 빨라졌다. 찹쌀 새알심을 숟가락으로 뜨자 마치 치즈처럼 하얀 찹쌀 가락이 늘어져 공중에서 춤을 췄다. 그것을 입안에 넣어 삼키고는 표정이 한껏 더 밝아졌다. 혀끝에서부터 모든 신경이 행복하게 곤두선 것이다.

"어디서 이렇게 맛있는 단팥죽을 사 왔어, 엄마?"

"기억 안 나니? 이거 네가 어릴 때 제일 좋아하던 단팥죽집에서 사 온 거야."

"내가 어릴 때 먹은 거라구?"

"너 어릴 때는 아버지 사업이 잘돼서 우리 잘살았잖아. 그때 맛있는 걸 얼마나 많이 먹으러 다녔니. 이 집은 일주일 세 번 넘게 갔을 거야. 지금은 오십 년 전통 단팥죽집으로 체인점까지 내고 엄청 커졌더라. 놀랍지?"

"이렇게 맛있는 걸 왜 잊고 있었지? 지금까지 먹은 것 중에 제일 맛있어요. 그러고 보니 어릴 때 좋아하던 전복죽도 생각난다."

"지금도 그 가게가 있으려나. 아빠랑 한번 찾아볼게."

이 말에, 도영 씨가 어머니를 쳐다봤다. 어깨가 굽은 칠순 노인이 되어버린 부모님의 간절한 눈빛에 그의 눈가가 젖어왔다. 아들의 한 마디에 어디든 달려갈 준비를 하는 부모님, 도영 씨는 눈물을 흘리지 않으려고 코를 부비고 다시 단팥죽을 한입 먹었다.

"엄마랑 아버지 많이 늙었네……. 이 단팥죽집 차 타고 한 시간은 넘게 가야 할 텐데. 운전 잘 못하는 아버지 차 타고 갔으면 두 시간은 걸렸겠다."

잊고 있던 어린 시절의 맛을 찾아서였을까, 아니면 삶을 비관하는 자신의 모습을 후회해서였을까. 그것도 아니면 아들 기운 나게 하려고 온갖 음식을 찾아다니며 고생한 부모님 때문이었을까. 도영 씨는 콧물을 훌쩍이며 단팥죽을 먹는 데 집중했다.

단숨에 단팥죽을 먹어치우곤 자리에 누웠고, 간호사가 몇 번 오가며 진통제를 놓아주고 염 교수님이 회진을 돌고 갈 때까지 부모님과 함께 병실에 있었다. 그날 이후 도영 씨는 혼자 일어나 병실을 서성이거나 병동 구석 벽을 향해 삿대질하는 행동을 하지 않았다.

"어머님께선 예전에 먹었던 단팥죽을 어떻게 기억해내셨어요?"

"하고 싶은 게 없으면, 먹고 싶은 거라도 있겠지 싶더라구. 근데 먹고 싶은 것도 없다는 거야. 그럼 한 번도 못 먹어본 음식이라도 많이 사줘야지 싶어서 구하러 다녔지. 이상하게 그럴수록 도영이가 회한에 가득 차선 스스로를 못살게 구는 거야. 이렇게 아들내미 눈감게 할 순 없잖아요.

근데 언젠가 염 교수님과 이야기를 하다가 아들과 함께 먹은 것들을 기억해냈어. 많더라구. 이젠 매일 그 음식들을 찾아 먹이면서 예전에 행복했던 추억들을 말해주려고……. 그런다고 갑자기 우리 아들이 자기 삶을 값지다고 생각하진 않겠지만, 우리한테는 오십 년 넘게 우리 아들로 살아준 그 자체만으로도 소중하고 귀하니까……."

때론 좋은 것을 경험하고 성공을 해본 사람이 더 나은 경험을 하고

　　　　　　　　　　　　　　　　　　　　　치유의 밥상

더욱 크게 성공하기도 한다. 좋은 곳을 여행해본 사람이 또 다른 여행을 계획하고, 맛있는 음식을 맛본 사람이 더 맛있는 집을 찾아 나선다. 그러나 그림의 떡 같은 타인의 인생을 부러워하며 그에 비하면 내 인생은 형편없다고 믿는 것은 어리석다. 누구의 인생에나 그땐 알 수 없었던, 남들의 부러움을 샀던 자기만의 맛과 멋이 있기 마련이기 때문이다.

그래서 우린 삶이 초라하게 느껴질 때 나를 설레게 했던 책이나 영화를 꺼내 보거나, 행복했던 시절의 음악을 찾아 듣거나, 친구들과 수다를 떨며 자기 인생의 절정을 찾아내야 할 의무가 있다. 도영 씨에게 그 옛날의 단팥죽을 찾아내 자신의 삶이 귀하다고 말해준 부모님의 사랑을 깨달아야 할 의무가 있는 것처럼.

그날 오후, 염 교수님과 함께 단팥죽을 먹으며 난생처음 단팥죽을 먹었던 그때 나만의 기억을 떠올려보았다.

"어허허허, 죄송합니다. 마음이 급해서 제가 미처 피하지 못했어요."

병원 복도를 걷다가 나와 부딪친 준민 씨는 비틀거리면서도 먼저 사과를 했다.

예순다섯 살인 준민 씨는 사 년 전 시신경 가까이에서 뇌종양을 발견해 수술을 받고 한쪽 시력을 거의 잃었다. 최근 뇌종양이 재발해 항암치료를 받았지만 결국 다른 쪽 시력까지 잃어가고 있었다.

"살날은 얼마 안 남았는데 눈에 보이는 게 많으면 죽는다는 게 얼마나 억울하고 싫겠습니까? 세상을 볼 수 있는 시력도 나의 목숨과 더불어 사라져간다니, 그것도 참 기막힌 우연이다 싶습니다."

"언제나 환자분들을 보면 죄송합니다. 암을 낫게 해드리지 못해서, 고통을 더 줄여드리지 못해서, 시력을 회복하게 해드리지 못해서…… 죄송합니다."

"염 교수님이 아니라 누구라도 어쩔 수 없는 거잖습니까."

"그래도 제가 항상 옆에 있다는 거 잊지 마세요. 두통이나 구토 증상은 없으시죠?"

"네."

"조금이라도 증상이 느껴지면 바로 이야기해주세요. 뇌압이 올라가는 증세라서 바로 치료를 해야 합니다."

병실로 자리를 옮긴 준민 씨는 더듬거리면서도 자신의 침대를 찾아가 앉았다. 그러고는 침대 밑에 놓아둔 큰 가방을 끄집어내 지퍼를 열고 안에서 노란 모자를 하나 꺼냈다.

"염 교수님, 이거 먼지 하나 묻지 않은 노란색 모자 맞지요?"

"네, 맞습니다."

"그럼 됐습니다."

자신의 시력이 의심스러운지 교수님에게 확인받고 나서야 그는 노란색 모자를 머리에 썼다. 호스피스 병실에 어울리지 않는 노란색 모자가 눈에 뛰었다.

"아, 오늘 꼬마 천사들 오는 날이군요?"

"네, 교수님. 이 주 지난 오늘이 바로 그날입니다. 모자가 헐렁해서 마구 돌아가는 느낌이 드는 거 보니 살이 많이 빠지긴 했나 봅니다."

"살은 빠지셨지만 모자를 쓴 모습이 열 살은 어려 보이는데요?"

"미리 진통제도 맞고 한숨 자고 병실 청소도 특별히 부탁해두고 천천히 산책까지 하고 왔습니다. 애들이 이곳까지 찾아오는 것도 힘들 텐데 아픈 기색을 보이긴 싫거든요."

얼마 있지 않아 "참새는 짹짹, 고양이는 야옹야옹, 닭은 꼬끼오" 하고 재잘대는 소리가 들리자 준민 씨는 설레는 모습으로 심호흡을 했다. 곧 병실 안으로 유치원생 꼬마 다섯 명이 들어왔다. 겁먹은 기색 없이 "안녕하세요, 붕어빵 선생님!"이라고 인사하는 사랑스러운 아이들의 모습을 보면서 우리는 활짝 미소를 지을 수밖에 없었다.

준민 씨는 쉰셋, 이른 나이에 명예퇴직을 하고 아내와 조용히 여생을 보내려 했다. 그런데 일 년 뒤 갑자기 아내가 죽고 뇌종양 수술까지 받게 되자 조용히 세상과 작별하고 싶어 대문을 걸어 잠갔다. 그런 그가 다시 세상으로 나올 수 있었던 것은 바로 옆집에 살던 한 꼬마 친구 덕분이었다.

"칩거한 지 육 년 정도 지났을까? 간신히 집 앞 사거리하고 동네

치유의 밥상

뒷산을 돌면서 살고 있었는데 옆집에 사는 초등학교 1학년 꼬마를 만났지. 맹랑한 녀석이었어. 아파트 입구로 들어가는데 앞을 탁 막아서서는 다짜고짜 묻는 거야. '할아버지는 한자 잘 알아요?' 뜬금없고 도전적인 질문에 질세라 나도 대답했지. 너 같은 꼬마보다는 훨씬 잘 안다고. 지금 생각하면 내가 어떻게 그런 말을 했을까 싶어. 아마 세상과 담 쌓고 살던 나에게 꼬마 녀석이 그렇게 말을 걸어주지 않았다면 누구와도 대화를 할 수 없었을 거야. 예의 갖추고 조심스레 다가왔다면 그냥 피하고 말았겠지."

그날 이후로 이웃집 꼬마는 모르는 한자가 있을 때마다 아파트 입구에서 준민 씨를 기다렸다.

"처음엔 그 녀석도 일부러 날 기다린 건 아니었을 거야. 부모님이 맞벌이를 해서 집에 있기 싫었는지 아파트 놀이터에서 숙제를 하곤 했는데, 그때가 마침 내가 산책을 마치고 돌아오는 시간이었던 거지. 대뜸 모르는 한자를 읽어달라고 하더니 한자를 가르쳐달라고 하잖아. 나도 모르게 그 녀석에게 한자를 가르치기 위해 산책을 일찍 마치고 돌아와서 수업 준비를 하고 있더라고. 죽으려고 했던 나에게 그 녀석이 살아야 하는 이유를 준 셈이지."

하루에 한 자씩 시작해서 몇 달 후엔 두 자, 세 자로 공부 양이 늘어났고, 한자의 유래와 사자성어까지 가르치게 되었다. 처음엔 꼬마 녀석을 위해서였지만 갈수록 준민 씨 스스로가 즐거워서 더 열심이었다. 녀석을 만날 수 없는 날이면 한자를 써서 대문에 붙여놓기까지 했다고. 사 년이 넘게 매일 한자를 고르고 쉽게 설명할 방법을 고민하고 서예를 하면서 삶의 의미를 찾아갔다.

"어느 날 키가 쑥 자란 꼬마 녀석이 대문을 열고 집 안까지 들어왔어. 여동생이 유치원에 들어갔는데 거기서 한자 선생님을 구한다면서 자기가 원장님한테 날 추천했다는 거야. 초등학생인 자기 말을 신뢰하지 않을 것 같아서 엄마까지 동원해 날 스카우트해야 한다고 주장했다는데, 거절할 수가 있어야지. 그렇게 예순이 넘어서 유치원 한자 선생님이 됐어. 일주일에 두 번 가는 자원봉사였지만, 난 그 시간이 너무너무 감사하고 기뻤지."

인간은 무엇보다 보상이 명확한 일을 할 때 행복을 느낀다. 일을 한 보람을 느끼고 대가를 받을 수 있다면 더없이 행복해진다. 시작은 미미했지만 선생의 가치를 알아본 제자가 그 능력을 다른 이에게 알리고 일자리까지 만들어주었다. 오랫동안 칩거하며 세상과 연을 끊으려 했던 준민 씨에게 꼬마 친구는 이 세상에 아직 당신이 필요한 사람들이 있다고 손을 내밀었다. 이제 더 나은 곳으로, 많은 이들을 만날 수 있는 곳으로 가라고 말이다.

첫 제자 덕에 일자리를 얻은 준민 씨는 누구보다 열심히 한자를 가르쳤다. 그 열정에 일 년 뒤에는 한 달에 삼십만 원의 월급까지 받게 되었다.

"왜 붕어빵이에요? 아이들이 조금 전에 붕어빵 선생님이라고 하던데요."

"여러분은 선생님을 왜 붕어빵 선생님이라고 부르죠?"

준민 씨가 아이들에게 질문을 던졌다. 손을 번쩍 든 아이들 중 한 명을 가리키자 이런 답이 돌아왔다.

"한자 붕어빵을 찾아야 하기 때문입니다!"

'붕어빵 선생님'은 준민 씨가 서예로 써 온 한자와 붕어빵처럼 똑닮은 한자 자석을 가장 많이 찾은 친구에게 붕어빵을 간식으로 줘서 붙은 별명이었다.

유치원 친구들 주려고 간식을 들고 온 염 교수님이 말했다.

"처음에는 호스피스 병동에 아이들을 보내는 걸 부모님들이 반대했다고 합니다. 그런데 입원 기간이 길어져 준민 씨를 계속 볼 수 없게 되자 꼬마 천사들이 붕어빵 선생님 보고 싶다고 졸라댔다고 하더군요. 아이들 부모님께 전화를 많이 받았어요. 호스피스 같은 곳에 아이들이 가도 되느냐고, 질병이 옮는 건 아니냐구요.

그래서 제가 말씀드렸어요. 이 병원은 어떤 곳보다 깨끗하고 위생적이고 쾌적하다구요. 물론 어린아이들이 사람이 죽는 모습을 보는 것은 분명 충격일 수 있습니다. 하지만 가족이나 평소에 좋아하던 사람이 아플 때 마음을 위로하고 격려해주는 건 굉장한 경험이라고 생각합니다."

준민 씨의 살날이 얼마 남지 않았음을 알게 된 부모님은 아이들이 한 달에 두 번 병동을 방문하도록 허락했다. 호스피스 병동으로 노란 유치원 복장의 천사들이 찾아오던 날, 많은 환자들이 반갑게 인사하며 한껏 행복해했다고 한다.

그날 유치원 선생님 대신 아이들을 데리고 온 사람은 옆집에 살던 준민 씨의 '첫 제자'였다. 제자가 꼬마 친구들이 내민 선물을 선생님 손에 꼭 쥐어주었다. 선물은 준민 씨 이름을 한자로 삐뚤빼뚤 쓴 스케치북과 붕어빵 그림 그리고 진짜 붕어빵이었다.

물론 준민 씨는 붕어빵을 먹을 수는 없었지만 아이들이 돌아간 뒤에도 선물받은 본인의 한자 이름과 붕어빵 그림을 어루만지며 계속 감격에 젖어 있었다. 시력이 다할 때까지 뚫어지게 쳐다보아도 아깝지 않을 선물이었다.

   치유의 밥상

희정 씨는 누워 있는 엄마보다 옆에서 그림 맞추기 게임에 빠져 있는 다운증후군 언니를 챙기느라 더 바빴다.

희정 씨 엄마는 직장암 수술을 받았으나 빠른 속도로 암이 전이되어 호스피스 병동으로 오게 되었다. 순간순간 통증을 느끼면서도 딸 눈치를 보느라 편해 보이지 않았다.

희정 씨는 시종일관 무표정하게 엄마와 언니를 돌보고 있었는데 감정을 감춘 듯 차가워 보였다. 몇 번이나 그녀와 이야기를 나누려고 했지만 "바빠요" "싫어요"라며 단호하게 거절했다.

언니가 먹고 있던 간식을 떨어뜨리고 당황해서 소리를 지르자 희정 씨는 주변 사람들에게 미안하다고 말하고 서둘러 언니를 데리고 나갔다. 그런 그녀의 모습에서 여유는 찾아볼 수 없었다.

"나 때문이에요. 희정이가 나 때문에 저래요. 웃지도 못하고 슬퍼하지도 못하고, 그저 묵묵하게 자기 할 일만 하면서 살 수밖에 없는 애가 됐어요."

어머니는 첫애가 다운증후군이란 사실을 알고 몇 번이나 유산하려 했지만 남편의 설득에 애를 낳았다. 하늘이 자신들에게 이 아이를 준 데에는 이유가 있을 거라 믿었고, 남편과 함께라면 어떻게든 감당할 수 있을 것 같았다. 그리고 세 살 터울의 건강한 희정 씨가 태어났다.

"남편은 첫애 때문에 맘고생하다가 오 년 만에 견디지 못하고 떠났어요. 애들은 온전히 저의 몫이 된 거죠. 남편과 이혼하고 경제적으로, 정신적으로 너무 힘들었어요. 그러다 희정이가 일곱 살 때 제가 보험 일을 시작하면서, 자연스럽게 희정이가 언니를 돌보게 됐어요.

일을 마치고 집에 돌아와서 집 안이 어질러져 있으면 화내고 언니가 아프기라도 하면 야단치고 성적이 떨어지면 또 나무라고……. 아무리 화를 내도 희정이는 한 번도 싫은 내색, 힘든 내색을 안 했어요. 그땐 몰랐어요, 그게 희정이한테 마음의 병이 되는 줄……."

                                        치유의 밥상

어머니가 호스피스 병동으로 옮겨 왔을 때, 희정 씨는 염 교수님에게 "제가 해야 될 일이 뭔지만 말해주세요"라고 했다. 그녀의 사무적인 말투에 어머니에 대한 연민이나 슬픔은 느껴지지 않았다.

"희정 씨를 처음 만났을 때 다운증후군 언니가 있다는 말을 제일 먼저 했어요. 어머니를 돌보는 동안 언니를 병원에 데려와야 하니 미리 양해를 구하려 했던 겁니다. 그리고 어머니가 언제 돌아가실지, 시간이 얼마나 남았는지, 죽고 나서 장례 비용은 얼마나 드는지 정확히 알고 싶어 했어요. 필요한 돈을 미리 구해놓아야 한다고. 모든 것을 혼자 결정해야 하니 나중에 당황하지 않게 상황이 바뀔 때마다 정확하게 알려달라고 했어요.

어머니와 같이 있으면서 희정 씨가 웃거나 잠시라도 쉬는 걸 본 적이 없어요. 뭔가에 쫓기듯 일을 제때 하지 않으면 불안해하는 것 같았습니다."

염 교수님은 환자인 어머니뿐 아니라 희정 씨를 걱정했고 그녀와 대화를 많이 나누려고 노력했다.

짐심때 병원 식당에서 혼자 밥을 먹고 있는 희정 씨를 보았다. 몇 가지 반찬을 식판에 담아 왔지만 그녀가 먹는 반찬은 한두 가지 정도였다. 급하게 밥을 먹고 일어서려는 그녀에게 따뜻한 커피를 한잔 내밀었다.

"그렇게 급하게 먹으면 체해요."

"……제가 할 일이 많아서요."

커피를 받아 들고 종종걸음으로 식당을 나가는 희정 씨의 뒷모습을 오래 바라보았다.

그날 늦은 오후, 희정 씨 어머니가 의식을 잃고 염 교수님 지시에 따라 평온실로 옮겨졌다. 어머니가 누운 침대가 평온실 안으로 들어가는 것을 멍하니 지켜보던 희정 씨는 심호흡을 크게 하고 곧 뒤따라 들어갔다. 평온실 안에서 의료진이 바쁘게 움직이는 동안 어머니는 희정 씨를 애타게 찾았고 그녀가 손을 잡자 딸을 보기 위해 마지막 있는 힘을 다해 눈을 부릅떴다.

"희정아……."

"응."

"나 죽어도 되지?"

"아무 걱정 마. 내가 언니 챙기고 잘할게……."

"희정아, 너 지금껏 너무너무 잘해온 거 알지?"

"뭘?"

"청소하고, 밥하고, 언니 간식 챙기고, 언니 옷 챙겨 입히고, 장학금 타서 공부하고……. 너 있잖아, 뭐든지 참 잘했다. 알고 있지?"

"……."

　치유의 밥상

"우리 딸, 엄마가 미안해."

"갑자기 무슨 소리 하는 거야?"

"원래 막내딸은 어리광도 부리고, 실수도 하고, 욕심도 부리고 해야 되는데 넌 한 번도 그런 적 없잖아. 장애 있는 언니 돌보고 살림하고 혼자 집 지키고……. 엄마 때문에, 언니 때문에 너무 일찍 철들게 해서, 너 혼자 모든 걸 하게 내버려둬서 너무너무 미안하다. 엄마가 정말 미안해."

엄마의 미안하단 말에 희정 씨는 참아왔던 눈물을 터뜨렸다.

"엄마, 나 엄마한테 거짓말한 거 참 많다."

"무슨 거짓말 했는데?"

"가끔, 아니 자주 엄마가 너무 미웠는데도 좋다고 한 거, 너무 힘들고 지쳤을 때도 괜찮다고 한 거, 언니랑 오래오래 잘 살고 싶다고 한 거, 다 거짓말이었어."

"안다, 알아. 얼마나 내가 미웠을까, 얼마나 힘들었을까……. 칭찬 한번 못해주고 먹고산다는 핑계로 너한테 많은 짐을 지게 해서 미안하다. 정말 미안해. 언니 너한테 맡기고 먼저 죽는 것도 미안해. 우리 딸, 미안해."

"엄마, 엄마, 엄마가 죽어도 마음의 준비 단단히 하고 있겠다고 했잖아?"

“응.”

“그거 거짓말이야. 너무너무 속상하고 슬픈데, 나 아니면 엄마 간호하고 언니 돌볼 사람 없으니까, 그냥 울고 있을 수만은 없어서, 그래서 그랬어. 엄마 죽으면 나 고아 되는데, 나 정말 그렇게 되기 싫어. 엄마, 죽지 마. 엄마, 내가 잘못했어. 엉엉.”

“너 잘못한 거 하나도 없어. 다 엄마 잘못이야. 엄마도 거짓말한 거 있어.”

“뭔데?”

“너보다 언니를 더 좋아한다고 한 거, 그거 거짓말이었어. 희정아, 솔직히 엄마는 희정이 네가 더 좋았어. 너한테 의지하고 너 하나 보고 그나마 버티고 살았는데, 항상 언니 더 신경 쓰고 챙겨서 아주 많이 미안했어.”

“그럴 수밖에 없잖아. 우리가 엄마, 그렇게 살 수밖에 없었잖아. 엄마, 죽으면 안 돼. 엄마, 나 두고 가지 마. 엉엉.”

죽음 직전에 토해내는 두 모녀의 거짓말 고백에 너무나 안타깝고 슬픔이 북받쳐 평온실 안 사람들이 모두 한마음이 되어 울었다. 막내딸이 토해내는 사랑 고백을 들으며 어머니는 오랜 마음의 짐을 덜고 눈을 감았다.

어머니의 삼오제가 끝나는 날, 희정 씨가 병원을 찾아왔다. 염 교수 님에게 그동안 감사했다는 인사를 하고 나오는 그녀를 만날 수 있었다.

"송 피디님 안 계시면 어쩌나 걱정했는데 다행이에요. 그때 커피 주 셨는데 감사하다는 인사도 못 드려서요. 이거 받으세요."

희정 씨가 건네준 것은 커피와 잘 어울리는 티라미스 조각 케이크 와 커피 원두였다.

"실은 제가 엄마 닮아서 커피를 아주 좋아해요. 힘들 때마다 커피 한잔에 위로받곤 했거든요. 그때 정말 막막한 기분이었는데 어떻게 알고 커피를 주셨어요?"

희정 씨는 그렇게 남에게 받은 것 이상으로 베풀고야 마는 사람이 었다. 그렇게 자신에게 맡겨진 짐을, 어쩌면 가혹하고 희망 없는 그 모든 시간들을 피하지 않고 온몸으로 겪어왔을 것이다. 때론 거짓말 을 하며 남에게 상처 주지 않으려 애썼을 것이다.

이제 그녀는 더 이상 거짓말을 하지 않아도 된다. 마음속 응어리를 토해내고 진심을 털어놓으며 엄마와 나눈 치유의 시간 덕분이다.

언니 손을 잡고 걸어가다 뒤돌아보며 환하게 미소 짓는 희정 씨는 정말 환하게 빛났다. 슬프고도 아름다운 시간을 겪어냈기에 지을 수 있는 빛나는 미소였다. 한결 여유로워진 희정 씨의 뒷모습을 바라보 며 엄마 없는 세상에서 자매가 행복하게 살아가기를 기도했다.

나는 아직
당신을 보내지 않았습니다

'탁!' 하는 소리와 함께 '치이~' 하고 공기가 빠져나가는 소리가 들렸다.

소강당 입구에서 조금 떨어진 곳에 하정 씨의 모습이 보였다. 캔맥주를 따서 한 모금 입안에 넣고는 쉽게 삼키지 못한 채 그만 울음을 터뜨리고 말았다. 하정 씨는 한 달 전에 세상을 떠난 뷰티플래너 은영 씨의 어머니였다.

"딱히 맥주를 마시고 싶었던 건 아니에요. 위와 장을 모두 들어내고, 그렇게 먹고 싶었던 맥주 한 방울 마시지 못하고 죽은 은영이가 보고 싶었어요. 그날, 제 생일날 〈어머님 은혜〉 불러주고 나서 병실로 돌아와 숨이 가빠 힘들어하면서도 맥주 한 모금 먹고 싶다며 장난스럽게 웃더라구요. 은영이가 보고 싶어서 맥주를 샀는데 한 모금 삼키기도 힘드네요.”

“사별가족모임에 오신 거죠?”

“네, 은영이 봐주시던 간호사와 자원봉사자들이 초대를 해서 와봤습니다. 근데 피디님, 누구에게 위로를 받아야 한다는 사실이 아직 힘들어요. 은영이가 죽었다는 걸 다시 생각해야 되니까요.”

하정 씨는 캔 맥주를 두 손으로 꽉 쥔 채 우두커니 서 있었다. 그때 “은영 씨 어머니시죠?” 하는 남자 목소리가 들렸다. 호철 씨였다. 그는 죽어가는 애인과의 키스를 가슴에 품고 사는 남자였다. 그의 연인 재은 씨가 은영 씨 바로 옆 병실에 입원해서 하정 씨와 호철 씨는 자연스럽게 인사를 나눈 사이였다.

“따님 장례는 잘 치르셨어요?”

“네, 호철 씨는요?”

“저는 가족이 아니었잖아요. 멀리서 지켜만 봤습니다.”

“저런, 많이 속상했겠다. 정말 예쁜 아가씨였는데.”

“그녀의 마지막을 지켰으니 괜찮습니다. 견디기 힘들지만 어떻게든 시간은 가네요. 아! 그거 아세요? 은영 씨가 제가 병원 오기 전날에는 꼭 재은 씨한테 립스틱을 빌려줬어요.”

“우리 은영이가요? 언제?”

"어머니 주무실 때, 재은 씨가 은영 씨 병실에 놀러 갔었대요. 제가 갈 때마다 재은 씨 입술이 늘 예뻤던 이유가 있었더라구요."

"어머나, 우리 은영이가 그랬구나."

"맥주 드시고 계셨어요?"

"은영이 생각하면서 한 모금 마셨어요."

"재은 씨는요, 절대 술을 안 마시겠다고 하면서도 카페 냉장고엔 항상 캔 맥주를 한 칸 가득 넣어뒀어요. 이유를 물어보니 마시고 싶을 때 언제든 먹을 수 있게 넣어둬야 오히려 마시고 싶지 않다더라구요. 술을 그렇게 끊었다면서."

"예쁜 얼굴과 달리 호탕했던 재은 씨답다."

"어머니, 많이 힘드시죠?"

"그쪽도 슬플 텐데, 내 걱정은."

"재은 씨 위해 기도하러 왔지만 재은 씨를 돌봐주셨던 간호사분께 인사만 드리고 가도 되니까, 모임에 참석하기 힘드시면 제가 같이 있어드릴게요. 은영 씨 얘기 해드릴 거 또 있어요."

"내 딸 이야기 듣고 싶어요. 우리 안에 들어가서 같이 예배드리고 나와서 다시 얘기해요."

그렇게 호철 씨와 하정 씨는 사별가족모임에 참석했다.

조용한 실내는 은은한 빛으로 가득했고 테이블마다 꽃으로 장식되

   치유의 밥상

어 있었다. 염 교수님이 재은 씨와 호철 씨를 보고 다가와 아무 말 없이 꼭 안아주었다. 따뜻한 포옹에 마음이 놓이는지 하정 씨는 눈물을 흘렸다.

십여 명의 사별 가족들이 모이자 예배가 시작되었다. 예배가 진행되는 중간중간, 축복 기도와 자원봉사자들의 바이올린 연주가 이어졌다. 가족들은 훌쩍이기도 하고 멍하니 천장을 바라보기도 하며 각자의 슬픔을 표현하고 있었다.

그때 하정 씨 옆에 앉아 있던 한 남자가 울음을 터뜨렸다. 그러자 하정 씨가 남자의 손을 꼭 잡아주었다. 물어보지 않아도 그가 눈물을 흘리고 가슴 아파하는 이유를 누구보다 잘 이해할 수 있었다.

"우리 서로 상황은 다른데 아픔이 참 닮았어요. 그렇죠?"

하정 씨가 먼저 말을 꺼냈다.

"사랑하는 사람을 갑자기 잃는 것만큼 큰 충격은 없을 겁니다. 그래도 아들이 죽어가는 모습을 몇 달간 지켜보면서 제 마음을 정리할 수 있어서 그나마 다행이었지만……. 정말 힘드네요."

"아드님이셨어요? 전 딸을 잃었답니다."

"제 아들은 스물네 살이었어요."

"저런, 제 딸은 서른여덟이었어요. 자궁암이었죠."

"그러셨군요. 아들이랑 죽는 순간까지 대화하고 마지막엔 편안하게 보내줬어요. 따님은 어떠셨나요?”

“저희 딸도 웃으면서 마지막까지 사랑한다고, 고마웠다고 얘기했어요. 그래도 호스피스에서 차분하게 죽음을 받아들일 준비를 해서 저도 버틸 수 있는 것 같아요. 제 딸도 자기 손으로 소지품이나 추억을 정리할 수 있어서 행복해했어요.”

사별모임은 같은 상처를 입은 사람들이 자신의 상처를 공유하고 위로를 나눌 수 있는 시간이었다. 다른 사람을 위로한다는 것은 조심스러운 일이며 때론 어설픈 위로로 마음을 닫게 할 수도 있다. 하지만 사별가족모임에 온 사람들은 모두 처음 만났어도 같은 아픔을 나누면서 가슴에 묻어두었던 우리 딸과 아들, 내 남편과 아내, 사랑하는 부모님과 친구 이야기를 편하게 쏟아낼 수 있었다. 그렇게 같이 울고, 같이 웃으며 진정한 위로자를 만나 잠시 행복을 누렸다.

그 사람들에게 염 교수님이 간절한 부탁 한마디를 했다.

“우리 모두 사랑하는 사람을 잃어서 슬픕니다. 너무나 그립고 보고 싶을 겁니다. 환자들은 먼저 하늘나라로 갔지만 우리 가슴속에 그들이 남아 있으면 죽은 것이 아닙니다. 우리는 그 사람들을 잊지 말아야 합니다. 절대 잊어서는 안 됩니다. 그리고 우리가 먼저 보내야 했던 이들을 사랑한 만큼, 그들에게 미안한 만큼 나 자신을 사랑해야 합니다. 그것이야말로 우리를 남겨두고 떠난 이들을 위한 최고의 사

　　　　　　　　　　　　　　　　　치유의 밥상

랑 표현일 겁니다."

누군가 테이블 위로 사탕을 하나 내밀었다. 오늘 아침 딸아이의 옷을 살피다가 주머니 속에서 발견한 것이라고 했다. 어떤 사람은 아버지가 좋아하시던 귤을 샀다며 같이 먹자고 테이블에 올려두었다. 하정 씨는 맥주 두 캔과 감자칩을 꺼내며 "나눠 먹기 힘들겠지만 드실 분 드세요"라고 말했다. 호철 씨는 재은 씨 카페에서 만들어 온 커피를, 누구는 절편을, 누구는 초콜릿을, 누구는 물 한 병을…….

먼저 보낸 이들이 그토록 먹고 싶어 했지만 먹을 수 없었던 음식 한 조각 한 조각을 가방 안에서, 품 안에서 테이블 위로 꺼내어 놓았다. 누가 먼저랄 것도 없이 떠나보낸 이들이 좋아하던 음식 얘기와 함께했던 행복한 기억들을 꺼내고 서로의 이야기를 귀담아 들었다.

작은 음식 하나일 뿐이지만 사랑하는 사람과 함께 먹은 것이기에, 그들이 좋아했던 음식이기에, 그들이 먹지 못한 것들이기에 '특별 요리'로 '최고의 음식'으로 죽을 때까지 기억에 남겠지. 그리고 그 음식을 먹을 때마다 눈물을 그치고 다시 살아나갈 치유의 힘을 얻겠지.

여기, 어디에서도 보시 못한 사랑 이야기와 눈물 차오르고 가슴 뻐근한 인생 이야기가 있다. 아픔, 슬픔, 기쁨, 눈물, 한숨, 따뜻한 포옹, 입맞춤, 세상의 모든 아름다운 고백과 진솔한 삶의 모습이 있다.

그들의 이야기를 듣다 보면 나도 모르게 가슴이 벅차오르고 공감하는 마음에 고개를 끄덕이게 된다. 자연스레 눈을 맞추고 미소와 눈물을 나누게 된다. 죽음을 향해 달려가는 마지막 순간까지 최선을 다해 사랑하고, 가슴 터지게 고백하고, 알알이 사죄하며, 사무치게 그리워하고 울부짖는 삶의 뜨거운 연장선……!

그곳은 바로 호스피스 병원이었다.

아름다운 세상을
위하여

"피디님, 〈아름다운 세상을 위하여〉란 영화 보셨어요?"

"들어봤어요. 오래된 영화 아닌가요?"

"2001년에 개봉한 영화인데요, 중학교 사회선생님인 유진 시모넷케빈 스페이시 역이 학생들에게 '우리가 사는 세상을 좀 더 나은 세상으로 바꿀 수 있는 방법을 생각해 오라'는 숙제를 내주면서 시작합니다. 대부분의 아이들은 숙제는 숙제일 뿐이라며 무시하거나 하나같이 진부한 답들을 내놓지만, 단 한 명 트레버는 진심으로 이 숙제를 받아들이고 이른바 '사랑 나누기'라는 아이디어를 제안하죠."

난 그 영화를 기억해냈다. 트레버가 제안한 '사랑 나누기'는 사람들에게 진정으로 도움이 되지만 스스로 해결할 수 없는 일을, 일단 한 사람이 주변의 세 사람에게 해주면 도움을 받은 세 사람이 각각 또 다른 세 사람에게 릴레이식으로 선행을 베푸는 것이다. 그렇게 시작한 '사랑 나누기' 운동은 미국 전역으로 퍼져 트레버는 전무후무한 사랑 전도사가 되었다.

"사랑 나누기가 영화에만 있는 것은 아닙니다. 제가 몇 해 전 아프리카에 갔을 때, 많은 구호단체들의 '사랑 나누기'를 심심치 않게 볼 수 있었습니다. 그중 미국의 '비타민 앤젤스'VITAMIN ANGELS라는 NGO 단체에서 어린아이들에게 비타민 나눠주는 모습을 보았는데 참으로 아름답고 놀라운 광경이었습니다.

저는 비타민이 작지만 강한 힘을 가지고 있다는 것을 누구보다 잘 압니다. 비타민 박사로서의 재능기부, 앞으로 제가 할 일이 바로 이거구나, 하는 생각을 하게 되었습니다."

염 교수님은 몇 년 전부터 한 장애인 학교에 비타민을 보내주고 있다. 담당 선생님에 따르면 아이들이 비타민을 먹으면서 감기를 비롯해 잔병이 상당히 많이 줄어들었다고 한다. 교수님은 학교로 꾸준히 비타민을 보내주면서 희망의 '나눔 비타민'을 실천하고자 했다.

나눔 비타민이란, 비타민을 하나 구매하면 동시에 또 하나의 비타민이 필요한 곳에 기부되는 착한 비타민이다. 비타민을 보낼 곳은 굉장히 많다고 했다. 장애인 학교, 결식아동이나 미혼모의 집, 양로원

　　　　　　　　　　　치유의 밥상

등 면역력이 약해서 잔병치레를 많이 하는 사람들에게 비타민을 보내주면 지금보다 훨씬 더 건강한 삶을 살 수 있다.

"실패를 하더라도 상관없습니다. 내가 한 발자국 가다가 멈추게 되어도 나와 같은 생각을 하는 사람이 거기서 다시 시작할 수 있을 테니까요. 당장의 내 실패는 전체적으로 볼 때 결국 실패가 아닌 셈이죠. 그것만으로도 저는 실행에 옮기는 데에 필요한 의지와 용기와 힘을 얻을 수 있습니다."

우리네 인생은 모두가 더불어 사는 것이다. 자신이 성공하지 못했다고 실패한 것이 아니다. 그다음 사람들이 이어받아 해내면 된다. "눈 덮인 들판을 걸을 때, 함부로 어지러이 걷지 말라. 오늘 남긴 발자취는 후인들의 이정표가 되리니"라는 김구 선생이 좋아하던 문구처럼.

"사랑을 나누고 남을 배려하는 삶은 이상주의적이라고 말할지 모릅니다. 그러나 저는 그 길을 가고 싶습니다. 제가 사는 이 세상이 지금보다 훨씬 더 아름다워졌으면 좋겠습니다. 그래서 모든 사람들이 자신이 미처 몰랐던 행복의 가치를 더 많이, 더 가슴 깊이 느꼈으면 합니다. 힘들어서 못 살겠다는 말이 아니라, 그래도 세상은 아직 살 만하다는 말이 더욱 많은 사람들의 가슴으로부터 쏟아져 나왔으면 좋겠습니다."

　염 교수님과의 마지막 인터뷰를 마치고 돌아오는 길, 파란 하늘 아래 푸른 플라타너스 잎사귀가 바람에 너울거렸다. 그 자연의 푸름만큼 내 삶도 푸르게 피어나 누군가에게 그늘이 되어주고 기꺼이 거름이 될 수 있기를! 사람을 더욱 사랑하고 그들의 이야기에 귀 기울일 여유를 가지고 살 수 있기를! 나보다 남을 더 배려하면서 손해라고 투정 부리지 않기를! 나에게 주어진 모든 일에 감사하며, 후회 없이 최선을 다할 수 있기를!

　그런 내가 되길, 그런 당신이 되길 바란다.

치유의 밥상

치유의 밥상

초판 1쇄 발행 2013년 12월 27일
초판 2쇄 발행 2014년 2월 14일

지은이 염창환 송진선 **펴낸이** 연준혁

멀티콘텐츠사업분사 분사장 정은선
출판기획 오유미 배윤영
콘텐츠비즈니스 이화진
디지털콘텐츠 전효원
이러닝기획 김수명 송미진
디자인 행복한물고기HappyFish
제작 이재승

펴낸곳 (주)위즈덤하우스 **출판등록** 2000년 5월 23일 제13-1071호
주소 (410-380) 경기도 고양시 일산동구 정발산로 43-20 센트럴프라자 6층
전화 031-936-4000 **팩스** 031-936-3891
홈페이지 www.wisdomhouse.co.kr
종이 월드페이퍼 **인쇄·제본** (주)현문 **후가공** 이지앤비

© 염창환·송진선, 2013
값 13,800원
ISBN 978-89-5913-775-6 03810

* 잘못된 책은 바꿔드립니다.
* 이 책의 전부 또는 일부 내용을 재사용하려면
사전에 저작권자와 (주)위즈덤하우스의 동의를 받아야 합니다.

국립중앙도서관 출판사도서목록(CIP)

치유의 밥상 : 염창환, 송진선.
-- 고양 : 위즈덤하우스, 2013
p. ;   cm
ISBN 978-89-5913-775-6 03810 : ₩13800
한국 현대 수필[韓國現代隨筆] 음식[飮食]
814.7-KDC5
895.745-DDC21   CIP2013027292

Vitamin Angels 

나눔비타민

이상한 비타민이 있습니다

가격이 비싼것도 아닌데

원료가 나쁜것도 아닌데

그렇다고 비타민 함량이

부족한것도 아닌데

하나를 사면 하나를 기부하는

참으로 이상한 비타민이 있습니다

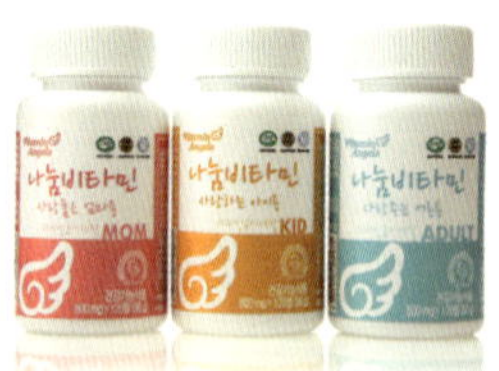

나눔비타민은

당신이 비타민 하나를 구입할 때마다 결식아동, 미혼모, 독거노인 등 비타민이 필요한 분들께 하나의 비타민을 기부합니다.

'Buy One, Give One' Vitamin Angels